青灯诡话

乡间那些稀奇诡怪的事儿 5

（完结篇）

青灯诡话

青灯黄卷绘形绘色
凄风苦雨神出鬼没

陈众◎著

九州出版社
JIUZHOUPRESS

图书在版编目（CIP）数据

青灯诡话．5 / 陈众著．-- 北京 ：九州出版社，2014.9（2016.6 重印）

ISBN 978-7-5108-3264-2

Ⅰ．①青… Ⅱ．①陈… Ⅲ．①长篇小说－中国－当代 Ⅳ．① I247.5

中国版本图书馆 CIP 数据核字 (2014) 第 220377 号

青灯诡话．5

作　　者　陈　众　著
出版发行　九州出版社
地　　址　北京市西城区阜外大街甲 35 号 (100037)
发行电话　(010)68992190/3/5/6
网　　址　www.jiuzhoupress.com
电子信箱　jiuzhou@jiuzhoupress.com
印　　刷　北京建泰印刷有限公司
开　　本　710 毫米 ×1000 毫米　16 开
印　　张　18
字　　数　200 千字
版　　次　2014 年 12 月第 1 版
印　　次　2016 年 6 月第 2 次印刷
书　　号　ISBN 978-7-5108-3264-2
定　　价　29.80 元

目录

目录

第一章 绝地飞行

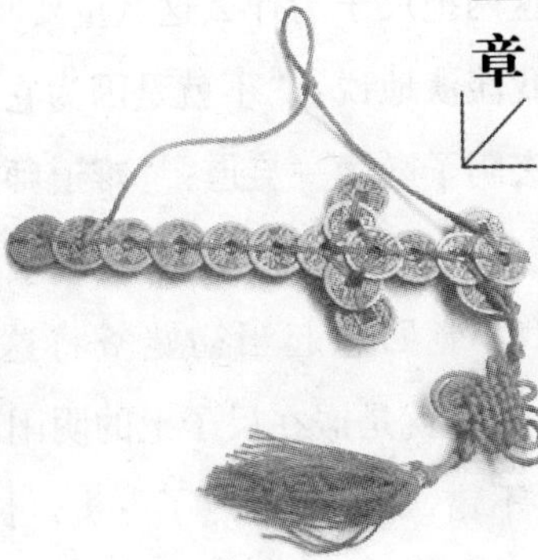

我们终于打败了魁魃飞僵，暂时安全了。我扭头向玄阴子看去，却迎上了一双阴鸷的眼睛！

恢复了本性的玄阴子，眼神像鹰一样。和他对视的时候，我能够明显地感觉到那眼神之中的阴暗和仇恨。他冷冷地看着我，脸上没有表情，我根本就看不出来他心里在想什么。

“哎呀，老爷子醒啦？感觉怎么样？能动了么？”胡子一如既往的爽朗，和玄阴子打了招呼，点了一根烟塞到他手里。

玄阴子缓缓坐起身，接过烟，闷头抽了一口，这才下床，默默走到我床边坐下，低头抽着烟。

“你现在想做什么？”我皱眉问道。

“把尺子都给我看一下。”

我心想，就算他想把尺子拿走，在这幽深的地下，他也跑不到哪里去，也就放松了一些。我掏出阴魂尺和装着阳魂尺的盒子，放到他面前。

见到阴阳双尺，玄阴子有些激动地扔掉烟，先是拿过阴魂尺，爱不释手地反复摩挲，才轻轻放下，然后打开阳魂尺的盒子，细细地看着，轻轻用手指触摸尺子上的纹路和刻度，气息变得越来越急促。

见到他的样子，我不觉冷声道："阴尺你可以拿去。阳尺必须留下。"

玄阴子将阳魂尺放了回去，盖上盒子，抬眼看着我，皱眉问道："你知道这两把尺子为什么这么重要吗？"

我淡淡地说："不就是因为它们是克人克鬼的法宝吗？"

玄阴子微微一笑道："难道师兄没告诉过你吗？我们师门的镇派之宝，其实一共有四样。"

我不觉回想起当初姥爷将这对尺子传给我时所说的话，不禁问道："另外两样就是嵌在尺子上的阴阳珠？"

"不错，"玄阴子点了点头，长出了一口气，眯眼道："你知道阴阳珠有什么作用吗？"

"有什么作用？"我好奇地问。

"阴珠管死，阳珠管生，阴阳结合，妙用无穷。"玄阴子神情有些激动地站起来，"我们门派的镇派之宝以前一直没能集齐过，你算是天命所选的师门继承人了，一下子集齐了两样法宝。这尺子你收着吧。"

"我不会和你抢的，我抢了也没有用。我告诉你，拥有阴阳双尺之后，如果再找到阴阳珠，施展阴阳法阵，就可以断生死，掌轮回，成为天神一般的存在！哈哈哈，看来这是注定我阴阳师门要中兴啊，小子，好好加油，把师门交到你手里，我很放心。"

玄阴子又点了一根烟，坐在椅子上，畅快地抽了起来，又说道："我希望你能够把阴阳珠也找回来，那样的话，我们阴阳师门必定能超越所有教派。到那时，我真的就可以含笑瞑目了。"

"那你知道阴阳珠在哪里吗？再说了，我也不知道如何施展阴阳法阵，姥爷没教过我。"

"阴阳法阵是最简单的易理，你想学的话，好好看看那本竹简古书最后几页的内容。至于阴阳珠的下落，我还真是不太清楚。据说当年祖师爷施展阴阳法阵之后，由于力道拿捏不稳，两颗珠子飞射而出，一颗落到了天之涯，一颗落到了地之角，根本无从寻起。要想找到这两颗珠子，恐怕是要费不少工夫的。不过，就算找不到，这两把尺子也足以傲视天下了。”玄阴子满心欢喜地抽着烟，眼中的阴鸷之气散了不少。

“我现在没有这个需要，所以，也没必要去找那两颗珠子。”我皱眉说道。

“阳珠管生，把阳珠含在嘴里，可以让人长生不老。阴珠管死，把阴珠放在尸身嘴里，可以保万年不腐。你想想，如果得到这两颗珠子，会有多大的能力。更何况，这两把尺子如果能和两颗珠子配合使用，尺子的法力也会增加数倍。”玄阴子两眼放出光芒。

“明白了。”我点了点头，随即却说：“可是我没有那个兴趣。”

“哼。”玄阴子冷笑一声，看着我说：“你会有的。”

“等有了再说吧，说说你自己吧。你现在恢复记忆了，准备怎么办?”我皱眉问道。

“我没有完全找回记忆时所做的一切决定，我都不会反悔。我现在唯一想要做的事情，就是去北城看一看那帮小子，跟他们交代，让他们好好跟着你干，把掌门之位完全传给你。”玄阴子说道。

“你居然真的打算把掌门传给我，这可真是稀奇了，我本以为你会很恨我，要夺回你的位子呢。”我有些好笑地说。

“我就知道你心里是这么想的，你想利用这个事情来气我，想要争这口气，然后让我醒来之后干瞪眼，被你气得吐血是不是?”玄阴子淡然一笑，“可惜你失算了，我不是狭隘的人，就算当年我去夺取掌门之位，也是一心为了让师门发展得更壮大。所以，只要有利于师门发展的事情，我都会坦然接受。你想要气到我，有些困难了。”

玄阴子与我的仇怨化解了。我有充足的理由相信他的话，而且，如果他胆敢与我对敌，我有十足的把握轻松把他灭掉。

和玄阴子说完话之后，泰岳回来了，他已经探明了秘密入口所在。

由于我伤势太重，无法马上继续前进，我们就待在破旧的木屋里，吃饱喝足之后，好好睡了一觉。之后我恢复得差不多了，我们这才带齐装备出发。

我们来到秘密通道入口，这是一个非常大的洞口，直径足有四五丈，里面黑洞洞的。这么大一个洞口，如果说是秘密通道，真的有点牵强。

这个地洞的最开始一段，是竖直向下的。玄阴子知道要怎么下去，他拿了一根绳子，系到地洞旁的巨石上，把绳子丢进洞里，然后站起身拍拍手，说道："原本这里有升降机的，不过，我们攻进来的时候，那些人下去了，就把升降机给破坏掉了。好在这洞也不是很深。"

玄阴子说完，拿过手电筒，一手抓着绳子，向后一跳，就顺着绳子坠了下去，动作敏捷轻盈，完全不像先前那个怯懦的老人家了。

玄阴子着地之后，抬起手电筒对我们挥了挥。见到信号，我紧跟着滑了下去，这才发现竖直的洞口只有十来米深，但是，石洞的底部并不是洞底。

我们拖着助力伞包，沿着斜向下通去的地道，很快就走进了一个极为空旷宽阔的地下洞穴。我们站在洞口，抬起手电筒四下看去，只见到处都散落着腐朽碎乱的白骨。

地下洞穴的地面非常平整，一条平坦的大道从远处一直延伸到脚下，大道两边散乱堆放着许多战备物资，有弹药箱，有枪炮，甚至还有已经倒伏在地上的铁皮小屋。大道一直向前延伸，看不到尽头。

"就是这里了。"玄阴子有些感叹地说，率先抬脚向前走去。

我们默不作声地跟上玄阴子。

"这一片白骨，就是当年被我们杀死的那些人。"玄阴子边走边给我们介绍，"当然，也有我们自己人的尸骨。这里是他们最后的据点，他们想拼死一战，但是藏在这里的都是一些十五六岁的孩子，连枪都拿不稳，根本不可能是我们的对手。"

我不禁皱起了眉头，击杀没有什么作战能力的少年，有什么值得炫耀的?

"对了，这里。"玄阴子走到靠近石壁的地方，指着一个用木头搭建起来的简易小屋，"这里就是那个女人藏身的地方。你看，这里面还有包袱、小摇篮，这么多年了，居然还没有坏掉。"玄阴子抬脚踢了踢那些东西，激起了一片灰尘。

我默默转头向地洞的底部望过去，幽幽地问道："警戒线在哪里?"

玄阴子看出来我的心情不太好，就带着我们往前走，说道："我们两边交战的时候，那个女人抱着孩子，逃到了这里。"玄阴子抬手指了指前面一处地方，"警戒线就在大坝的前面，你走过去就可以看到了。"

我们来到那个大坝底下，抬头一看，居然足有三四丈高，是水泥筑成的。大坝上还建有小型哨塔，上面隐约还竖着一根旗杆。在距离大坝几十米远的地面上，清晰地画着一条白线，线内用日文写着警戒线。

我发现大坝上有一些窄小的阶梯，可以通到大坝顶上，心里大概可以想象到当年的情景了。想必那个女人抱着我，从这里逃到了大坝上面，无路可退，就被玄阴子他们抓住了。

我心情激动地向前跑去，一路跑到大坝顶上，抬起手电筒向前一照，不禁倒抽了一口冷气。

就在我的面前，是一处无边无际的虚无空间，低头向下望去，大坝向下延伸了几十米，就接上了岩石峭壁，岩石峭壁之下，根本不知道有多深。据玄阴子说，我是坐着小型飞机飞出来的。对了，那飞机呢?

我连忙抬起手电筒四下寻找，很快就在大坝一侧的峭壁下，看到了一架摔碎的木制小型滑翔机残骸，不觉向那边跑过去。

胡子连忙跟上我，跟我一起来到滑翔机残骸的旁边。我发现滑翔机的头部果然是朝向我们刚才进来的入口方向，也就是说，滑翔机确实是从深渊里面飞出来的。

滑翔机有发动机，坠毁的时候似乎爆炸过，机身上的木料很多都被烧得焦黑了。但是，飞机爆炸之后产生的大火应该很快就被扑灭了。机身的舱门大开着，里面除了飞行仪器和一张座椅之外，没有什么残存的东西了。我不甘心地钻进了机舱中查看情况，却没有发现任何有价值的东西。

我失望地叹了一口气，却不想，一个叹息的声音突然从机舱尾部传了过来。

我不禁一愣，立刻意识到，那并不是胡子他们发出的声音。我连忙眯眼看着机舱，只见一个纤柔的身影正站在那里，幽幽地望着我。这是一个女人，长发披散，目光柔和。

我知道这可能是一个居住在机舱里的阴魂。倘若是平时，我肯定会拿出打鬼棒或阳魂尺，将阴魂收掉。但是，此刻我却觉得这个阴魂让我感到比人类更亲切，我竟然觉得自己应该和这个阴魂是同类。

我收回了目光，发出了一声叹息。我不知道这个阴魂为什么会叹息，我只知道，这一刻，我心里非常失落，感觉少了什么，但是又不知道到底是什么。我有些伤感，也有些疲惫。

玄阴子他们就站在机舱外面，静静地看着我。他们并不了解我的心情，但是都知道我不开心，所以他们一致保持了沉默。

行程走到这里，我们的目的已经算是达到了，接下来的路，已经和他们无关了，只能靠我自己了。

“哎——”又一声悠悠的叹息声传来。

我失笑地扭头向黑乎乎的机舱底部看去，不禁问道：“你有什么好叹息的？你该知足了。至少，你不像我，有那么多烦恼。”

“哎——”猛然一阵阴风乍起，吹起一片灰尘，接着，我清楚地看到一个长发飘飘的女人，缓缓地从那片灰尘中走了出来。

那个女人幽深的眸子冷冷地注视着我，接着非常果断地转身，向着远处走去了。

我怔怔地看着那个女人的身影远去，不明白她想告诉我什么。

随即，我听到玄阴子忽然讶异地说：“有情况！”玄阴子虽然看不到，但是他对阴魂力场很敏感，也觉察到了那个阴魂的存在。他手里的电警棍“卡啦啦——”地闪起了电火花。

我不觉一愣，知道他想把那个阴魂清除掉。我猛地从机舱里跳了出来，一把抓住他的电警棍，摔飞了出去。

“我不允许你伤害她！”我有些神经质地对玄阴子怒吼道。

“喂，大同，你怎么了？”胡子和泰岳连忙抓住我的手臂，满心关切地看着我。

玄阴子更是惊愕地看着我，一时间说不出话来。

“没什么。”我甩开他们的手，怔怔地转身向大坝走过去。

我觉察到一阵悠悠的冷风不停吹拂过来，似乎给我引路一般。我眯着眼睛，跟随着那股冷风，很快来到大坝底下。我抬眼向上看去，一个女人站在大坝顶上。

那个女人上身穿着白色衬衫，下摆束在腰里，下身是一条棕黑色裤子，身材窈窕。她的头发很长，此时被风吹起，遮住了她大半张面孔。她静静地看着我，接着缓缓转身，消失了。

我有些紧张地沿着大坝上小道爬上去，站在坝顶，见到了一个缓缓向下坠去的背影，正要消失在那一片无尽的黑暗之中。

“大同，到底怎么了？你看到什么了？”胡子跑到我身边，疑惑地问道。

我摇了摇头，没有说话。

“算了，你不说也罢。还是说正事吧，现在咱们到地方了，接下来怎么办，你想好了没有？”胡子皱眉问道。

“我要下去。”我看着无底深渊，坚定地说。

“你可要想清楚了，这里根本不知道有多深，你的助力伞飞行时间有限，可别到时候出现什么意外情况。”胡子担心地说。

“放心吧，我会小心的。”我和胡子一起去把助力伞抬到大坝顶上。

泰岳和玄阴子也走了上来。他们知道我要做什么，心情都有些沉重。

“你下去以后，千万不要硬撑，不能再前进了就赶紧回来，可别一条路走到黑，到时候燃料没了，飞不回来了，可就麻烦了。”泰岳帮我把助力伞装上，又有些疑惑地看了看玄阴子道：“你真的认为这深渊里有东西？”

“我也不确定，但是现在也只能冒险一试了，你们要是不愿意去的话，我去。”玄阴子走上来就要抢我的助力伞。

“不，谁都不要抢，就我去。”我历尽千难万险才来到这里，如果不能亲自一探究竟，我死都不会瞑目的。

我背上助力伞，装满燃料，又在腰上挂了一桶汽油。我的装备很齐全，身上穿着厚实衣衫，戴着头盔，头盔上有一盏高能探照灯，可以照出一两百米远。我穿着深筒钢板军靴，腰间更有阴阳双尺、打鬼棒、工兵铲、备用手电筒。

我望着那个女人的背影飞失的方向，开启了助力伞发动机，沿着大坝小跑起来。

“嘟嘟嘟嘟——”助力伞的螺旋桨飞速旋转起来，掀起一股大风，很快就把后面的伞叶撑开来，我的两腿开始离地，向上升了起来。

“你们安心等我回来！我一定会没事的！”我身在半空，扭头大喊道，接着一拉助力伞的绳子，压低伞叶，向无底深渊飞了下去。

飞离大坝之后，我想先探探深渊的底。但是，我向下落了不下一万米之后，却还没有到达深渊底部，心里开始打起了嘀咕。莫非这深渊真的一直通到地心不成？我抬头四下看去，发现了一个更加严重的问题。

此刻，我正处于一片虚空之中。刚才下坠的时候，一直竖立在身后的岩石峭壁，不知道什么时候，居然不见了。我只感觉自己飞进了太空之中。

我的心里有些没底了。助力伞的燃料已经消耗一半了，如果现在果断返航，也要把那桶备用燃料都消耗光了，才能够升到坝顶。

我有些犹豫了。然后我想到，现在身上携带的燃料，已经是全部的燃料了。如果现在放弃了探索，那么近期绝对没有机会再飞进这里了。

“那我就拼了！”我一伸手关掉了发动机，就这么拉着降落伞直直地向下坠去。我想，反正都是往下降，开不开螺旋桨都是一样的。不开螺旋桨还可以节省燃料，加快下降的速度。

果然，下降的速度明显加快了，耳边刮着很强的冷风。可是，就这么快地下降了一个小时，我还是没有落到底。

我不禁额头暴起了一层冷汗，知道情况严重了。现在我遇到了一个无法解释的诡异状况。我真的飞进了一个无尽的空间。

这一个小时里，我一直看着手表，计算下降的距离。我足足下坠了近两万米，这是一个什么样的深渊？

我的倔脾气也上来了，干脆横下一条心，压根儿就不去想怎么飞回去了，就这么一直向下坠到底为止。做出了这个决定，我的心情由担心和恐惧，渐渐恢复了平静。

我连续下降四五个小时后，有些腻烦了，精神也有些萎靡，居然不知不觉地睡着了。

不知道睡了多久，当我被“嘟嘟嘟——”的发动机震响声吵醒的时候，发现自己居然还是没有落到地。

“他妈的，不是吧？难道我不小心把螺旋桨又打开了？”我抹抹嘴角的口水，伸手摸了摸控制开关，却发现螺旋桨根本没有打开。

那个发动机的声音不是我发出来的。这么幽深黑暗的地下，居然有发动机的响声，这不是见鬼了，就是遇到地下人类了。

我赶紧抬头四下看去，寻找发动机声响的来源。很远的地方，有一点亮光。

我连忙打开发动机开关，一拉助力伞的操控绳子，满心兴奋地向那点亮光飞了过去。没有想到，此时那点亮光居然也正向我飞来。

很快，我们就碰头了。

我正好处于那个亮光的斜下方，光线没有直射我的眼睛，我看清楚了，亮光来自一架小型木质滑翔机。滑翔机的舱门中透出昏黄的光芒，两只翅膀上的灯光一闪一闪，有些刺眼，机体上还趴着一个个黑乎乎的东西。

我把头盔上的高能探照灯对准了机身。这才发现，那是一具具狰狞凶戾的腐尸！

那些腐尸死死抓着机身上的铆钉，如同地狱的亡灵一般，想把这架从地狱中逃脱的飞机拖回到无底的深渊中去。

机身上还有一个伟岸的身影，那是一个身材高大的男人。男人满脸胡茬，紧咬牙关，面容刚毅，穿着一件灰白色风衣，风衣上染满鲜血，千疮百孔。男人手里紧紧攥着一根铁棍，冷冷地盯着四周的腐尸。

“呜哇——呜哇——”一声声嘶吼传来，那些腐尸如同疯狗一般飞跃起来，向那个男人扑去。

男人紧皱眉头，一手抓住机身上的铆钉，一手挥舞着铁棍，与那些腐尸展开了惨烈的厮杀。顿时血色飞溅，残肢乱飞，一声声惨烈的叫声响起！

那个男人，只是一个普通人，他没有克制阴邪的法宝。一个普通人面对腐尸，如果能够镇定自若，已经算是难得的勇气，现在，他不光面对如此多腐尸临危不惧，而且还奋起抵抗，可以想象，这是一个怎样血与火铸就的钢铁男人！

战斗进入尾声，男人终于凭借自己的意志，战胜了大多数腐尸。现在，他的面前只剩下一个又黑又大的巨型腐尸。而男人也已经是全身血肉淋漓，呼吸凝重，他颤抖的手几乎握不住手里的铁棍了。男人趴在机身上，剧烈地喘息着，狼一样的凶狠眼神冷冷地凝视着那头巨型腐尸。

“啊——”一声怒吼，男人猛地扑出，抱着那具腐尸一起坠入了深渊。

这一战，他虽然牺牲了自己，却完全胜利了。在他坠落的一刹那，他回头看向机舱门，露出了一个微笑。

“不要——”一声撕心裂肺的惨叫声从机舱里传来。接着，机舱门猛然打开，一个女人的身影显现出来。

“呼啦——”一阵劲风撕扯，女人的长发飞散，单薄的身体在疾风之中摇摇欲坠。她俯身向下望去，目光与男人的视线相接，她的泪水被风吹散了。

“孩子——”深渊之中，远远地传来一声呼喊。

这一声呼唤惊醒了泪眼迷蒙的女人。女人慌忙抹干眼泪，回到机舱中，流着泪握住了操纵杆，驾驶着飞机一路向上飞升。在她的旁边，一个摇篮被紧紧地绑在副驾驶座位上，摇篮里躺着一个婴儿，那个婴儿正瞪着一双大大的眼睛。

“呜呜呜呜——”小型滑翔机拖曳着黑墨一般的尾气，向上方急冲而去，渐行渐远，最后完全消失在夜空之中。

我抬头看着那虚无黑暗的苍穹，早已心潮澎湃。那个男人我并不认识，可是，那个女人，正是我在深渊大坝上见到的那个。她面容清秀，眉宇之间带着一股英气。

她，究竟是谁？

四周是一片黑暗，虚空，死寂。整个世界，又只剩下我一个人。

我要去向哪里？会飘向何方？

我的耳边忽然传来苍凉的长笛声。我回头去看，只见那个女人又出现了，她正在引导着我。她的衣衫已经换了一条粉红长裙，手里是一杆金色长笛，背后是一株盛放的杏花，花瓣随风翩翩飞舞。

她微微眯眼，吹奏着一首摄人心魄的亡灵之曲！她轻踩漫步，身影摇曳，向无尽的虚空走去，渐行渐远，最后消失了。

我快速扯动助力伞操控绳，打开螺旋桨的开关，想驾驶助力伞追过去，跟上那个女人。突然，一阵刺骨的冷风扑面而来。

“呼——”阴风乍起，我猛然惊醒。原来刚才看到的一切，都是一场梦！我这时才是真正醒来。

我看看四周，发现环境已经有所改变。一阵阵冷风迎面吹来，我搓搓僵冷的脸颊，打开螺旋桨的开关，迎着冷风向前飞去。

没有想到，凛冽的寒风却越来越强，最后几乎变成了狂风。助力伞最多只能抵挡八级大风，现在，随着伞叶的扯动，我已经开始飘摇起来。

这个时候，我才猛然发现，那狂烈的大风并不是直来直往地吹的，而居然是盘旋着吹的。也就是说，这是一股龙卷旋风的外围！我现在正随着盘旋的大风一点点地深入龙卷旋风之中！

我不禁心里一沉，拼命拉动操控绳，想驾驶助力伞驶离旋风圈。

“嘟嘟嘟嘟——”我背对着狂烈的旋风，咬牙尽力向后驶去，但是，压根儿就无法挣脱狂风的控制范围。而随着油箱里的燃料告罄，螺旋桨的旋转开始慢了下来。

“呼啦——”

终于，在挣扎了半天之后，一阵劲风扯过，我连人带伞，被那大风一吹，如同被一只无形的大手拽着一般，随着那大风，在那巨大空旷的黑暗空间之中，飞舞盘旋起来。

风力越来越大，我距离龙卷风的中心也越来越近，助力伞已经无法操控了。我全身抱成一团，不做任何反抗了。

大风之中开始夹杂细碎的沙石。沙石打在我身上，针扎一般的疼。我更不敢抬头了，只能用双臂紧紧护住脑袋。

“砰砰砰——”

“沙沙沙——”

呼啸的狂风之中，无数碎石朽木向我的身上和助力伞上落来。助力伞叶被尖利的碎石划破，渐渐失去了浮力，我如同一块石头，急速向下坠去。

我心里真的是有些绝望了。没有了助力伞的缓冲，自由落体必死无疑。我可能会摔成肉饼，也可能坠入灼热的地心岩浆之中，彻底融化。

我紧咬牙关，硬顶着飞沙走石，拼命扯动助力伞的操控绳，尽力向龙卷旋风的中心飞去。因为，我听说，龙卷风的中心其实是无风的。

“噼里啪啦——”我只感觉身上所有裸露的皮肤都如同被刀割一般疼痛。这一次，我相信自己肯定要毁容了。

“咯吱——噼啪——”我头上的探照灯被砸破了，灯泡也碎了。失去了照明，我茫然地看着四周的黑暗，满心绝望。

突然，狂暴呼啸之中，一阵苍凉的笛声由远而近。我下意识地伸手去摸腰间的备用手电筒。

没有想到，我刚把手电筒摸到手里，还没来得及打开，只觉得身体被一只无形的大手抓住，猛然向前移动了一段距离，接着四周的风声突然静下来了。

当我向前看去的时候，心中一阵惊叹。这是我见过的最恢弘壮观的场面。在我的面前，是一道道如龙蛇扭曲的闪电，从苍穹中劲射下来，一直延伸向深渊。闪电照亮了这个空间，形成了栅栏一般的电网之墙，我看不到它的边际。

而在我的面前，数道闪电交缠而下，后方却是一大团漆黑如墨的阴气之云。阴气之云翻滚蹿腾，如同海浪滔天。

我这时才回过神来查看自己的情况。我背上的助力伞叶已经千疮百孔了，但是，不知道为什么，此刻我居然仍能悬浮在空中。

这个空间的内层是电网之墙封闭起来的阴气空间，外层则是凶险异常的狂暴龙卷飓风。这个空间是飓风和电网之墙之间的狭小夹层，厚度不到一百米。

这个夹层中没有风，甚至连地心引力都没有，我可以悬浮，可以像一条鱼一般在空中畅游。觉察到这些诡异的状况之后，我彻底愣了。

我到底是在哪里？接下来我要怎么办？我很快镇定了下来，因为，再次进入狂暴的飓风之中，显然是不可能了。所以，现在唯一的出路，就是冲破电网，深入到阴气之云中。

我相信，电网之中的世界，应该就是我要寻找答案的地方！

我兴奋地大吼着，舞动四肢，向电网冲了过去。

“咔嚓——”一声震响，一道刺目的闪电在我额前划过，差一点就将我击伤。

我心里一凛，这才意识到电网之墙的厉害。闪电无处不在，迅捷无比，我根本不知道能不能躲过闪电的频繁攻击。因此，如果要强行通过电网的话，要做好接受天雷电击的准备。

我并非没有遭遇过雷击。那一次雷击，即便我的身体恢复能力超强，也在床上躺了半个月才恢复过来，痛楚的感觉记忆犹新。

刺目的电网，就位于我身前不足五十米远的地方。我没有退路，只能硬冲过去。我想，如果不走运被如此高能的雷电击中，也会解脱得很快吧。那么，也就没什么可怕的了。

“咔嚓——”一声声震响传来，一道道刺目闪电从我身边划过。我四肢并用，在闪电的缝隙中缓缓向前游。

闪电太刺眼，我根本不知道自己通过了多少路，但是，我感到离阴气越来越近了。

我成功了！从电网中穿过，愣是一星半点儿都没伤着！

“咔嚓！”就在我的狂喜还没有退去时，一声震耳欲聋的响声在耳边炸起，我只感觉眼前一片白花花的，就头一歪，身体一软，昏死了过去。

第二章 九阴鬼域

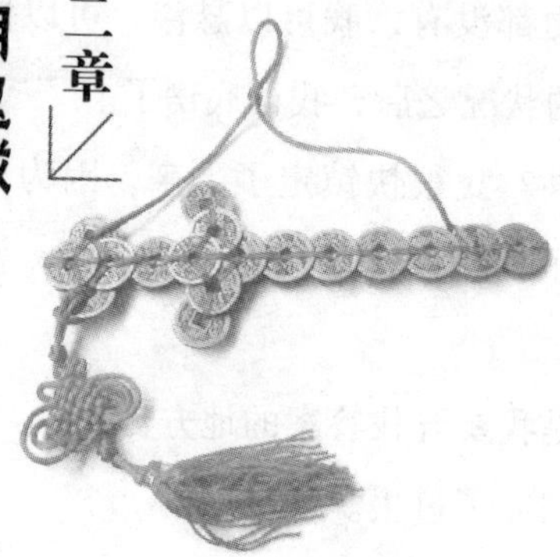

如果在进入深渊之前，我知道会有雷击的话，我就会带上那件遮天的尸衣，就不会被雷电击中了。

闪电可以灭杀修为深厚的妖灵，可以瞬间将最凶狠的亡灵击散。如今，我的肉体估计已经被灭杀得差不多了，我感觉自己漂浮在一片凄冷的黑暗里，还听到了远处有一阵阵凄厉的号叫。

但是，可能是我身体遭受的创伤太重，我无法马上醒来。眼皮仿佛有千斤重，怎么都睁不开，四肢也根本动不了。

我累得筋疲力尽，却还是在昏睡中，醒不过来。

此时，我真的要感谢祖师爷的护佑。就在我昏迷不醒的当口，一股热流从腰部传来，渐渐扩散到全身，我的身体被温暖了。这种暖洋洋的感觉，犹如沐浴在春日的阳光下一般，无比地放松舒畅。

得到这股温暖的滋养，我可以清晰地感觉到，全身的伤口都在迅速愈合。我漂浮在温暖的空气中，如同婴儿漂在羊水里一般，汲取着生命的能量，有一种重生的奇妙感觉。

也不知道过了多久，突然一阵凶戾的鬼叫声在我的耳畔响起，与此同时，那种滋润我身体的温暖感觉猛然褪去，接着是凄厉的惨叫声，似乎有什么东西，被我的阳尺气场击飞了出去。

我推测，应该是有什么东西想偷袭我，就被阳尺自行运转产生的纯阳罡风气场反弹了出去。那个东西可能是看到我一个人昏迷着，比较好欺负，所以想来占点便宜，却想不到我的身上居然有这么一件法宝。

不过，由于被那个东西干扰了一下，阳魂尺形成的纯阳气场也有了波动，纯阳之力一泄之后，随之消失了。

“呼呼——”纯阳气场退去之后，一阵冷风刺骨而来，猛地将我吹醒了。

我浑身一震，睁眼四下一看，感到一阵疑惑。

我简直就是处在一个魔幻的空间里，让我还以为这是在做梦。我赶紧在自己的手臂上狠狠地掐捏了几下，发现确实不是做梦之后，这才满心好奇地打量这个世界。

这个世界给我的第一感觉，就好像一副素描画册被泼上了鲜血一般，到处都一片黑红。这里光线十分暗淡，隐隐散发出一股血腥之气。

我仰首看上方，发现没有云雾，没有日月星辰，只有一片漆黑的苍穹。这个世界的光线似乎是凭空出现的，不知道来自何方。

而我此刻正悬挂在一棵粗大的紫红色巨树上。

想必，我从空中跌落的时候，正好掉到了这里，然后助力伞包就挂在巨树的一根枝丫上了，我也就这么半吊在距离地面将近四五十米高的地方。

我不得不暗暗庆幸自己运气太好。如果我当时直接掉到地面上，就算没有被摔成肉饼，也早已被那些腐尸撕扯成碎片了。

在这个世界里，除了山石树木的颜色与外面的世界不同之外，这里的原住居民也非常彪悍。它们无一例外，都是凶戾残暴的腐尸。

就在我醒来之后不久，就已经觉察到了异样，也看清楚了树下围堵着的大批腐尸。这些腐尸细分起来，有只能跳着往前走的僵尸，有血肉淋漓的血尸，有浑身漆黑的嗜血阴尸，更有一些比猴子还灵活的、不知道是什么种类的凶戾尸魁。

现在，有很多爪牙尖利的尸魁，顺着粗大的树干攀爬上来，开始向我靠近。

想必，我没有醒过来的时候，那个被阳尺气场弹飞出去的东西，就是第一个爬到我身边的尸魁。

"吼吼——唔呀——"

这些凶戾的尸魁，浑身肌肉青黑发紫，在暗淡的血色光芒下，散发出一种水银般的光泽，一看望去，让人感觉它们的躯体犹如金属一般，显得坚韧强健。

我也看到，这些尸魁真的如同猴子一般，四肢细长、爪牙尖利、獠牙分明，空洞的大眼圆睁着，发出一股股幽幽的蓝光。

对于这些尸魁和腐尸来说，我这个血肉之躯的人类，自然是一道千年难得一遇的美餐，因此它们全都发疯一般地向我冲过来。

这个时候，一阵阵凄厉阴风从林间刮过，吹得我寒毛直竖。我眯眼四下看去，这才发现那阵阴风赫然是由无数黑气缭绕的阴魂组成的。

我不禁倒抽一口冷气。在这个世界中，只有成群的阴变腐尸，以及弥漫在空气中的阴冷冤魂。这里是九阴之地，是一个鬼域！

《青灯鬼话》有云：九阴通幽冥，幽冥即通，鬼域必现！那么，这里就是一处可以连通幽冥的九阴鬼域。

在此之前，我一直以为真正的鬼域是不存在的。但是，现在我不得不相信了，鬼域不但存在，而且里面真的是尸魂纵横！

"唔呀——"一声尖厉的叫声从我头上传来，同时有数滴腥臭的口水滴到我脸上。

我抬头一看，只见一头体大臂长的尸魁已经爬到了我头顶的树杈上，正在双爪扒着树杈，侧头看着我，做出了准备攻击的姿势。

我有些无奈地抬头与这个尸魁对望着。我心里的疑问太多了，虽然我来到了这个未知的世界，但是，我要寻找的答案仍然没有找到。

尸魁非常凶狠地瞪着我，四爪腾空，果断地向我扑了过来。

“你他妈的！”我冷喝一声，顺手抽出了背上的工兵铲，双手握住，猛力一挥，如同打棒球一般，将尸魁砸飞了出去。

“哼！”我鄙夷地看着那个尸魁，心里不禁一阵暗笑。

但是，我也无法从容地沿着树干滑下去，因为这些恐怖又恶心的尸魁已经把我的路给堵死了。

我可不想在这几十米高的树干上，像走钢丝一样和这些鬼东西搏斗。我皱眉沉思了一会儿，不觉心生一计。

天外飞仙！我的背上不是还背着助力伞吗？

助力伞的燃料没了，可是，我的腰里还有一桶备用汽油。助力伞的伞叶是没用了，因为，伞布不但被沙石磨破了，现在还挂在树枝上，想要继续使用是不可能了。所以，我准备干脆把伞叶摘掉，单独使用螺旋桨。

这个螺旋桨可没有坏，只要有燃料就能转起来。于是，我把腰上挂的汽油桶往助力伞的油箱里注满汽油。然后，我伸手从小腿上抽出一把锋利的匕首，开始割助力伞的绳子。

在我割绳子的时候，那些尸魁还在不断地骚扰我。

不过，因为手里有了匕首和工兵铲，所以，那些尸魁扑过来，都是自寻死路，只是浪费我一点儿时间而已。

我终于把助力伞的绳子割得差不多了，整个人也斜着坠了下去，这才一按开关，把助力伞螺旋桨的开关打开，接着猛地一拧身，翻身向上，借助螺旋桨的推力，猛地一挥匕首，把最后一点儿绳子割断。

我背着“嘟嘟嘟嘟——”急速旋转的螺旋桨，如同一只巨大的苍蝇一般，在树林里没头没脑地飞了起来。

由于一开始的时候，我是面朝上的，所以，我乘风而上飞了一段距离。但是，我随即一翻身，螺旋桨的风力一推，我就一头向着树林里栽了下去。

这个时候，我才发现，螺旋桨不但没能延缓我的下坠趋势，反而加快了我落地的速度。我连忙关掉了螺旋桨，接着就从几十米高的空中自由落体，砸了下去。

“啊——”我真的有些害怕了，惊恐地大叫起来。

幸运是，地面上有一群腐尸，我这么一喊，那些腐尸一齐拥堵到了我正下方的地面上。

结果，当我落地的时候，压根儿就没有感觉到什么疼痛。那么厚的一大堆肉垫子帮我缓冲巨大的冲击力。

最后要不是有一具僵尸的肋骨被我砸断了，在我小腿上戳了个伤口，我的这次落地就是完美的了。虽说我压根儿就不是这样计划的。

不管怎样，我还是安全地从树上下来了，砸倒了好几具腐尸。

随即，四周的腐尸都向我飞扑了过来。它们有的张着大嘴号叫着，有的挥舞着尖利的爪牙怒吼着，有的全身血肉淋漓的，有的两臂平伸，有的只有半个身体、用一只手臂在地上爬动着。

我以前还没有被这么多腐尸围住，简直能直接就把我给埋住了。我有些惊恐了，所以，一出手就是阳魂尺，直接祭出了大杀器！

“扑——呼——”我全身热血沸腾，阳魂尺炽热的纯阳气场喷薄而出，瞬间将那些腐尸都震飞出去。

一击之后，我缓解了腐尸围攻的压力，马上卸掉背上的助力伞螺旋桨，然后一转身，瞅准一个空隙就拼命地跑起来。

我飞身跃出重围，甩掉腐尸，两腿生风。要命的是，这里是尸魂纵横的世界，不管我怎么跑，跑到哪里，总会有一些腐尸追着我。

这个时候，我有些怀念那个助力伞了。要是助力伞还能用的话，我不就可以甩开这些腐尸，在空中自由飞翔了吗？

我首先想到的办法，就是上树！但是我转念一想，我刚从树上下来，上树也逃不过追击。

现在，我要想躲过腐尸的追击，只有两个办法。第一是找到一个坚固的掩体躲进去，把腐尸全部拒之门外，但是，在这个诡异的世界里，想要找这么一处战略要地显然是不现实的，我压根儿就不了解这里的地形。

另一个办法，就是制造尸衣了！

尸衣遮天，不但可以躲避天雷之劫，而且能令鬼神莫辨。也就是说，只要穿上尸衣，就不会被鬼神发现，成为一具尸体一般的存在。

所以，现在我需要一件质地上好的尸衣，唯有尸衣，可以解难！

在以前的世界之中，想要一件尸衣要费不少事。但是，现在我想要一件尸衣，根本就不是犯难的事，因为，面前有大把的资源可利用。

我一咬牙，瞅准一棵高大的古树，飞身一跃，抓住一根树枝，翻到了树杈上，然后一路爬了上去。

那些一直追击我的尸魁，也都"呜哇哇"地鬼叫着，四爪抱树，向我爬过来。

我爬到大树顶端，骑在一个树杈上，低头向下看去，只见尸魁正一个接一个地爬上来。我心里一阵暗笑，从背包里取出一捆绳子，打了一个活结绳扣，随手往下一甩，就套住了一只尸魁的手爪，将它拎了起来。

"呜哇哇——"这只尸魁还挺凶悍，被我捆住手爪拎起来之后，张开大嘴就去咬绳子，差点把绳子给咬断了。

幸好我的动作够快，把它往上一提，手里的阳魂尺一捅，点到了它的心窝上，把它给收拾了。

将这只尸魁的阴魂击散之后，我把尸魁往树干上一搭，拔出匕首，开始忙活起来。

这些尸魁，算是腐尸里最凶戾高等的了，所以，它们身上的毛发是制造尸衣的最佳材料。不过，让我有些失望的是，这些尸魁身上没有多少毛发，身体挺光滑的。

我不想要短小的绒毛，而是急需一些又长又黑的毛发，好做一件披风。尸魁的头发正好可以满足这一点要求。尸魁身上虽然没毛，但是头发都很长，我就当一次剃头匠，帮它们理发。

没用多长时间，我已经从尸魁的头上斩下了一大捆又黑又脏的长发了。我微微一笑，起身拍了拍手，把搭在树干上的尸魁一脚踢飞下去，抓起那捆头发，向着更高的树飞跃过去。

在我们老家，土匪叫“长毛贼”。现在的我，也是一个长毛贼。

我如法炮制地从一些尸魁身上收集了足够多的头发之后，就爬到了一棵非常高的树上，拆开随身带的一根尼龙绳，用绳丝编了一个假发套和一个蓑衣披风。

我现在是尸发飘逸，尸衣遮天，应该不会被这些腐尸辨认出来了。

我刚开始从树上下来的时候，还真是有些心虚的，担心被那些腐尸辨认出来，又要扑过来围攻我。但是，这些腐尸对我完全失去了兴趣。

当我从它们身边走过的时候，这些鬼东西压根儿就没有发现我。我甚至对着一个身材高大的长毛尸魁挥了挥手，它冷眼看了看我，就转身走开了。

我很得意，跟在它屁股后面把它骂了一通之后，这才带着满心喜悦地哼着歌，非常悠闲地在树林里溜达了起来。

在这个陌生的世界里，我从醒来到现在都没有消停过，不是在逃命就是在忙活着做衣服，所以对这个世界完全不了解。

现在，我就要好好逛逛，再找到引起崩血之症的关键。

“呼呼呼——”一阵阵阴风袭来，冷飕飕的，我不禁寒毛直竖。

天空没有日月星辰，整个世界透着一股血红色，很像是太阳落山之后，大地即将完全黑暗下来的样子。

我沿着树林里的一条碎石小路向前走去，没多久，就爬上了一个光秃秃的山头。

我站在山顶上放眼望去，这才发现，在我的周围，也就是山头底下，全都是黑红色的树林。树林的面积非常广阔，看不到边际。

我不觉心里有些犯难，实在不知道接下来该往那边走，也不知道该做些什么。

到处都是一个样子，除了树林还是树林，只在最东边有一处火红色的岩浆之海，最西边有一个非常高的黑色山头。可是，这两个地方都非常远，我想要走过去的话，根本是不可能的。

就在我正在犯难的时候，在我的正北方，一处茂密的森林之中，突然闪起了一点光亮。

我心中一喜，不禁撒开双腿，向那边飞奔了过去。

那个亮光虽然很微弱，却让我看到了希望。因为，从亮光的颜色，我判断出来，那可能是一堆正在燃烧的火焰。

既然有火，就说明那边有人。腐尸是不会生火的，它们惧怕火，绝对不会自己去玩火。在没有阳魂尺这种大杀器的情况下，火，绝对是对付腐尸的最佳武器。

所以，一看到火光，我立刻就明白过来，在这个世界里，并不是只有腐尸和阴魂，这里也有活人！

“哈哈哈！”我很兴奋地大叫起来。

我不知道狂奔了多远，不知不觉就穿过了树林，已经可以清晰地看到一丛跳跃的火焰了。

那是一个正在燃烧的火堆。火堆在丛林的空地上，如果不是拥有高智商的人类，断然做不到。

我难以抑制心头的兴奋。我又向前跑了数十米，就嗅到一股非常浓郁的烤肉香味，从火堆的方向传过来。

不错，果然是有活人，而且他们还正在吃烤肉！

“喂，有人吗——”我一边跑一边高声喊道。没想到，我这一句话还没有喊完，却不脚下猛地一紧，一个绳扣就捆住了我的腿，把我一下子吊到了半空。

我中陷阱了！

但是，我没有感到很担心。毕竟，这里腐尸遍地，如果这里真的有活人的话，那么肯定是长期处于腐尸的威胁之中。他们既然敢在林中空地上点火烧烤，那么在空地外围设置一些陷阱，也是可以理解的。

所以，我还是非常响亮地喊了起来，对那些设陷阱的人喊道：“喂，请问有人吗？我不是腐尸，我是活人！你们把我放下来吧，我有事情和你们说。”

我话音刚落，只听“嗖嗖嗖——”一阵响声传来，有十几个全身乌黑干瘦的人影从四周的大树上跳下来，围住了我。

“哈哈！这次赚大发了，抓了一个活的，够吃好几个月了。”一个黑影站在我上方的树干上，满心兴奋地对他的同伴说。

“哈哈哈，快快，快把他弄下来，我要把他的大腿肉做成肉干！”另外一个尖细的声音也兴奋地说。

“好啦，好啦，都别急，让我先把他放下去，你们注意看着，要按住他！”站在树干上的黑影说道。

这个时候，就算我再不愿相信，也知道他们想要做什么了。他们这是要把我当食物吃掉啊！

我千算万算，就是没有算到，这里的人类居然比腐尸还恐怖！

我不有些疯狂地大叫起来：“喂喂喂，你们不要吃我，我是活人，我是活人！我有事情问你们！”

“哈哈，你当然是活人，我们要吃的就是活人，不是活人，我们干吗吃你？你以为我们只吃腐尸吗？我告诉你吧，我们最喜欢吃的就是活人！”一个黑影诙谐轻松地说道。

“你们连人肉都吃？你们不也是人吗？你们怎么能吃自己的同类？”我满心疑惑地问道。

我观察着他们，发现这些人身上都穿着乌黑的皮质衣衫，都是长发飘飘。他们的脸颊像刀刻一般尖瘦，有些人更是獠牙分明，他们的眼神既兴奋又凶戾，在昏暗的光线中发出绿色的光芒。

“哈哈，我们当然是人类，不过嘛，和你不是同类。因为，你是我们的猎物，哈哈哈！”

一个黑影兴奋地大笑着，接着招呼其他同伴，一起围到我的下方，仰头看着我，只等我掉下去。

他妈的，邪门了，我怎么就忘了这个事情了呢?!

在这个世界里，没有阳光，没有雨露，自然也就没有农作物，甚至连活的动物都没有，那么如果这里有活着的人类的话，很显然，他们想要存活下去的唯一办法，就是吃尸体。

依靠吃尸体的腐肉活下来的人类，会是什么样子的？而这些整天吃腐肉的家伙，突然见到了一个白白胖胖的鲜活人类，他们会是什么样的反应，也是不难想象的。

这个世界里最凶残的物种，并不是那些腐尸，而是这些饿急了眼的人类，他们为了生存，连最凶猛的僵尸都能猎杀，还有什么事情是不敢做的?

我还真是够倒霉的，刚出了狼窝，就一头扎进了虎穴，现在该怎么办?

和这些两眼绿光闪闪的家伙，显然是没有讲和的余地了，那么唯一的办法，就只有奋力反抗了。

这个时候，唯一让我感到庆幸的是，这些猎尸人还不知道我的厉害，这也成了我能够翻盘制胜的希望。他们有的是弓箭和石斧，有的还拿着又长又细的铁棍。如果他们知道我的厉害的话，早就用手里的武器招呼我，把我活活打死了。

现在，因为他们并不知道我有多厉害，所以，他们很轻松地站在地上等待着吃到我这个猎物。

我怎么可能就这样束手就擒呢?

我一翻身，抽出小腿上的匕首，抬手一挥，割断了脚腕上的绳子。然后，就在这些猎尸人还没有反应过来的时候，我已经翻身落地，一脚踹在一个猎尸人的脸上，将他蹬飞了出去。

接着，我原地一个腾挪，又撞翻了一个猎尸人，打开了包围圈的缺口，奋力冲了出去，撒丫子向前狂奔。

“快，快，他跑啦，快追啊!”

猎尸人立刻乱成一团，都号叫着向我追过来。

可是，他们又怎么可能追得上我呢？我一边狂奔，一边在心中得意。

其实我根本没有必要逃跑，要对付这些营养不良的人，对我来说是很轻松的事情，但是，我不忍心残杀同类，所以，我还是选择逃走。

可是，我没有想到，我有心放他们一马，他们却压根儿就没打算放过我。

一阵沉闷的马蹄声突然在我身后响起，我回头一看，赫然发现这些猎尸人居然每个人都骑着一头腐尸战马向我追来。

这些家伙居然连腐尸战马都驯服了，实在是太刁了!

“不要跑！站住!”这些猎尸人一边追赶我，一边大吼。

“嗖嗖嗖——”白骨做成的箭矢带着破空之声，从后方飞射而来，有的钉到了我的背包上，有的扎到了树上。

我心里不禁一阵愤怒，猛然一个急刹车，凛然转身，转身迎着这些猎尸人飞奔过去。

“你们找死!”我大叫一声，飞跃而起，扑到一个猎尸人身上，一刀就割断了他的喉管。

“小心了，点子有些硬，大家注意了，都用挠钩，别让他近身!”

这个时候，领头的猎尸人一拉缰绳，围着我跑了起来，掏出了挂在马背上的挠钩，向我身上丢过来，想将我拖倒在地。其他猎尸人也都掏出了挠钩，纷纷向我甩过来。

我不觉冷笑一声，根本就没去管那些从背后袭来的挠钩，冷冷地瞪着领头的猎尸人，沉声说道：“你们根本就不知道，你们现在面对的人是谁!”

尘沙漫天，十几个猎尸人骑着高大的腐尸战马，将我团团围在当中。

我瞅准领头的猎尸人，一抬手，抓住了他甩过来的挠钩，接着用力一拽，直接把他从马上掀飞下来。接着，我将绳子甩得如同一条游龙一般上下翻飞，无人能挡。

这些猎尸人本来就营养不良，没有多大力气。他们甩出的挠钩被我抓住了，一连砸翻了好几个猎尸人。

余下那些还骑在马上的猎尸人，这才意识到情况的严重性，不觉发出了一声声怪叫，骑着腐尸战马，向着树林深处奔逃而去。

我这才甩手丢掉绳子，走到躺在地上呻吟着的猎尸人头领面前，抓住他的头发，将他提起来，有些戏谑地问道："你说你这是何苦呢？现在好了吧？知道我的厉害了吧？"

"嘿嘿，你以为你已经赢了吗？"我没有想到，这个猎尸人头领居然还能笑得出来。

他冷笑着，看着我说道："实话告诉你吧，这只是一个开始。我们猎尸联盟有上千人。你胆敢得罪我们，你就只有死路一条！有种的，你就在这里等着，我们的人马上就会过来了。等他们带了武器过来，我看你还敢嚣张不！"

"嗯，他们来了之后，我敢不敢嚣张，我不知道。不过，现在我肯定是敢嚣张的！"我最讨厌别人威胁我了，所以，我对着他的裆部狠狠地踹了一脚。

"唔——"这家伙立刻双手捂着裤裆，全身抽搐着蹲了下来。

我踏前一步，一把抓住他的头发，又将他提了起来，冷声说道："把手放开！"

"唔，大侠，大侠，求求你，我，我错了，我错了，我再也不敢了，求求你，饶了我吧，我错了，我真的错了。"猎尸人头领的脸在抽搐，咧嘴求饶道。

"好，那你就乖一点儿。"我把他松开，又在他腿上猛踹了一脚，把他的小腿骨踩断了，这才把他拖到一棵大树下面，让他背靠着树干坐着。

我则点了一根烟，悠闲地抽了起来，听着猎尸人头领的哀号。

“我数三声，你再不停下来，我让你另外一条腿也断掉。”我掸掸烟灰，对猎尸人头领说道。

听到我的话，还没等我数数，猎尸人头领已经咬牙不出声了，双手虚抱着腿，满脸惊恐地看着我说：“大侠，你，你到底想要做什么？你是不是想吃我的肉？我求求你，饶了我的吧，我的肉又酸又臭，我已经一年多都没洗澡了，身上都是尸油，真的不好吃。你要吃的话，就吃他们几个吧，他们的肉比我好吃，而且足够你吃很久了。”

猎尸人头领说着，指了指远处那几个被我打昏过去的猎尸人。

我不觉皱起了眉头，眯眼看着猎尸人头领问道：“你们不会连同伴的肉都吃吧？”

“这个还用问吗？同伴的肉也不能浪费啊。”猎尸人头领很疑惑地看着我问道，“难道你不吃的吗？”

我心里不觉一阵恻然，已经可以想象到他们在这里的生活有多么艰难了，不觉点点头，继续问道：“你们是怎么来到这里的？你们还有多少人？是靠什么活着的？这个世界到底有多大？那些腐尸又是怎么回事？这些事情你知道吗？”

猎尸人头领更疑惑地看着我，问道：“你，你不会是第一天来到这里吧？”

“不错，我确实是刚刚来到这里。你详细跟我说说，这里到底是怎么回事，你说了，我就饶了你。”我冷冷地说。

猎尸人头领舔了舔嘴唇，皱着眉头，一脸伤感的神情，悠悠地说：“这里是一片鬼地。我也不知道自己是怎么来到这里的。就是有一天，我醒来之后，突然就发现自己活在这个世界里了。而且，我的周围还有很多人。我们发现，这个世界到处都是腐尸，腐尸非常凶猛，见人就咬。我们的同伴一旦被咬了，就算没有死掉，也很快就会变成腐尸。所以，刚开始的时候，我们人数一直在减少。我们被那些腐尸逼得无路可逃，很多人受不了，干脆自杀了。后来，我们发现在身上涂抹尸油，再穿上用那些腐尸的皮做成的衣服，就不会再遭到腐尸的攻击。所以，我们活了下来，而且成了猎尸人。这里什么都没有，我们除了吃尸体，根本就没有别的东西可以吃。”

我冷笑了一下，抬脚就要向猎尸人头领的断腿上踩过去。

“大侠！大侠饶命，我什么都告诉你了，为什么你还要打我？”猎尸人头领见到我的举动，不觉满脸惊恐地问道。

“哼，我最讨厌撒谎的人，所以，这是给你的惩罚！”我说完，毫不犹豫地一脚踩了下去。

“啊！”猎尸人头领立刻惨叫一声，抱着断腿在地上抽搐起来。

“大侠饶命，大侠饶命，我不敢了，我再也不敢了——”猎尸人头领拼命地讨饶，惊恐地向后缩身。

我冷笑道：“说吧，到底是怎么回事，你们到底是从哪里来的？”

猎尸人头领满脸痛苦，抬眼看着我说道：“大侠，我什么都告诉你，只求你不要再折磨我了。我错了，我知道错了。”

“少废话，快点说！”我冷喝一声。

猎尸人头领咬咬牙，断断续续地说道：“我是，是从泉水里长出来的。”

第三章 猎尸联盟

“泉水？什么泉水？”我皱眉问道。

“九阴鬼泉。”猎尸人头领看了看我，又舔了舔嘴唇：“那个泉水是这个世界的中心。泉水冰凉刺骨，水色乌黑，深不见底。据说那个泉水通往地心的最深处，直通幽冥。我们，我们就是从那个泉水里长出来的。”

“什么意思？莫非那个泉水里面，会长出婴儿来？要是这样的话，那就是生命之泉，又怎么会是九阴鬼泉呢？”我疑惑地问道。

“不，不是婴儿，是成年人。当然，有时候也有孩子和老人，反正不是从婴儿时期开始长起来的。”猎尸人头领的心情开始放松了，耐心地解释道：“那个泉水里长出来的人，根据我们猜测，不是凭空长出来的，而是从另外的世界吸收过来的。”

“什么意思？”我更加疑惑了。

“那个泉水里长出来的人，刚开始的时候是一团黑血，然后这团黑血慢慢地长大，最后成为一个完整的人。这些人年龄性别各异，他们活过来之后，每个人都像是刚睡醒一样，会说话会走路，什么都知道，但是就是记不起来他们之前的事情。在他们看来，他们就是凭空出现在这个世界里的。”猎尸人头领咂咂嘴，“这个世界的人类，都是这么出现的。”

“哦？”我不觉陷入了沉思，很快就想到了一个非常可怕的事情。这个九阴鬼泉和崩血之症一定有着怪异的联系。

九阴之泉，吸收人类。崩血之症，血气凭空蒸发，最后只剩一张人皮，甚至连人皮也会渐渐消失。再加上那个“辐射警戒线”，终于，我豁然开朗，明白了事情的来龙去脉！

这个诡异的世界，就是以九阴鬼泉为中心构建起来的。因为九阴鬼泉直通幽冥，终年散发出无穷阴力。这种阴力就是死亡之光，有吸收生命的能力。

一旦有人被这死亡之光辐射到了，就会受到九阴之泉的吸引，开始崩血，整个躯体会一点点地被转移到这个世界来，然后重新合并起来，长成一具新的躯体。

这具新的躯体和原来的躯体应该没有多大的不同，唯一的区别是，所生存的空间发生了变化，而且完全忘却了之前的记忆。

九阴鬼泉，阴力辐射，生命吸引，空间转移，这就是崩血之症的根本原因！

没想到，我这么快就找到问题症结所在了！

我难以抑制心中的兴奋，几乎有些发狂地一把抓住猎尸人头领的手臂，对他喊道：“那个九阴之泉在哪里？快带我去看看！”

“这个——”猎尸人头领却有些为难地迟疑起来。

“怎么？你不愿意？”我眼神一冷，盯着他问道。

“不，不是这样的，大侠，我愿意，我只是担心，担心你会出事。”猎尸人头领连忙讨好地说道。

“什么意思？”我站起身问道，“那个九阴鬼泉很危险吗？”

“不，泉水并不危险，危险的是守卫泉水的人。我们猎尸联盟的营地，就是以九阴鬼泉为中心的，九阴鬼泉是联盟重点守卫的地方，我们想要进去不太可能。”猎尸人头领有些纠结地说。

“哦？这么说，你们和那个泉水的感情很深嘛。说，这到底是怎么回事!”觉察到猎尸人头领的话语里暗含的意思，我不觉冷哼一声。

“这个，我，我不能说。”

我没有想到，到了这个时候，这个家伙居然敢跟我讨价还价。“你说还是不说?”我冷冷地问。

猎尸人头领头上立刻暴起一层冷汗，连忙双手一抱腿，向后缩了缩，求饶道：“大侠饶命，我说，我说。”

“快点说!”我沉声喝道。

“是，是这样的，那个泉水，泉水，是我们整个联盟的主要，主要食物来源。”猎尸人头领说到这里，惊恐地闭上了眼睛。

我立刻明白了，他们之所以紧挨着泉水建立营地，就是要把泉水里生长出来的人类作为食物!

想到这里，我的胃里一阵翻腾，差点吐了出来。我咬牙冷眼看着猎尸人头领，问道：“你们一共吃了多少个人?”

“几千个吧。前几年，泉水里长出来的人比较多，最近变少了。所以，我们没有办法，就开始猎杀一些比较新鲜的腐尸。”

我厌恶地瞪着他，连骂都懒得骂了。

“大侠，我们自从来到这个世界，就已经不再是人了。我们早就变成鬼了。除了这么做之外，我们根本就没有办法活下来。如果我们饿死了，我们的尸体还会变成腐尸。我们都是被逼成这样的啊!”猎尸人头领一把鼻涕一把眼泪地哭了起来。

我心中一阵无奈，知道他说的都是实话，也就不再纠缠这个问题，继续问道：“你们的营地在哪里?带我过去。”

“好，好的。”猎尸人头领也豁出去了，他拖着一条残腿，艰难地站了起来，却还没有走出两步，就一下子歪倒在地上。

“你躺下，我帮你处理一下。”我从树上折下几根树枝，然后帮他接好腿骨，上好夹板，用绳子绑住了，这才说道：“你来指路，我扶着你走。”

猎尸人头领满心感激地点了点头，跟着我一起向前走去，哀求道：“大侠，等下到了地方，你能自己进去吗?不要带我一起进去，行吗?”

"为什么?"我问道,"难道你不想回到营地?"

"大侠,我现在断了一条腿,已经失去了行动能力,活着也是白白浪费粮食,所以,他们会趁我变成腐尸之前,把我,把我吃掉的。"猎尸人头领痛苦地说。

我轻轻地叹息一声。这个时候,我已经无心指责他了。

在这个荒芜的世界中,他们又还能做什么呢?这里连阳光都没有,水也稀缺,他们还能够活下来,已经太不容易了。

站在他们的角度,我只能感叹他们的顽强,而不能谴责他们的凶残。

通过一路上的交谈,我得知了猎尸人头领叫柳三梢。当然,这个名字是他到了这个世界之后取的,他本来的名字不记得了。

根据柳三梢的介绍,我大概了解了这个世界的情况。

这个世界并不大,整块陆地不过数千平方公里。在这块陆地的四周,都是岩浆火海,那凭空出现的暗红色的光芒,其实就是来自岩浆火海。

猎尸人联盟并没有上千人,他先前只是为了吓唬我。猎尸联盟总共不到一百人,而且其中还有二十多个女人,也就是说,猎尸联盟里真正有战斗力的也就七十来个人。

猎尸联盟的领头老大叫林李,是一个黑壮大汉,在猎尸联盟里说一不二,为人还算仗义。

除了他们这些负责猎尸的男人之外,猎尸联盟里的女人都是为了满足这些男人的欲望才被留下来的。那些女人都像奴隶一样,在营地里干最苦最累的活,还要随时满足男人们发泄肉欲。她们不敢反抗,只有顺从那些男人,才会得到食物。而且,如果她们胆敢反抗,很快就会变成所有人的食物。

在这个世界中,不光只有猎尸联盟这群人。在大陆最西边的那座大山的顶上,还生活着一群人。那群人依山修建了堡垒,用来抵御腐尸的侵袭。而且那些人非常聪明,发明了很多东西,甚至还会用电,也会种植瓜果蔬菜和农作物,所以,他们的生存环境比较好。

但是,由于材料稀缺,他们在那边经营了很多年,也只是拥有一个可以勉强维持生活的温室大棚。不过，那群人是无论如何也不吃腐尸和人肉的。在他们那里，如果有人死了，会被火化。

正因为生存理念不同，所以猎尸联盟和西山堡垒里面的人是水火不容的。平时他们互不干涉，但是一旦起了冲突，都会把对方往死里打。

除此之外，这块大陆上还有第三类人。而这类人，只有一个人，而且是一个女人。这个女人独自居住在最北边的森林里。

我不觉疑惑地问道："那个女人一个人住在森林里？她难道不怕那些腐尸吗？"

"她不但不怕，而且那些腐尸还很听她的话，她是这个世界的主宰，我们猎尸联盟都不敢惹她。我们就算去猎尸，也不敢去她的地盘。"柳三梢顿了一下，"以前有一次，我们在她那边抓了一头腐尸回来，因此得罪了她。结果没过多久，她就操控很多腐尸围攻了我们的营地，差点把我们赶尽杀绝。自从那次之后，我们就再也不敢去惹她了。"

"她到底是什么人？为什么可以操控那些腐尸？你有没有见过她的样子？她一个人生活在森林里，吃什么呢？"

"我们也不知道她靠什么活着，总之，她就是能够活下来，而且活了很多年。她在森林里有一座小木屋，周围都是腐尸，那些腐尸和她就像朋友一样。我没见过她的样子，没听过她说话，她总是蒙着面纱。我们只知道她是个女人。"柳三梢有些艰难地喘了一口气，"大侠，我们歇歇吧，我实在是走不动了。"

"好。"我扶着柳三梢坐了下来。

就在我一弯腰的当口，一支骨箭带着尖锐的破空之声，向我身上飞射过来。我一时没反应过来，手臂上立刻被结结实实地扎了一个血窟窿。骨箭没入皮肉两寸，扎到了骨头上。

"啊！"我翻身躲到树后，猛地拔掉了那支骨箭，又抽出了阴魂尺和匕首准备应战。

"哈哈哈，都给我上！他受伤了，别放跑他！"

身后的树林里传来一声大笑，接着是一阵混乱的叫声，数十条黑影从不同的方向，向我的藏身之处袭来。

猎尸联盟的人终于到了！

我冷哼一声，就地向前滚去，然后爬上一棵大树，居高临下看着猎尸联盟的人，说道："叫你们的老大出来说话。"

"哼，死到临头还这么装，我看你是嫌命长！你知道我们是谁吗？"一个人抬头说道。

"叫林李出来！"我冷喝了一声。

"我就是林李，怎么？你们这帮西山的人，也敢在我的地盘上撒野吗？"一个黑壮大汉从人群中走了出来，冷笑着看着我。

"我不是西山堡垒的人，你不要搞错了。"我盯着林李道，"我刚来到这个世界。我是来救你们的。"

"哦？"林李一愣，接着和四周的人对望了一眼，忽然放声大笑起来。

"哈哈，你来救我们？哈哈哈，你以为你是神吗？"林李冷哼一声，满脸戏谑地斜眼看着我，说道："不过，你确实可以救我们一段时间，你的肉也够吃一段日子的。"

"你错了。我不是和你们一样的人。我不是从九阴鬼泉里长出来的，我是自己穿过龙卷飓风和电网来到这里的。你们只要听我的话，我一定会帮你们找到离开这个世界的方法。"

"哈哈哈！"林李再次大笑起来，眯眼看着我说："你是自己穿过空间壁垒来到这里的，就很牛了吗？西山堡垒里的人，都是自己穿过空间壁垒来到这里的，那又怎么样？他们自视甚高，以为自己是科学家，天天在那里搞研究，但是又怎么样呢？还不是一样没有任何一个人能活着离开这个世界？哼，你要怎么帮我们离开这个世界？请问！"

"这个——"我有些犯难了，然而还是坚定地看着他，说道："你们带我去九阴鬼泉，我要实地查看一下。按照我的猜测，这个世界的存在，就是因为有九阴鬼泉，我想办法把九阴鬼泉封住，这个世界就会消失，和外面的世界重新融为一体。"

"哼，你不要痴心妄想了。我们在这里已经活了很久了，早就认命了。

就算你真的是可以救我们的神灵，我们也不会相信你，还是把你烤了吃掉比较实在。”林李顿了一下，冷冷地看着我说：“况且，谁知道，九阴鬼泉封死之后，会不会不但这个世界消失了，就连我们这些在这个世界中的生物也会一起消失呢？所以，你对于我们来说很危险。你和西山堡垒那些人不一样，你不光是想要离开这个世界，你已经威胁到这个世界的存在，威胁到我们所有人的生命了！所以，你必须——死！”林李抬起弓箭，瞄准了我，冷笑一声道：“不好意思了！”

话音落下，林李松开弓弦，一支骨矢迎面向我射来。

我知道，不管我怎么说，这群家伙都已经铁了心要吃我了。我随手一抬匕首，将骨矢拨飞，接着凌空飞跃而下，向着猎尸联盟的人冲过去。

“头，小心了，点子很厉害，大家不要让他近身，都用弓箭对付他。散开，快散开！”一个曾经和我战斗过的人惊恐地大叫起来。

猎尸联盟的人迅速向后撤退，四散开来，弓箭不停地向我射击。

我向前急速一窜，已经追上了一个人，用阴魂尺一点，将他放倒在地，接着一提他的身体，挡住了侧面射来的箭矢。然后我就地翻滚，又追上了一个人，一匕首戳下，将他捅了个透心凉。

“大家都小心了，弓箭，瞄准了！”这时，林李也意识到了我不好对付，不觉一边后退一边大声呼喝。

“哼，我找的就是你！”我径直向他冲了过去。

俗话说得好，擒贼先擒王。我只有把林李抓住了，才能控制这群人。

林李不觉脸色大变，知道不是我的对手，虚射一箭之后，撒丫子就向后跑。

“有本事你跑到天边去！”我冷笑一声，急速地向林李追去。

生活在这个世界的人，长期得不到阳光照射，他们虽然凶悍，但是，体力和速度都有限。他们恐怖的只是外表和生存方式，而不是实力。又怎么可能是我的对手呢？

不过几秒钟时间，我就已经快要追到林李了。

“哎哟！”林李一边奔跑一边回头看，见到如狼似虎冲过来的我，不觉惊呼一声，就地一滚，躲到了一棵大树后面。

我抬脚过去就准备把他抓住，却不料，身后猛然有四五道破空之声传来。我连忙就地一滚，也藏到了一棵大树后，躲过了那些箭矢。

我刚刚背靠着大树站定下来，又有几道挠钩分别从不同方向甩了过来。

“不好！”我不觉心里一惊，知道他们这是想把我捆到树上，连忙一矮身，向前翻滚，身前却猛然出现了一个黑影。

林李从那棵树后杀了出来，正好迎上了我，重重一脚踹到我身上，一下子把我踢飞了回去。我被他一脚踹得一口气差点没能喘过来，落地之后，愣了两秒钟都没能站起来。

就在这时，几道挠钩已经甩到了我的身上，尖利的钩子猛地钩进了我的肉里，把我捆了起来。

那些人钩中我之后，左右用力一拉，我就被拉了起来，却不能动，越动那些钩子挖得越深。这时，我空有一身蛮力，也不敢轻举妄动了。

“哈哈哈哈——”见我被抓住了，林李不觉兴奋地大笑起来，走上来一拳打到我的眼睛上，冷声道：“我让你再嚣张！”

“你们真的不知道我是谁！”我已经出离愤怒了。从我出道以来，还从来没有吃过这样的亏。

我一咬牙，怒吼一声，全身爆发出阴尺气场，猛地将林李弹飞出去，接着双手一抬，将左右两个拉着挠钩的人拽趴到地上，解除了困境。

我刚刚开始去除身上的挠钩时，数道箭矢已经破空而来。我来不及避开，肩上、背上、腿上被扎了好几箭。

我这才意识到，这些猎尸联盟的人长期一起猎杀尸体，互相的配合早已是非常默契。他们并不像表面显现那样不堪一击，他们是真的恐怖和凶残。

这一次，我是真的栽了，我太轻敌了！

“嗖嗖嗖——”箭矢不断破空而来。他们压根儿就没想过给我留下活路！

在我第一次将猎尸人打跑的时候，心里对他们充满了鄙夷，认为他们压根就不是我的对手，却忘了这里毕竟是他们的地盘，他们是经历过生与死的考验才活下来的恐怖分子。

他们一开始之所以会落败，不过是因为他们的头领没有指挥得当。现在，他们的领头人换了，战斗力也不一样了。

我几乎用尽了全身力气，忍着箭伤剧痛，咬牙猛地向侧面飞扑出去，同时扑倒了一名猎尸人，一刀将他的喉管割断。我瘸着腿，奋力地站了起来，向密林中逃去。

现在我的伤势挺重，根本没办法和猎尸人死拼了。我一直追寻的谜底已经摆在面前了，所以，我绝对不能死，我去揭开那个惊天的秘密。

“快，他已经重伤了，快跟上，往死里射！”林李怒吼起来，指挥着猎尸联盟的人追了上来。

奔跑的当口，我已经把身上的箭矢基本都拔掉了。伤口在流血，火辣辣的疼，还好不太影响我的奔跑。我身上最重的一处伤口，是挠钩造成的，在我的腰部。挠钩的尖利头部似乎伤到了内脏，腰肋上一阵阵抽痛。我伸手去摸，一片血色淋漓。

再这样跑下去，我就算不被他们杀死，也要流血过多死掉了。情急之下，我一咬牙，背靠着一棵大树停了下来，取下背包，在里面一阵忙乱地翻找，终于找到了一把手枪！

我长舒了一口气，一回身，冷冷地望着那些急速追来的猎尸人，瞄准了其中一个，抬手一枪，直接爆头，将他打翻在地上。

“嘭——”一声震响，一道火线飞出，这一枪把那些猎尸人镇住了。

他们可能对手枪没有什么概念，他们见到我的手枪有些惊愕和疑惑。

“谁再敢踏前一步，我立刻杀了他！”我抬起手枪，指着那些猎尸人冷声喝道。

“哼，大家不要怕他，他手里的东西，西山堡垒里的那些人也有。他这玩意儿只能打六七下，打完就没有了。大家都给我冲，谁能够把他抓住，老子分他一条大腿！”又是林李，直接戳破了我的计谋。

我真是对他恨得牙根都痒痒了，不禁抬手一枪向他打过去。不料这家伙居然相当敏捷，闪躲在一棵大树后面。

那些猎尸人听了林李的话，都放松了心情，不再惧怕我的手枪，一起呼号着向我冲了过来，箭矢纷飞。

我只能抬手两枪，放倒两个人之后，转身继续向树林的深处逃去。

我一路奔逃，跌跌撞撞，无比仓皇。这是我有生以来最狼狈的一次失败。

这个时候，我才明白了一个非常重要的事情，那就是，人需要战友和伙伴。这么久以来，我之所以战无不胜，其实不是因为我特别牛，而是因为，在我的身后站着让我信任、可以给予支援的伙伴。

不管是胡子、二子，还是泰岳，甚至刚刚加入队伍的玄阴子，他们都可以独当一面，帮我分担一些压力。

现在，如果不是我一个人在这里，而是二子他们随便哪一个人跟我在一起的话，我们面对这些营养不良的猎尸人，绝对不会退缩，肯定会揍得他们人仰马翻。

我又伸手去摸腰间，发现流出来的血已经有很大一部分都已经凝固了。我这才松了一口气，不觉恢复了自信。

这么一路奔逃过去，也不知道跑了多久，我进入了一片杂乱茂密的森林。这片森林里完全没有路，我只能顶着干枯坚硬的枝条向前冲。

这时，身后那些猎尸人的叫喊声渐渐远去，终于完全听不见了，我这才深吸了一口气，扶着一棵大树，剧烈地喘息起来。

我忽然听到一阵窸窸窣窣的声音传来，我抬头一看，只见茂密的树丛之中，一双双绿莹莹的三角眼正在冷冷地盯着我。

我突然意识到一个非常严重的状况。由于和猎尸人大战，我头上的假发套已经掉了，身上的尸衣披风也破烂不堪，大多数头发都已经脱落了，只剩下几道发丝还披在身上。

而且，最要命的是，我身上的很多伤口都在流血，全身血气凝重，而这血气是最能吸引那些腐尸的。现在，我一停下来，那些躲藏在树林深处的腐尸自然很快就发现了我。

哎，这真是刚出了狼窝又进了虎穴！

我怒气暴起，一把抽出阳魂尺，全身热血沸腾，怒吼一声，就向那些腐尸冲过去。

“呼呼呼——”以我之血，祭我之尺，释放出强劲的纯阳气场，阳魂尺化为一把烈火巨刃，霸道地四下劈砍而去。

“吼啊——”

“唔呀——”

那些围住我的腐尸，显然没有想到我居然如此凶猛。它们还没有反应过来，我已经连续出击，撂倒了十几具腐尸。其他腐尸一阵阵怪叫，再也不敢向我靠近。

但是，腐尸们并没有放弃我这块肥肉的意思。它们站在远处冷冷地望着我，等着我倒下去。

我大骂一声，吐出一口血色唾沫，不再理会那些腐尸，提着火红灼热的阳魂尺，跌跌撞撞地继续向前走去。

我都不知道这是在哪里，我现在急需找到一个安身之所。我心里想着要到西山堡垒那边去。在那里，至少我的生命是安全的。

但是，我越走越无力，嗓子也极度干渴。我掏出水壶，喝了一口水，却不想，水一入喉，居然引起了一阵剧烈的疼痛。我全身一抽，双膝一软，跪到了地上。

我单手拄着尺子，拼命地挣扎着想要站起身来，却只感觉到一阵麻木感从手臂和双腿上传来。由于失血过多，我已经没有力气站起来了。

“吼吼吼——”我体力不支，身上的纯阳气场也渐渐退去，那些腐尸都兴奋地大叫起来。它们围到我的身边，两眼放光地望着我。

我狠狠地咬咬牙，跪在地上剧烈地喘息着，过了老半天才缓过一口气来，恢复了一点儿力气。

我连忙艰难地起身，一手晃着阳魂尺，一手扒拉着杂乱的树枝，挣扎地向前走去。我一边走一边在心里回想着姥爷教过我的镇定心神的方法，渐渐地平复了自己的紧张情绪。

心情镇定之后，我身体所具有的快速恢复能力又开始发挥作用了，很快就缓解了我的伤势，让我感觉舒服多了。

我从背包里掏出一块鸡肉，撕扯着吃下去。我失血太多，急需补充能量。一大块鸡肉吃完后，我感觉好受了一些。

我找了一个空地，捡了一些树枝，点起一堆火，把匕首在火上烤得通红，然后将刀刃贴到腰部的伤口上。

“吡——”一阵烟飘起，皮肉瞬间被烫熟了，而我也感到一股几乎无法忍受的剧痛。

“啊——”我惨叫一声，出了一头大汗，眼泪都流了下来。我感觉全身的神经都被抽动了，我丢掉匕首，躺倒在地，一点儿力气都没有了。

“吼吼——”

“呜哇——”

那些一直跟着我的腐尸，见我倒下了，都号叫着向我冲来。我侧头看到它们，心里叫苦连天，只能咬牙再次握着阳魂尺，连滚带爬地和腐尸们再次混战。

但是，我已经没有了先前的力量，阳魂尺根本就没法爆发出纯阳气场，更没法变化出烈火巨刃，所以，我没能将腐尸赶退，而是被它们抓挠得全身血槽道道，肩膀上还被咬了一口。

伤上加伤，我如同困兽一般怒吼着，回光返照地爆发出最后一波纯阳气场，将那些腐尸击退了出去，接着歪歪倒倒地来到火堆边上，面容扭曲地冷眼看着那些腐尸，心里一阵悲凉。

我在心中愤怒地大吼着。

为什么就在我距离目标不远的时候，让我死在这里？我不甘心，我实在是他妈的不甘心啊！

我紧咬牙关，死死地盯着四周的腐尸，心里已经做好了拚死一战的准备。多杀一个算一个，就算我死了，也要捞够本才行！

腐尸们像狼群猎狮一般，对我展开了车轮大战。我如何经得起这样的进攻？我坐在地上，吐出一口口血水。我的内伤太重了，我快撑不住了。

我剧烈地喘息着，绝望地望着那些腐尸，终于长叹了一口气，紧紧地攥着阳魂尺，躺倒在地上，缓缓地闭上了眼睛。

我绝望地吸了一口气，意识渐渐模糊起来，就要昏厥过去了。

就在这时，一阵悠扬的笛声从不远处的树林里传了出来。

我不觉在心里一阵自嘲。就是那个笛声，一路将我引到了这里，但是，我却辜负了她的希望，最后心有不甘地死在这里。听到笛声的时候，我知道这意味着什么。这说明我的意识已经开始混乱了，出现幻觉了。

现在，我甚至连身体的知觉都感觉不到了，不然的话，我为什么没有感觉到腐尸对我的撕咬呢？它们不是一直在围攻我吗？现在我倒下了，它们应该早就冲上来撕咬我才对啊。

所以，那些腐尸肯定已经在撕咬我的身体，我只是感觉不到而已，因为，我已经麻木了。可是，为什么那个笛声又那么清晰真实呢？

我有些惊疑不定地睁开眼睛，看向四周，却发现那些腐尸竟然真的没有上来咬我，而是站得远远的，朝向笛声传来的方向俯首跪了下去，似乎在朝拜它们的王一般。

我明白了，尸王要来了，它们这是要把我当成贡品，献给它们的老大，让它们的老大来咬第一口。

一道幽幽的身影，在空地边上缓缓地出现了。我先是看到了一双冷若冰霜的紫色眼眸。那双眼眸，我似曾相识，但是又不知道在哪里见过。

这就是那些腐尸的王吗？怎么看着这么弱小呢？而且还是一个女尸王。

她的身高最多也就一米五，身材很瘦弱。她身上披着灰色斗篷，头上戴着低低的帽兜，我看不清她的面容，但是，我能感觉到，那是一个还没有发育完全的小女孩。

女孩的头发只垂到肩膀，发梢似乎经常修剪，很是齐整，头发泛着幽幽的蓝光。她缓缓地走出来，瘦削的小手里轻捏着一支长笛。

她走到我的身边，静静地看着我。我这才看清楚她的面容，是一张娃娃脸，下巴有些尖。她没有说话，对着旁边一头非常高大的尸魁招了招手，把它唤了过来。

她指了指地上的我，然后那个尸魁便把软绵绵的我拖了起来，背到背上，跟着她一起向森林里走去。

“你，你最好把我吃了，我，我也算死得其所了，小妹妹。”趴在尸魁的背上，我使出所有的力气说了一句话。

女孩有些疑惑地回头看了看我，对我点了点头，说道：“放心吧。”

我欣慰地笑了一下，再也撑不住了，眼睛一闭，昏睡了过去。

第四章 腐尸之森

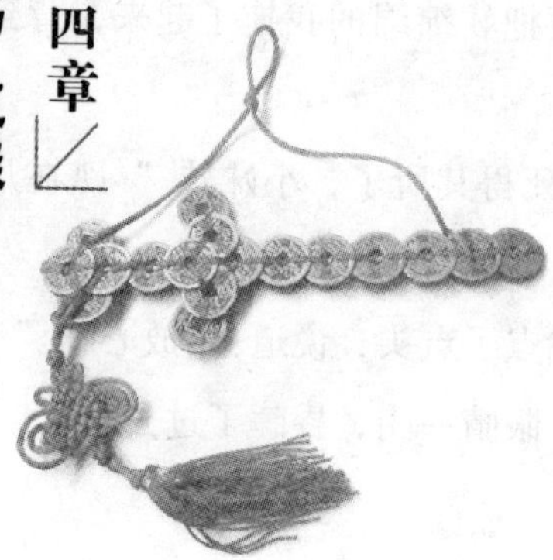

睡梦中，我发现自己处于一片虚空之中，一个幽幽倩影站在我面前，那个倩影有一双紫色的眼眸。

我猛然想起来，到底是在哪里见过那个女孩的眼睛了。是的，就是在梦里。

从小时候开始，每当我深沉睡去，或是将要遇到危险的时候，睡梦之中总是会出现那一双紫色眼眸。

但是，我绝对想不到，这双眼睛的主人居然是生活在这个世界的，而且还是尸王！

我从来没有想过，那个在梦中一直望着我的人，并不是我的朋友，而是要吃掉我的人。难道说，梦里一直看到那双眼眸，实际上是命运向我发出的警告吗？可是，为什么每次与那双眼眸对望，我都感觉那么热切呢？

我不知道为什么会这样。我只知道，对这个清冷的女孩子，我无法产生恨意。

哪怕她真的是腐尸之王，准备把我大卸八块，一点点吃掉，我对她仍然是满心怜爱。这种动情，并非是“牡丹花下死，做鬼也风流”，而是一种自我牺牲的欣慰和满足。反正我现在注定是要死，与其被那些恶臭的腐尸分尸，倒不如被这个女孩吃掉。

昏迷之后，我又见到了那双紫色的眼眸，这一次，那双眼眸距离我很近。而且，我还看到了一个身影。

那个身影有些模糊，她正在来回不停走动着，似乎在忙活什么，不时有轻轻的盆钵相碰的响声。我的额头上似乎被盖上了一条热毛巾，烫得我很舒服。

我还感觉到，衣服被人脱掉了，有些冷飕飕的，但是，随即有毛巾在擦拭我的身体，然后又在伤口上敷上了草药，把伤口包扎了起来，还盖上了被子。

我的身体得到了悉心护理，顿时感觉一阵舒畅，接着，我的嘴唇被掰开了，一口苦涩的汤药喂进了嘴里。

我本能地抗拒，紧皱着眉头，闭上嘴，不想喝药。一只冰凉的小手轻轻地摩挲着我的腮帮，似乎是在安抚我，又似乎在哄我喝药。

我感觉好受多了，心情也镇定了下来，终于松开牙齿，将苦涩的汤药都喝了下去。然后，我就感到胃里有一股温热渐渐扩散开来，如同沐浴在三月温暖的阳光中一般。我身心舒畅，彻底地坠入无梦的深眠。

当我被一阵饥饿感惊醒，起身之后，才发现我正躺在一间干净整洁的小木屋里，身上盖着一床用细草编织的粗糙被子，身下垫着干燥柔软的草垫子。房间很小，房门关闭着，桌子上点着一盏灯。

我的伤势刚刚恢复，身体还很虚弱，有些头重脚轻，四肢发软。我迷迷糊糊地起身，跌跌撞撞地拉开房门，向外看去，想搞明白我现在到底是在什么地方。

我愣住了。房门外面是一块平坦的空地，另一边有一池清水，池水和空地四周都是这个世界特有的那种黑红色的参天大树。

空中依旧是那种淡淡的血红光芒，映照着这个幽静的林间小屋，将这里渲染得格外神秘诡异。

“吼吼——”

“呼呼——”

就在我正在贪婪地吸着清新的空气，感到满心惊奇的时候，却赫然发现，无数身材高大的腐尸正缩身在茂密的丛林之中，冷冷地看着我。

我这才惊醒过来，想起了自己目前的处境。我可是被尸王抓回来的，现在正处在危险之中！

我不能在这里等死！我连忙向外走，准备离开这里，但是，走出房门之后，一阵阴风袭来，吹得我身上暴起了一层鸡皮疙瘩，我这才发现，我身上居然什么都没有穿。

看来，那个尸王是准备将我洗白白开剁了。但是，有些不对头啊，她要吃我，怎么还给我包扎伤口呢？

我满心疑惑，准备回屋找自己的衣服，一转头却看到，在水光悠悠的古树底下，一个蓝发女孩正蹲在一块青石上，搓洗着衣服。

女孩也注意到了我，不觉回头与我对望了一下，接着站起身，向我小跑过来。

“你先进去吧，外面冷。”女孩站在我面前，高度只到我的下巴。她想伸手推我，但是手上还沾着水，就缩手停了下来，有些为难地咬了咬嘴唇，看着我问道：“你，怎么了？”

我这才尴尬地一笑，连忙向后退，半掩着门，遮住自己的身体，有些疑惑地问女孩道：“你准备什么时候吃我？”

“嗯？”女孩也疑惑地愣了一下，皱眉道：“没事的，你放心吧，这里很安全，没人会吃你。你的伤势虽然严重，但是恢复能力很好，我已经帮你处理得差不多了。你现在好好休息，等身体好了，我就想办法送你回西山去。”

“什么西山？”我有些惊疑地问道。

“西山堡垒啊，你不是那边的人吗？”女孩问我。

"不，我不是西山堡垒的人。"我伸头看着女孩，坚定地说道。

"那你是哪里的人？我怎么从来没见过你？"女孩微微皱起了眉头。

"我，我是新来的。"我有些迟疑地回了一句，问道："你又是谁？为什么那些腐尸都听你的话？你不是尸王吗？"

女孩眨了眨眼睛，好奇地看了看我，这才说道："我叫冷瞳。我一出生就在这里了。那些叔叔和阿姨为什么听我的话，我也不知道。不过，我猜，可能是因为他们和爸爸妈妈很熟吧。"

"你还有爸爸妈妈？他们在哪里？"

"不在了，我也不知道他们在哪里。"女孩有些失落地说，抬眼看着我，幽幽的蓝发在风里轻轻飘动，说道："你还是先休息吧，我帮你洗衣服去，很快就好了，你等我一下。"

"好，谢谢。"面对这个神秘的女孩冷瞳，我真不知道该说什么好了，也不明白这到底是怎么回事，只能怔怔地应了一声。

女孩点了点头，转身向池水边走去，走了几步又回转身看着我，声音清脆地问道："哥哥，你叫什么名字？"

"啊，我叫方大同。"我下意识地回答，但是话一出口，我就有些后悔了。真奇怪，我为什么会把本名告诉她了，而不是告诉她我叫方晓？

"嗯，好的，大同哥哥，你等我一下。你饿了吧？"女孩似乎很久都没有和人相处过了，所以，忽然有个可以说话的人，她显得很开心，小脸上满是愉快的神情，声音也很甜美。

"哦，是有点饿了，不过没事，我的背包里有吃的。"我看了看放在墙角的背包，打开翻查了一下，找出一身换洗衣服，穿了起来。我顿时感觉舒坦多了，行动也自然了起来。

"嗯，好的，哥哥，你先吃点东西吧。"冷瞳跑到水边，继续洗衣服。

我倚着小木屋的房门，啃完一只鸡腿，把骨头扔给那些饥饿的腐尸，这才抬脚向冷瞳走过去。

见到我向她走来，冷瞳的眼中有些惊讶，脸上不自觉地浮起一抹淡淡的羞涩。

“哥哥，你的身体恢复得真快。”小丫头抬眼看着我，对我微微一笑，低下头继续搓洗衣服。

“我来帮你一起洗吧。”我挨着她，在大石头上坐了下来，拿起一件厚重的上衣洗了起来。

池子里的水很清凉。我们紧挨着坐在一起，都没有再说话，各自把手上的衣服洗好，接着一起拿着湿漉漉的衣服，站起身往回走。

冷瞳这时穿着一身黑衣，身形更显清灵细巧，宛若精灵，特别是加上那一头幽幽的蓝发，让她如同是不食人间烟火的天使一般。

“哥哥，你还是休息一下吧，我来就行了。”冷瞳接过我手上的衣服，非常细心地晾到门口的树枝上，这才有些腼腆地抬手理了理耳边的碎发，说道：“好了，我们还是进去吧，外面太冷了，我怕你受不了。”

“嗯。”我点点头，有些痴迷地看着这个俨然小大人一般的女孩，跟着她一起进了小木屋。

关上房门，我们在桌子边上相对而坐。

“哥哥，你刚才吃的，是什么东西？好像很香啊。”冷瞳似乎闻出了鸡腿的味道，不禁有些好奇地问道。

“噢，那是我从外面的世界带来的食物。”我又从背包里拿出一根鸡腿，递给她道：“你也尝尝吧，很好吃的。”

“这个，我真的可以吃吗？”冷瞳有些好奇地看着我，满脸不敢置信的神情。

“为什么不可以吃啊？你担心有毒啊？”我微笑着看着她，用纸巾将鸡腿包好，塞到她的手里：“尝尝看。”

冷瞳小心翼翼地轻轻咬了一口，然后眯着眼睛轻轻嚼了起来。嚼了几口，冷瞳停下了，满眼惊异地怔怔看着我，眼中有一抹亮光，竟然差点流下泪来。

“怎么了？不好吃吗？”我有些担心地问道。

“哇——”被我这么一问，冷瞳终于忍不住大哭了起来，用手臂紧紧抱着了我，肩头不停地抽动着。

“对不起，我不知道你不能吃这个，我错了，是哥哥不好。”我慌忙说道。

“呜呜，不，哥哥，不是不能吃，是，是，是太好吃了，我从来没吃过这么好吃的东西。”冷瞳抬头看着我，眼睛红红的，小脸梨花带雨，轻轻抽泣着，一副楚楚动人的模样。

我这才松了一口气，不觉满心爱怜地轻轻摸了摸她的头，说道：“你这样说，我就放心了。没事的，你吃吧，哥哥背包里还有很多，可以让你吃个饱。”

冷瞳怔怔地点了点头，接着就伏在桌上，如同一只小猫咪一般，一边擦着眼泪，一边吃着那只鸡腿。

我坐在她的对面，静静地看着她，下意识地从背包里摸出一根烟，有些疑惑地问她道：“你以前吃的都是什么东西？你是怎么活下来的？”

冷瞳抬眼看了看我，小脸一红，有些不好意思地从桌子底下端出了一个木盆，放到了我的面前。

我看了一眼木盆里面的东西，不禁皱起了眉头，一阵反胃。

这个时候，我终于知道，为什么我醒来之后，就一直闻到这房间里有一股腥臭味了。那木盆里是满是污泥的类似河蚌的东西，有的还是活的，正张开壳，吐出灰白色的舌头。

我仔细观察这些河蚌，发现与正常世界的河蚌不一样，它们的个头比较大，而且是椭圆形的，贝壳的颜色略带橙色，看起来就像是一只破旧发黄的布鞋。这些河蚌想必是从屋子前面的池水里捞出来的，也不知道吃起来是什么味道，更不知道冷瞳是怎样食用它们的。

我有些悲悯地看了看冷瞳，心里有些酸酸的。这些年来，她就是依靠这些河蚌活下来的。这也难怪，为什么她吃到鸡腿的时候会泪流满面了。

我轻轻地把木盆移开，捏了捏她的小手，有些心疼地说道：“放心吧，从今天开始，你就不用吃这些东西了。”

我转身把背包里装着的酱肉鸡腿、红烧牛肉面、压缩饼干等食物，一股脑儿都倒在桌子上。冷瞳有些喜出望外地点了点头，伸手拿了一袋方便面，刚要拆开吃，忽然又放回了原处。

我不觉有些好奇地问道：“怎么了?”

“哥哥，还是你吃吧，你的伤那么重，需要养身体。”小女孩实在是太善解人意，让人没法不喜欢她。

我呵呵一笑道：“没事的，这些东西很多呢，够吃好多天的。你放心吃吧。”

“那也不行，这些东西再多，也还是很快就会吃完的，我们要省着点吃才行。”冷瞳站起身，有些扭捏地把木盆塞到了桌子底下，理理碎发，说道：“哥哥，你累了吗？要不你先休息吧，我不打扰你了。”

“不，我不累。”我看着冷瞳清纯明澈的眼睛，心里开始浮起一丝担忧。

冷瞳说得没错，就算我带来的食物再多，坐吃山空，还是很快就会吃光的。等到这些食物都吃光了之后，我们要怎么办呢?

我不由得有些焦急，想早点见到西山堡垒的那些人，早些弄清楚九阴鬼泉的事情，然后尽快想办法离开这个世界。如果能够离开这个世界，我会带着冷瞳一起走，我不会让她留在这里受苦。

我伸手握住了冷瞳冰凉的小手，对她说道：“哥哥刚来到这个世界，对这个世界的情况还不是很了解，你留下来陪哥哥说说话吧。”我相信，冷瞳是不会骗我的。她没有这个心思。

冷瞳乖巧地点了点头，在桌子边上坐下来，微微低头，小手捏在一起，轻轻地玩弄着一块包装纸，神情显得有些紧张。可能是太久没有和人相处过了，她不是很自然。

我爱怜地笑了笑，轻轻地摸摸她的头，接着问道：“你是怎么来到这个世界的?”

冷瞳抬眼看着我，说道："我一出生就在这个世界的。"

我皱眉问道："你的意思是不是说，你的爸爸妈妈是在这个世界把你生下来的，而不是把你从另外的世界带过来的，对吗？"

"这个……"冷瞳有些为难地皱着眉头，"哥哥，我不太明白你的意思，你说的世界，到底是什么？"

我这才明白，冷瞳从小在这里长大，而且是一个人长大，她会说话就已经非常不简单了，想要她理解其他概念，确实很困难。

我只好改变策略，从最简单的事情问起。

"你一直都住在这里吗？"我问道。

"嗯，我一直都住在这里，一开始爸爸妈妈也在这里住着，后来，他们说要出去忙点事情，让我留下来看家，然后他们就再也没有回来过。我也不知道他们到哪里去了。"

我继续引导她道："那你的爸爸妈妈离开的时候，有没有说过，他们要去忙什么事情？"

"他们好像是去西山堡垒找那些叔叔阿姨，因为，他们每隔一段时间，都会去西山堡垒一趟。可是，后来我去西山堡垒问过那些叔叔阿姨，他们却说，那次爸爸妈妈并没有去找他们。后来，有一个头发很白的老爷爷看到了我，还流了眼泪，让我留在那边和他们一起生活。但是，我一个人回来了，我要等我的爸爸妈妈，我相信他们一定会回来的。"冷瞳有些伤感地说。

我心里隐约意识到了一个非常严重的问题，不觉问道："爸爸妈妈是不是和你一样，也可以操控那些腐尸？"

冷瞳摇了摇头说："不能的，爸爸妈妈说外面的那些腐——尸，都是我的叔叔阿姨，让我不要害怕它们，但是爸爸妈妈不能操控它们，只有我可以。那些叔叔阿姨只是不会咬爸爸妈妈而已。"

我的心里已经明了了。如果没有猜错，情况应该是，冷瞳的父母在那次前往西山堡垒的途中遇难了。按照冷瞳的说法，那些腐尸并不会攻击她的父母，所以，谋害她父母的人，只能是猎尸联盟！

想到这里，我不禁紧紧地攥起了拳头，心情凝重地深吸了一口气，才看着冷瞳说道："你放心吧，哥哥一定会帮你报仇的。"

"哥哥，你帮我报什么仇啊？"冷瞳有些不解地问道，她到现在为止，都还不知道，她的父母已经永远都回不来了。

我轻轻地握住冷瞳的小手，用力地捏了捏，说道："这么多年来，你就是一直一个人住在这里吗？和那些腐尸为伍？"

"嗯，哥哥，你为什么叫那些叔叔阿姨腐尸？腐尸是什么？"冷瞳疑惑地问我。

我想，冷瞳对正常的世界一无所知，所以，得从最基础的情况给她介绍。我把天地人神鬼这些概念大概介绍完，才告诉她什么叫做腐尸。

冷瞳惊愕地看着我，愣了半天，才怔怔地问道："也就是说，外面的那些叔叔阿姨，其实都已经死了？他们都是尸体，之所以能够活动，是因为他们的阴魂还在，对吗？"

"差不多吧。"我心情凝重地点头道。

"那他们还会活过来吗？"冷瞳期待地问道。

"不能。"我摇了摇头。

"那，爸爸妈妈会不会也变成腐尸了？"冷瞳大睁着眼睛问道。

我不知道该如何回答，我看着她，有些动情地轻声道："你的爸爸妈妈一定不会变成腐尸的。"

冷瞳又追问道："那他们什么时候回来？"

"这个，我也不知道。"我心里一阵酸涩，不忍心再继续欺骗她，连忙岔开话题道："对了，你在这里住着，难道一直就是吃那些河蚌吗？"

"对啊，哥哥，你不喜欢吃吗？"

"我不知道怎么吃，你教教我吧，你是怎么吃那些河蚌的？"我故意装出满脸好奇的样子。

冷瞳有些小小得意地笑了一下，从凳子上滑下来，把桌子底下的木盆端了上来，对我说道："这个很好做啊，我把它们捉上来之后，放上一两天，让它们把肚子里的泥水都吐干净了，再把它们洗一下，就可以下锅煮了。"

我这才注意到，在小屋子的角落里有一个小灶台。灶台是用泥土垒起来的，上面的锅是一口很破旧的铝制蒸锅，已经乌黑了。

"这个方法，也是爸爸妈妈教我的。"冷瞳插手到木盆里，开始清洗那些河蚌，眨眼问我道："哥哥，你要不要尝一尝？我可以煮给你吃。"

我连忙点点头道："那就麻烦你喽。"

"没关系，我很喜欢吃呢。"冷瞳很开心地忙活着，向我介绍道："这次我先做带壳的河蚌，下一次，我给你煮河蚌汤。"

"哦，还可以煮汤的吗？"

"是的啊，我可告诉你哦，这是我自己发明的做法。要用石头先把它们的壳砸碎，再用小刀把肉割下来，只把河蚌肉放到锅里煮，那汤就可以喝了，不会有淤泥的味道。"冷瞳说着，很麻利地洗净了四五只巴掌大的河蚌，然后把河蚌放到铝锅里，往里面加了水，点着柴火烧了起来。

"噼噼啪啪——"木柴在灶膛里炸响，火光昏黄，照着小丫头的脸蛋。小丫头一边烧火，一边回头对我微笑，显然满心欢喜。

我走过去，挨着她在地上坐下来，一边帮她掰树枝，一边问道："你一个人在这里生活，不害怕吗？"

"不怕啊。"冷瞳笑道，"外面有很多叔叔阿姨陪着我啊。"

"那你一个人不寂寞吗？"我又问道。

冷瞳愣了，非常好奇地问道："寂寞是什么？"

"啊？"我有些语结了，支吾了半天，才说道："就是老是一个人，不好玩，想说话也没人听，就感觉很无聊，不知道做什么好。"

"噢，我可以和叔叔阿姨说话啊，他们都很爱护我，就是他们不会说话。所以，有时候我是有点无聊。无聊的时候，我就吹笛子或者睡觉，再或者，我就去池子里抓河蚌，反正有事情干。"冷瞳抬起小手擦擦额头的汗，微笑地说。

“对了，我第一次见到你的时候，你就是在吹笛子，你的笛子呢？”我不觉问道。

“在那里呢。”冷瞳抬手指了指墙上挂着的竹管长笛。

我发现长笛是紫竹做成的，不像是这个世界的东西，不禁有些疑惑地问道：“这笛子是哪里来的？是谁教会你吹笛子的？”

“笛子是妈妈留给我的，也是妈妈教我吹笛子的。妈妈说这笛子是她最好的朋友送给她的，她本来也不会吹，但是来到这个世界之后，跟着她的朋友学着吹，就学会了。我听妈妈说，后来她的朋友离开了，就把这个笛子留给她了。她经常拿出来吹给我和爸爸听，后来把我也教会了。”冷瞳走过去把笛子拿下来，往嘴边一横，悠扬动人的笛音随即响起。

“哥哥，我们先吃东西吧，吃完了我吹给你听，好吗？”

我点了点头，又问道：“那你是怎么抓河蚌的？”

“嗯，我就是游到池子里去，然后沉到水底下，到淤泥里摸，就可以把河蚌抓上来了。”冷瞳很轻松地说。

我微微一愣，根据我的观察，那眼池水应该很深的，不下四五米。这样的深度，要潜到水底下去摸河蚌，对于一个女孩来说是非常困难的，而且，那水的温度在零度左右，在这么冷冽的深水里抓东西，实在是不敢想象。

我不禁佩服冷瞳的坚强，又爱怜地轻轻握着她的小手道：“这些年，你一定过得很苦吧。”

“不苦啊。”冷瞳有些疑惑地看着我说，“哥哥，你为什么这么说呢？”

“没，没什么。”我不觉有些怅然。是的，正因为生来就处于这样一种环境，所以，女孩压根儿就没有比较，她活得很知足。

说话间，铝锅里开始咕嘟嘟冒白沫了，河蚌煮好了。冷瞳麻利地把锅盖掀开，从旁边的小木柜子里拿出碗筷，把河蚌捞到碗里，满心期待地递到我面前，微笑道：“哥哥，你尝尝看，可能不太好吃。”

“不，你做的，肯定很好吃，”我接过河蚌，走到桌边坐下来，捏着滚烫的河蚌壳掰开，用筷子撕扯下一小块肉来，放到嘴里嚼了嚼。真的是难以忍受的味道，而且，因为没有放盐，肉很腥。

“哥哥，怎么样，好吃吗?”冷瞳看着我嚼着河蚌肉，非常期待地问道。

“你每天都是吃这些吗?”我反问道。

“嗯，这里没有别的东西吃，只有这个。”冷瞳有些腼腆地说道，她好像也看出来我不太喜欢吃河蚌肉了，神情有些黯然。

我放下筷子，轻轻拉着她的手，不知道为什么，眼睛居然湿湿的。

“很，很好吃。”我看着她，坚定地说道。

“真的吗?”冷瞳惊讶又有些高兴地问道。

“嗯，而且，我还可以让它变得更加好吃。”我拿起一袋方便面，把里面的佐料包取出来，倒在碗里搅拌了一下，又夹了一小块河蚌肉，递到冷瞳的嘴边道：“你尝尝看。”

冷瞳很好奇地细细嚼了起来，接着满脸兴奋地抓着我的手臂说：“哥哥，真好吃，这是什么，这是什么?”

我微微一笑，开始给她介绍桌上的那堆食物。

小丫头有些痴迷地看着我，说道：“没想到作料还有这么多内容，以前，妈妈只告诉我，盐是必须要吃的，不然就会长白头发。爸爸妈妈走的时候，给我留下了一小包盐，但是后来吃完了，就再也没有了。我以为我会长白头发的，没想到却长出了蓝色的头发。”

“蓝头发很好看，我很喜欢。”我轻抚她的蓝发说道。

“真的吗?”冷瞳欢喜地坐下来，也端了一只碗，和我一起吃。

吃东西的当口，冷瞳不时抬眼向我看来，脸上的神情有些奇怪，似乎有什么话要和我说。

“怎么了?小瞳?”我一顺口就把她叫成了“小瞳”，这话一出口，我就觉得有些不对劲，因为，我的妹妹也叫“小瞳”。

“没，没什么，哥哥。”冷瞳眼神有些躲闪地低下头，继续吃东西。

我淡笑了一下，问道：“你的名字是谁取的？为什么叫冷瞳？”

“我妈妈取的，本来我不叫这个名字的，我本来叫周小芸，后来因为我的身体一直非常冷，他们就叫我小冷。再后来，妈妈说我们学笛子，是搞艺术的，要有个艺名，就给我取了个艺名叫冷瞳。平时他们都是叫我小冷或者小芸的，哥哥，你也可以这么叫我。”

我可以想象得到，冷瞳的母亲在这个世界居住的时候，是多么寂寞和无聊。对于她们母女来说，吹笛子算是非常难得的消遣了。

不过，冷瞳，或者小冷，实在是有些凉飕飕的，所以，我就对她说，我要叫她“小芸”。

冷瞳很开心地点了点头，接着眨眨眼睛，看了看我，再次欲言又止。

“小芸，你有什么话尽管说，我们是朋友，没有什么话不能说的。”我微笑道。

冷瞳点了点头，有些担忧地问道：“哥哥，你伤好了之后，是不是就要走了？”

我不觉一愣，接着淡笑道：“不是的，我不走，我要去西山堡垒，和里面的人见面，问他们一些事情。到时候，你可以和我一起去的。”

“哦，那就是说，你去了之后，还会回来的，对吗？”冷瞳迫切地问道。

“嗯，当然会回来，难不成我还要住在那里吗？再说了，就算我要住，人家也不一定留我啊。”我讪笑道。

“那也就是说，哥哥，你不会离开这里，会一直陪着小芸的，对吗？”冷瞳眨眨眼睛问道。

我又愣了，皱起了眉头，一时间不知道该如何回答她的话。说实话，我还真没想过要一直留在这里陪着她，我所想的只是想办法离开这个恐怖的世界。

但是，如果我真的可以离开这个世界的话，我会把她带上，因为她对我有救命之恩，更何况，她那么单纯善良。让她过上正常人的生活，这是对她最好的回报。可是，我不知道自己能不能做到这一点。

现在，我自己都不知道要怎样才能离开这个世界，我又如何把她带走呢？不过，我可以确信的一点是，我对这里还是蛮喜欢的，所以，在我能够离开这个世界之前，我很愿意住在她这里。

想到这里，我对冷瞳点了点头道："你放心吧，哥哥是不会丢下你的。"

"哥哥，你真好!"冷瞳甜甜地笑了一下，推开碗筷道："哥哥，我吃饱啦，你继续吃吧，我吹笛子给你听。"

"嗯，好。"我微笑着点点头。

冷瞳从墙上摘下笛子，坐在床边，悠悠地吹了起来。清凉明澈的笛音缓缓流出，如同潺潺的山涧泉水一般，涤荡着我的心灵。我不明白，到底是笛子比较特殊，使得那曲子如此清灵，还是冷瞳与众不同。

冷瞳一边吹着笛子，一边抬眼看着我，她的眼睛微微眯成一条线。这时，她整个人都有一种深秋落霜的冷寂感觉。这时，我开始觉得，冷这个字，才是最适合她的。

我倚靠在桌边，一脸迷醉地静静看着她，真有一种恍如隔世的感觉。在一处九阴鬼域的诡异森林中，清灵的蓝发女孩为我吹奏起清凉的笛音，我感到现在很幸福。

一曲完毕，冷瞳有些腼腆地看着我，紫眸闪闪，问道："哥哥，我是不是吹得不好?"

"不，很好，非常好，这是我听过最动听的声音。"我情不自禁地赞叹着，不觉拉住她的小手，她的手的确是一片冰凉，我问道："你的身体一直都是这么冷吗?"

"嗯，不信你摸摸看，他们也是因为这个原因才叫我小冷的。"女孩太单纯了，完全没有男女避嫌的意识，拉着我的手，就按到了她的胸口。

我的手先是感到一片有些湿意的冰凉，冷瞳胸前的衣服在洗衣服的时候弄湿了，现在还没有干透。接着，我隔着薄薄的衣衫，摸到了底下很有弹性的隆起。

我下意识地缩回了手，冷瞳见到我的动作，以为我被她的冰凉吓到了，有些歉意地说道："哥哥，你是不是不喜欢我这个样子？"

"为什么这么说？"我好奇地问道。

"我的身体很凉，爸妈说，正常人的身体都是温暖的，他们的身体确实是很温暖的，而且，哥哥你的身体也很温暖。所以，我是不是不正常？"冷瞳疑惑地问道。

"没有，你很正常，每个人的体质都不一样。"我想将她的小手捂热，却不想，冷瞳的小脸上浮起一抹绯红，微微张着小嘴，嘤声道："哥哥，你的手好烫，我喘不过气。"

"啊？"我惊愕地松开了手，"你真的感觉喘不过气？到底是什么感觉，你和我说说。"

"就是，哥哥你捂着我的手的时候，我感觉像是有一团火从手上开始烧，一直烧到我心里，让我觉得很热。"冷瞳说道。

我心里暗叹这个事情可真是奇了。没想到冷瞳不但全身冰凉，而且体温还没法升高，这样看来，她是天生的阴冷之体，不能和太热的东西接触。

我讪笑地安慰她道："是哥哥不好。"

"哥哥，你也会吹笛子吗？"冷瞳眨眼问道。

"我只会一点点，可是没有你吹得好。"我含笑道。

冷瞳欢喜地把笛子递给我道："哥哥，那你吹一首曲子给我听吧，我去洗碗。"

我跟着她走出了房门，坐在小木屋旁边倒伏的一棵大树上，一边看着冷瞳忙活，一边吹起了笛子。

不过，我学笛子的时间比较短，而且乐感不好，只好把自己当年费了好大的力气才学会的一首《千年等一回》吹了出来。

冷瞳洗碗的当口，一直不停地回头看我，满脸沉醉地听着我的笛音。洗完了碗，冷瞳走到我身边，挨着我坐了下来，满眼迷醉地看着我，问道："哥哥，这是什么曲子，真好听，可以教我吗？"

我微微一笑，点头道："当然好。这曲子是《新白娘子传奇》的主题曲，叫做《千年等一回》。"

冷瞳怔怔地看着我，愣了半天才问道："什么叫做白娘子，什么等一回？"

我又大概地给她讲解了电视机、电视剧、《白蛇传》，然后开始教她这首曲子。

"这曲子有歌词的，你听我给你唱一遍。"

"嗯，好，哥哥，你快唱。"

"千年等一回，等一回哦——"

"千年等一回，我无悔啊——！"

"是谁在耳边，说，爱我永不变，只为这一句啊，断肠也无怨——"

五音不全的我，不知道为什么，能把这首歌唱得如此断肠缠绵，我唱得很动情，很专注。

冷瞳静静地听着，好半天才轻声道："哥哥，这首歌讲的是什么？我听不懂。"

正在陶醉的我，听到冷瞳的话，瞬间内伤，好半天才缓过气来说道："要听懂这首歌，你得先听一个故事，然后你就会明白这首歌是在唱什么了。"

"嗯，我最喜欢听故事了，哥哥，你讲给我听好吗？"冷瞳满心期待。

我微微一笑，给她讲了起来："在很久很久以前，有一个非常善良的男孩子，他小时候在山里救了一条小白蛇。过了一千年之后，那条白蛇修炼成了一位天仙一般的美女，然后下山报恩。白蛇找到了转世之后的男孩，当了他的媳妇。那个男孩叫做许仙，而那条白蛇叫白素贞，大家都叫她白娘子。两人非常恩爱，夫妻两人一起开药铺子，济世救人。但是，好景不长，一个叫法海的老和尚出现了，他把白娘子抓走了……”

冷瞳紧紧地挨着我，轻轻地抱着我的手臂，非常认真地听着。

“最后，白娘子被法海压在了金山寺下面，但是，她给许仙留下了一个孩子，名字叫许士林。”我低头看了看冷瞳，这才发现她正用小手擦拭着眼角的泪水。

“哥哥，那个老和尚为什么要把白娘子抓起来呢?”冷瞳吸了一下鼻子问道。

我愣了一下，说道：“这就是天道，天道不允许人和妖在一起。”

“可是，白娘子不害人啊，她那么善良，那么美丽，为什么就不让她和许仙在一起呢?”冷瞳追问道。

“这个，我不知道，或许，他们的缘分注定就是这个样子吧。”我感叹地说。

“千年等一回，千年等一回。”冷瞳轻轻地念着，接过笛子，《千年等一回》的曲音就徐徐吹出。我怔怔地看着她，不禁为她的灵性折服。

“千年等一回，哎，许仙和白娘子最后好惨。”一曲结束，冷瞳轻轻摩挲着笛子，有些伤感地说。

“呵呵，别伤感了，那只是传说，是说书的人瞎编出来的。”我安慰道。

“可是，我怎么觉得，这些事情都是真的呢?”冷瞳扭头看着我，怔怔地问道：“哥哥，我们也是千年等一回吗?”

第五章 独闯科考堡

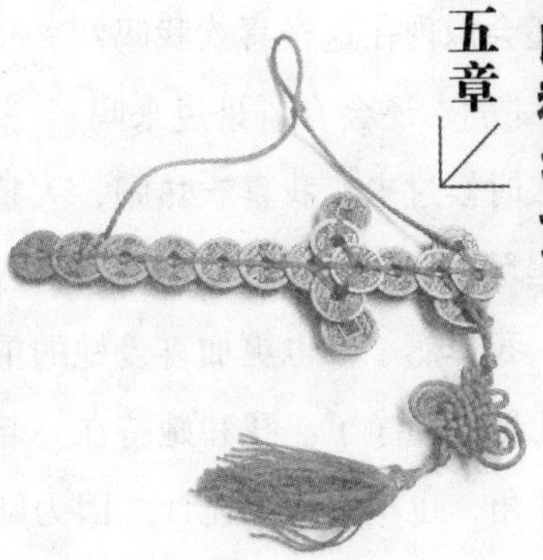

我愣愣地看着冷瞳淡紫色水汪汪的眼眸。我想，冷瞳并不真正理解“千年等一回”的涵义，也正因为如此，她才会这么说。她清纯明澈，犹如一块纯净的水晶，晶莹剔透，不含任何杂质。

我知道，冷瞳心中没有什么“爱情”、“男女之欢”的概念。对于她这句话，我不应该从男女情感的角度去理解，那样就是玷污冷瞳的纯净了。

“小冷，我们不是千年等一回，因为，哥哥不是许仙，你也不是蛇精，但是，我们的相遇，却是非常神奇的缘分。”我看着冷瞳的眼眸，轻轻捏了捏她娇嫩的腮帮子：“哥哥一生之中，最神奇的事情，就是遇到你。”

“那，哥哥，我们会结为夫妻吗?”

“呵呵，小冷，你知道夫妻是什么意思吗?”我含笑问道。

“不知道，可是，爸爸妈妈就是夫妻，许仙和白娘子也是夫妻。所以，我猜，夫妻就是一男一女，生活在一起，然后可以生小孩。”冷瞳很天真地说。

“呵呵，你这么喜欢和哥哥在一起吗?”我有些受宠若惊地问道。

“嗯，哥哥，我很喜欢你。”冷瞳轻轻抱着我的手臂，嘴角上扬，眯眼看着我，满心欢喜地说：“从来没人这么陪我说过话，所以，我最喜欢哥哥。”

“哦。”我不禁逗她道，“那要是再来一个哥哥，比我更好看，更疼你，你还会像现在这样喜欢我吗?”

“啊？还会有哥哥过来吗?”冷瞳欣喜地看着我，眨眨眼问道：“那他什么时候过来？我喜欢热闹，人越多越开心，如果他来了，我们就三个人一起玩，那样最好啦。”

我释然了，也更加喜爱她的单纯可爱，我想，这个世界上，应该没有人比她更纯净了。我和她待在一起的时候，心情很轻松愉快，再也不用钩心斗角，也不用阴谋诡计。因为她，我重新成了一个单纯的人。

不知不觉，我在冷瞳的小木屋里已经住了快半个月。我的伤势已经完全好了，身体又壮得像一头牛了。

九阴鬼域里光线暗淡，没有日月，时间概念变得淡薄，但是我们严格恪守作息时间，每天活动十个小时，然后就休息。睡觉的时候，冷瞳睡在小木床上，我则睡在地板上。

每天睡醒之后，我们先去池水边洗漱，然后跑跑步，做做运动，再回来吃早餐。这段日子，我带来的那些食物让冷瞳吃得很饱，她明显胖了一些，小脸有些婴儿肥，也更加娇艳可爱了。

吃晚饭之后，我们就坐在小木屋前的大树干上，或是吹笛子，或是打打闹闹，或是讲故事。这段时间，我把能够告诉她的事情都说给她听了。

冷瞳对于我所说的那个现实世界充满了好奇，她说，如果可以的话，她真的想去那个世界看一看。我不失时机地引导她，说将来一定会带她一起走。

身体恢复之后，我就和冷瞳商量去西山堡垒的事情。说实话，按照我的情况，其实早就可以动身前往西山堡垒的，我之所以在冷瞳的小木屋子住了这么久，是因为我舍不得这种幸福的感觉，舍不得冷瞳，也舍不得打破这种平静。我甚至想着，或许一辈子都在这里度过，也没有什么不好的。

但是，人总会厌烦的，而且，我确实有一些必须要做的事情，所以，我不得不和冷瞳提出这个事情了。

冷瞳听到我的话，没有说什么，但是我从她的眼神里看了出来，她并不开心，甚至是非常伤心。很显然，她以为我是要离开她了。

“我带你去。”冷瞳怔怔地默立良久之后，才低声说道。

“嗯。”我回身收拾背包和装备。

大约过了十来分钟，我收拾完毕了，回头看冷瞳，才发现她依旧怔怔地坐在凳子上，一动不动地看着我。

“怎么了？”我看着小丫头的委屈眼神，不觉笑问道。

“我还能做什么呢？你的事情，我也帮不上什么忙。”冷瞳很坚强地干笑一下。

“收拾你自己的东西啊，衣服、笛子、路上要吃的东西，还有你喜欢的小玩意儿，你都收拾好了吗？”我问道。

“我为什么要收拾这些东西？”冷瞳满脸疑惑。

“难道你还要回到这里来吗？”我走到她面前，看着她的眼睛问道。

“那我要到哪里去？”冷瞳更加疑惑地问。

“跟我走啊，难道你不愿意吗？”我皱眉问道。

“我——”冷瞳张了张小嘴，迟疑了一下，轻轻地摇了摇头，侧脸看着桌上的灯，慢慢说道：“哥哥，我不是，不愿意，我只是害怕。”

“嗯，怕什么？”我点了一根烟，在她面前坐了下来，非常耐心地问道。

冷瞳抬眼看着我问道：“哥哥，你要带我去哪里？”

“我也不知道，总之，我走到哪里，你就跟我到哪里，你愿意吗？”我有些自负地说。

“不，哥哥，在这个世界，没有别的地方比这里更好了。这里是我的家，也是我最喜欢的地方。哥哥，我不想离开这里。”冷瞳说道，“哥哥，我知道你有事情要去做，我不耽误你。可是，我不能离开这里。不过，哥哥，只要你愿意，不管你什么时候回来，小冷都会等着你的。因为，哥哥是小冷最喜欢的人。”

我的心情有些复杂。的确，这栋小木屋确实是这个九阴鬼域之中最美好、最幸福的地方，而且，她从小就生活在这里，要她离开这里去面对前途未卜的险途，她肯定是会害怕的。

我看着冷瞳，对她有了新的认识，这个女孩原来是这么有主见的。我原本以为，给她讲了外面世界的精彩，就可以让她死心塌地跟着我到处闯荡的。现在，我才发现，我错了。

冷瞳并不是普通女孩，她虽然很单纯，但是，这么多年来，她独自一人与腐尸为邻，是很顽强刚毅的。我只是一个外人，一个匆匆过客，我太把自己当回事了，也太把冷瞳当成小孩子了。

“那么，你不打算和哥哥一起去现实世界吗？”我叹了一口气问道。

冷瞳摇了摇头，坚定地说：“我要在这里等爸爸妈妈回来。”

“你的爸爸妈妈已经——”我差点脱口而出，想告诉她那个事实，但是随即又打住了。我觉得这样太残忍了，又叹了一口气说：“难道你要一辈子都生活在这个地方吗？”

“嗯，我觉得这里没有什么不好。”冷瞳抬眼看着我，“哥哥，难道你不喜欢这里吗？”

“不，我喜欢这里，可是，我不属于这里，我也没办法。”我无奈地说。

“哥哥，你说得对，你不属于这里，可是，冷瞳也不属于现实世界啊。所以，我也没有办法。”小丫头也是一脸无奈地叹了一口气。

我很心疼她，不禁握着她的手，问道：“那么，你不喜欢和哥哥在一起吗？”

“喜欢。”冷瞳眨眼看着我，“那么，哥哥，你喜欢和冷瞳在一起吗？”

“喜欢。”我点了点头。

“我听妈妈说，”冷瞳悠悠地说，“如果一个男人真的喜欢一个女人，就会为她牺牲一切。哥哥，你是真心喜欢我吗？你要去做的事情真的很重要吗？你如果真的喜欢我，为什么不留下来陪我呢？我们一起在这里生活，不是很好吗？你看，没有人打扰我们，我们为什么要离开呢？”

“你妈妈真有智慧。”我感叹道。

“妈妈还说，爸爸就是因为真心爱她，所以才跟着她来到这里的。爸爸也说，他并不后悔来到这里，他觉得，只要能够和妈妈在一起，就很开心了。所以，妈妈说，真心喜欢我的男人，肯定愿意留下来陪我，不会离开我的。她还说，如果那个男人不是真心爱我，就让我不要上当受骗，不要跟着他，不然，我会后悔一辈子的。哥哥，我不想后悔，我喜欢你，可是，你真的喜欢我吗？”

话说到这个分上，我已经无言以对了。说实话，我真的很喜欢冷瞳，但是，这毕竟还不是爱情。我对冷瞳的感觉虽然特别，可是，我从内心深处却是把她当成妹妹看待的，没有对她有过非分的想法，而且，我是不能亲近女色的。

但是，冷瞳刚才的话让我明白了，这个女孩并不傻，她虽然不理解爱情到底是什么，但是，她却清楚地知道，如果她要跟着一个男人离开这里，那个男人定然要能让她托付终身。冷瞳其实是在考验我，她想知道，她在我心里到底处于什么样的位置。

“小冷，你知道爱情是什么吗？”我只能无力地问出一个问题。

冷瞳明显有些心虚地眨了眨眼睛，没敢回答。

我不觉心里一喜，忽然感觉可能还有希望，继续追问道：“那你知道男女两人相爱，意味着什么吗？”

“你知道夫妻在一起要做些什么吗？”

“你知道小孩是怎么生出来的吗？”

“你知道你自己是从哪里来的吗？”

一连串的问题轰炸，冷瞳彻底无语了，她确实不明白这些事情，无从回答。

就在我以为她会因为这些问题而迷惑和动摇的时候，冷瞳却再次说出了让我意外的话：“哥哥，你不用哄我，我明白你的心思。”

“我什么心思？”我愣了。

“你是可怜我，觉得我在这里过得不好，想要哄我出去。”冷瞳非常认真地说。

“我……”愣了好半天，我才叹了一口气道：“就算是这样，那有什么不好吗？外面的世界很精彩，你就不想出去看看吗？”

“不想。”冷瞳摇了摇头，“我害怕。”

“为什么害怕？”我疑惑地问道。

“我也不知道。总之，哥哥，如果我和你一起出去，那么你就是我唯一的依靠，如果你离开我，我就会害怕，我不知道该怎么办。”冷瞳的头脑非常清醒，她似乎认定了那个道理，她只能和真心爱她、愿意保护她一辈子的人走。

我彻底无奈了，我真想告诉她，就算不能当夫妻，我也会保护她一辈子的，我还想告诉她，到了外面，会有很多人来爱她，但是，我一句话都没有说，我知道，我根本就无法说服她。她虽然单纯，但是绝对坚定。

“那好吧，我们出发吧。”

“嗯，我叫两匹大马过来。”冷瞳走到门外，用她的笛音召唤来了两匹腐尸战马。

我们一起上马，朝西山堡垒的方向飞奔而去。一路上，我们都没有说话。我是因为不知道要说什么，而冷瞳却是因为伤心。

过了几个小时，我们来到西山脚下。我抬头向上看去，山峰背面的山腰位置有一座黑色堡垒，里面亮着灯。我们下了马，开始徒步上山。

我问道：“你在小木屋里等了爸爸妈妈这么久，一直都没有等到他们，那么，为什么不来这里，和堡垒里的叔叔阿姨住在一起呢？他们这里不是有食物吗？”

冷瞳淡笑道：“那些叔叔阿姨，有的喜欢我，有的却害怕我，我不想让他们为难，所以就没有来。”

“他们为什么害怕你？”我好奇地问道。

冷瞳有些为难地笑了一下，没有回答。见到冷瞳这个样子，不知道为什么，我心里忽然一阵抽痛，觉得我们之间似乎出现了一层隔膜，把我们分开了。从这一刻起，我们之前那种亲密无间，变成普通朋友的关系了。

我对于这种改变无法接受，有些伤感。我一把拉起冷瞳的小手，牵着她闷头走着。冷瞳也没有说话，但是小手却出了津津的汗水。

我知道，她并不喜欢热，现在我这样拉着她，她一定很难受，但是她却赌气一般强忍着，硬是跟着我一路走到了堡垒外面。

“啾啾啾啾——”堡垒上面的一个瞭望台传出了刺耳的警笛声，接着，只见一片光影闪动，很多人影在堡垒上面晃荡着，有一个拿着纸筒做成的喇叭的人，对我们喊道：“你们是什么人?”

我刚要回话，却不想冷瞳却抽回了小手，将笛子往嘴边一横，吹出了笛音。

堡垒上的人愣了一下，互相交头接耳地低声商议了一番，才拿着喇叭又喊道：“原来是小冷啊，你来这里，有什么事情吗?”

我心里不觉一阵气恼。这个世界的人心都是这么冷漠的吗？冷瞳这么一个柔弱的小女孩，在森林里一个人生活了这么久，他们难道不知道吗?他们好歹也应该先把她放进去，嘘寒问暖地关心一番才对啊，怎么可以这样拒之门外呢?

我不禁拳头紧握，仰头对堡垒上的人喊道：“少他妈废话，叫你们的老大出来回话!”

“你是谁?”那个喊话的人这才注意到我，惊疑地问道。

“我是你爷爷，你个冷血动物，少跟我说话!”本来，因为冷瞳和产生隔阂，我就已经是一肚子火气了，现在被这个家伙一闹，我全都发泄了出来。

“你到底是什么人?给我说话干净一点!”堡垒上的人针锋相对地说道。

“对于你们这些冷血动物，我说话需要干净吗?”我皱眉冷声喝道。

“都注意了，这个人可能是猎尸联盟的人，快，弓箭准备，给我射死他!”堡垒上的人喊了一句。

我气得肺都要炸了，不觉从腰里拔出了手枪，瞄准那个人就是一枪。

“嘭——”一声震响，命中了那个人的肩窝。

“啊——”那个人惨叫一声，手捂伤口倒了下去，手里的纸筒喇叭掉了下来，落在我的面前。

堡垒上的人都被震住了，他们绝对没想到，我居然会有这么先进的武器，都不知道该怎么办才好。

我捡起地上的纸筒喇叭，对着城头喊道：“你们都听着，我叫方晓，是从外面的现实世界来到这里的。我找你们的老大，有事情商议。你们都听好了，我知道怎样离开这个世界，你们如果还想再见到阳光的话，就乖乖开门，把老子迎进去！”

我喊完话之后，放下喇叭，仰首伫立，静静地等待着。

不多时，城头上一阵人头攒动，一个头花发白老者的身影显现出来。

“喂，年轻人，你真的是从外面的现实世界来到这里的吗？”那个老者沙哑着声音，有些激动地问道。

“当然，不然你以为我为什么会有手枪？”我喊声回道。

“啊，好，好，快，快开门，让他进来，让他进来！”那个老者更加激动地说。

“嘎啦啦——”堡垒底部的石门缓缓打开了。

我不觉有些得意地哼笑一声，转身对冷瞳说道：“走吧，咱们进——”

这个时候，我才发现，冷瞳早已不知去向了。原来，刚才我和堡垒上的人对骂的时候，她就已经走了。

我愣在了当场，好半天都没有回过神来。这一刻，我的心真的疼了。冷瞳居然就这么走了，一声不吭地走了。

“喂喂，年轻人，你叫什么名字？快进来啊！”堡垒的大门口出现了那个白发老者的身影，正在对我招手呼喊。

我应了一声，一边走一边回头望，不知不觉，眼中满是泪水。我不知道自己为什么会哭，只是感到心里很酸涩。

“年轻人，快来，哎呀，看你的样子，真的是从外面的世界来的，哎呀呀，多少年啦，我终于盼到啦，快，快进来。”

当我走到堡垒大门口的时候，老者见到我身上的装备，满心激动地迎了上来，一把抓住我的手臂，把我拉了进去。

“嗨，年轻人，别哭了，我们在这里过得还算可以，不是很苦，怎么你的眼泪比我们还多呢？哎呀呀，真是个好小伙啊。”老者拉着我的手，一边走一边说道。

堡垒里的人都围了过来，像观赏珍奇动物一般看着我。他们的热情让我有些应接不暇，一时间也就没有空闲去思考冷瞳的事情。

我观察着堡垒的内部，这是一座完全用黑红色的岩石垒筑起来的堡垒，其实更像是一座山寨。建筑散乱、粗糙，没有气派，到处都是低矮的石头房子。

白发老者拉着我进了堡垒中间最高的一座石屋里，让其他人出去，这才有些紧张地在我对面坐下来，问道：“小兄弟，你叫什么名字？从什么地方来的？”

我细细打量这个老者，发现他面白无须，头发花白，满脸皱纹，脊背微微有些佝偻了，少说也有六十多岁了。我微微一笑道：“我叫方晓，从风门村进来的。”

老者有些狐疑地问道：“你是怎么进来的？”

“我架着助力伞进来的。老先生，你们又是怎么进来的？”

老者讪笑一下，好半天才叹了一口气道：“哎，看来，你不是来接应我们的啊。”

“什么意思？”我疑惑地问道。

“嗯，这么和你说吧。”老者咂咂嘴道，“当年，我们发现了这个地方有非常奇特的气场，就组织了一个大型考察队进来考察，谁知道，自从来到这个世界之后，我们就再也没法出去了。我们只好在这里修筑了堡垒工事，安顿了下来。这么多年来，我们一直在等待有人来接应我们。”

“你说的接应，是什么意思？”我好奇地问道，“你们是什么时候进来这里的？属于哪个部门？”

老者皱了皱眉头道：“在告诉你这些事情之前，你得先告诉我，你为什么会来到这里，你来这里是为了做什么的？我们的身份是机密，不可以轻易泄露。”

我也不好为难老者，于是先把我自己来到这里的目的说了出来。

老者说道：“这么看来，你和我们来到这里的目的差不多。那我就告诉你吧，我们是地质科学院的勘探队。几十年前，我们进来这里勘探，谁知这里是一处鬼地。我们这里坚守了这么多年，就是想要等着单位派人来救我们出去。没想到一等多年，却一点消息都没有。现在幸好你来了，我们总算有了一点希望了。”

我觉得他的话还是很可信的，不禁问道：“你们当初是怎么来到这里的？”

“我们有几架小型科考飞机，是木制滑翔机。但是，进来之后，就没法出去了，飞机不是摔坏了，就是没有燃料，再加上后来我们又被那些猎尸人追杀，队伍冲散了，所以，就一直在这里驻留。中途有两个人曾经试图开飞机冲出去，却不知道结果怎样了。”老者伤感地叹了一口气。

我对他所说的那两个开飞机冲出去的人产生了兴趣，问道：“那两个人是谁？长什么样子，叫什么名字？您还记得吗？能跟我讲一讲吗？他们是什么时候出去的？”

老者看了看我，觉察到我比较焦急，不觉有些疑惑地问道：“你为什么要问这个事情？难道说，他们真的出去了？你曾经见过他们？但是——不对啊——”

老者打量着我说：“那是十六七年前的事情了，看你的年纪，你那个时候应该还是婴儿，你怎么会知道这件事情呢？你怎么可能认识他们呢？”

“老人家。”我已经没有心情解释了，急切地抓着老者的手道：“请您千万要把你知道的情况告诉我，这个事情对我来说非常重要，请你一定相信我。”

老者皱眉沉吟道：“说起来，这个事情就算告诉你也没什么，我之所以不愿意说，主要是因为，这个事情是我们考察队不光彩的一件事情，所以，我们都不再提起这件事情。”

“您说。”我两眼放光地看着老者，嘴唇有些发干。

“嗯，那是一对小青年，都是国外深造回国的，男的叫龙飞，女的叫柳云红。他们加入考察队之后，没多久就开始恋爱了。这个事情可是严令禁止的，因为我们考察队是部队编制。我当时是考察队的教导员，他们两个人的事情，我曾经多次警告过，但是他们却一直不听，最后，他们终于搞出了事情，我只好把他们赶出了考察队！”老者说着，神情变得有些气愤，我的心里却有些伤感，也渐渐紧张起来。

这个时候，我非常清楚地意识到，老者口中的龙飞和柳云红，很有可能就是我的亲生父母。没想到，居然在这里得知了我父母的消息。

结合我梦中所见的情景，当年我的父母应该是在这个九阴鬼域里生下了我，然后，他们驾驶着木制小型滑翔机，冲破了雷鸣电网和龙卷旋风，逃出了这个暗无天日的世界。

不幸的是，他们虽然逃了出去，最后却都没能活下来，只有我，非常幸运地幸存了下来。我这条命，是父母用他们的生命换来的。

滑翔机上那个身材高大、英武魁梧的男人，与那些腐尸搏斗，最后牺牲了自己，保全了飞机的平安。而那个女人则是在飞机坠毁的时候，为了保护那个婴儿，也死了。最后，只有那个婴儿活了下来，而那个婴儿就是我！

一连串线索贯穿到一起，我的心里豁然开朗，感到一阵轻松。虽然得知了自己的身世，但是我很快平静了下来，没有流露出什么感情。

“他们到底犯了什么样的错误，让您非得把他们赶走？”我深吸了几口气，看着老者问道。

“他们没有结婚就有了孩子，这个事情可是非常严重的错误啊。这要是传出去了，我这个教导员也要受牵连啊。所以，我一怒之下，就把他们给赶出去了。”老者有些伤感地叹了一口气，“原本我就是想吓唬吓唬他们，可谁知，这两个孩子都是倔脾气，居然一去不回头，没有再回来过。他们就两个人，在丧尸森林里怎么活？更何况柳云红还有了身孕。后来我心软了，派人出去找他们，没想到的是，这才发现，人家活得很好，压根儿就不比我们差。我请他们回来，他们还不回来呢，说我是老古董。”

“所以，我就再也没去找过他们了。”老者又叹了一口气，“我没想到，因为有他们两个做榜样，咱们这边又有一对小青年私奔了出去，和他们住在一起了。不瞒你说，刚才陪你来的那个小冷，她的父母就是后来私奔出去的那对小青年。只可惜，后来他们……哎，小冷这孩子也是命苦啊，而且脾气和她妈妈一样硬气，说什么也不肯到堡垒里来住啊，哎——”

老者脸上的皱纹更加深了，神情很忧伤，老半天都没再说话，似乎对于当年的事情很自责。

“那，后来龙飞和柳云红，是怎么驾驶滑翔机出去的？”我问道。

“我们飞进来的时候，飞机一共有四架，都是燃料耗尽后迫降在树林里的，飞机基本上都已经损毁了。”老者说道，“不过，我们低估了龙飞的能力。他在国外学习的就是机械专业，对于维修飞机很在行，后来他居然修好了一架飞机，而且还不知道从哪里找到了燃料，他们就飞出去了。不过，从此以后就没有消息了。”

“他们飞出去的时候，他们的孩子是不是已经出生了？”我故作随意地问道。

“嗯，出生了。”老者皱眉道，“我听说了，他们之所以执意要出去，就是不想让孩子一辈子待在这个地方。所以，虽然很危险，他们还是驾着飞机出发了。”

“您知不知道，他们的孩子叫什么名字？”我又装出随意的样子问道。

“他们孩子叫龙云子。哎，现在也不知道那个孩子怎么样了。”老者拍了拍大腿，端起桌上的茶水抿了一口，皱眉问道：“年轻人，说了这么多，我还不知道你怎么进到这个地方的呢。那个助力伞是什么东西？能不能把我们都救出去？”

我有些为难地讪笑一下，正要说话，外面忽然响起争吵声，两个干瘦的黑脸大汉，穿着非常破烂的衣服，一个手里攥着一把工兵锹，一个手里提着一条木棍，脸色凶狠地走了进来。

他们走进来之后，都冲我瞪着眼，神情充满愤怒。

"王跃，赵武，你们要做什么?!"老者一拍桌子，怒声呵斥道。

"书记，你这么包庇他可不行，这小子刚才打伤了黄鑫，这笔账，绝对不能就这么算了!"那个叫王跃的冷冷地说。

"我不是和你们说了吗？那是误会，这位小兄弟是无心伤人的，你们怎么还这么多事？还不快出去!"老者瞪着眼睛说道。

王跃和赵武反而踏前一步，伸手指着我骂道："你有种，就给老子出来，我看看你到底有多少颗枪子，我就不信，我们考察队还斗不过你一个小毛孩子。他妈的，一出手就伤人，你给老子出来!"

"王跃！你干什么?!无法无天了是吗?!"老者气得面色发白，手掌把桌子拍得嘭嘭响。

"书记，我这么叫你一声，那是抬举你，我们都已经落到这步田地了，你还想着当你的领导呢？我告诉你吧，我们拼死拼活白白养着你，我们早就不爽了！所以，我警告你，这件事情，你最好别管，不然的话，别怪我连你一起打!"王跃瞪着老者，恶狠狠地说道。

"你，你，你这个臭小子，我，我打死你!"老者被激怒了，不觉上前抬手向他头上扇了下去，却被王跃一脚踹了回来。

"唔——"被踹中了胸口，老者全身摇晃着后退了好几步，差点一头栽倒在地。

我连忙抢上一步，将老者扶住，抬眼向王跃望去。王跃非常不屑地冷哼一声，压根儿就没有愧疚。

"好，王跃，你长本事了，你，你，我，我马上吹哨子，集合。我，我看你到底想怎么样!"老者手捂胸口，脸色蜡黄地喘息着，从怀里掏出了一个哨子，吹了起来。

"呸，你还吹哨子呢，我告诉你吧，进来之前，我们几个人早就合计好了。反正也他妈的出不去了，以后我们都自己过自己的日子，不再听你的话了！你就去死吧，别浪费粮食了!"

王跃说话的当口，又走进来几个人。这些人都是衣衫破烂，身体黑瘦。他们没有一个人去关心老者的伤势，都怒视着我，嘴里呼喝道："书记，我们要求严惩凶犯，绝对不能纵容坏人!”

一时间，屋里一团混乱，老者根本就没有说话的机会。老者气得浑身发抖，脸色越来越白，最后颤巍巍地伸手指着那些人，一口黑血吐了出来，两眼一翻，昏死过去。

那些人愣了一下，互相对望了一眼，满脸冷笑地看着我，各自掂着手里的棍棒，互相撺掇着说道：“打死他，打他!”他们一边说着，一边围了上来。

我没有说话，只是将那个老者抱了起来，放到桌子上，探了探他的鼻息和脉搏，发现他只是急火攻心，并没有什么大碍。我这才缓缓转身，冷冷看着这群人，目光从他们的身上扫过，最后落在带头闹事的王跃脸上，皱眉道：“刚才，你好像说要打我，是不是?”

“不错，怎么样?”王跃冷笑着，走上来就要抓我的衣领：“臭小子，我看你这身衣裳不错，老子好久没穿新衣服了!”

我一脚踹到他的小腹上，将他整个人踹飞出去四五米远。

“这一脚，是替老人家还给你的!”我冷冷地说。

“快，上啊，揍他，揍啊!”王跃趴在地上，气急败坏地大叫起来。

“上，上啊!”其他人呼喝着向我围了过来，木棍、铁锹、钢管一齐砸下来，将我笼罩在其中。

我连躲都没躲，硬生生地单手提起旁边的石凳子一挡，接着把石凳子猛地往侧面一甩，就砸倒了两个人。我一矮身冲进人群，左手拳、右手石凳子，左右开弓，十来秒钟就将这些人全都打趴下了。

我留了手，这些人才没有马上死掉。虽然如此，每人挨那二三十斤重的石凳子砸一下，也是够呛的。

我冷眼看着趴在地上呻吟哀号的人，放下了石凳子，大马金刀地坐了上去，问道：“你们还有谁想要打我的?”

我向王跃望去，把这家伙吓得全身一哆嗦，一下子退到石室门口，拼命对我摆手道：“我，我不敢了，我错了，我错了。”

“你错了?”我站起身，眯眼笑问道：“你错在哪里了?”

“啊？我，我不该踹书记，我该死，我该死！”王跃开始抽自己的耳光。

“好了，不要做戏了，我不吃你这一套。”我对他招招手道，“你过来，我有话和你说，你别站那么远。”

王跃差点哭了出来，他打死也不敢走到我面前。

我脸色一黑，瞪着他喝问道：“你他妈能不能听懂人话？我让你过来，听到没有？想死是不是？”

王跃自知躲不过了，只好满脸惊恐地一点点挨了进来，缩身看着我说：“你，别打我好吗？我什么都听你的。”

“真他妈的没种。”我鄙夷地骂了一句，“我问你，堡垒里是不是一共就这些人了？”

“除了我们之外，还有两个，在医务室，一个被你打伤了，还有一个是女人，是考察队的医生。”王跃战战兢兢地回答。

我不禁对他们有了一些怜悯，火气基本消了，心里也对自己先前的冲动有所愧疚，问道：“受伤的那个人伤势如何？有没有生命危险？”

“没有，绝对没有，那一枪打穿了他的肩胛骨，不是什么大伤，处理一下就没问题了。”王跃满脸堆笑地说，显然想向我谄媚。

我心里一阵暗笑，忍不住反问道：“既然伤势不重，那你们还这么气愤干什么？我还以为老子杀人了呢。”

“那个啥，兄弟，你打伤的人正好是我们队长，是他，他让我们来找你算账的。”王跃开始推卸责任。

我冷笑了一声，暗想，一个教导员你们都不放在眼里了，那个半死不活的队长，对你们能有这么大的约束力？你们如果不是自己愿意，队长躺在病床上能支使你们这么多人？还让你们把教导员给踹倒了？这些都是那个队长的主意，可能吗？

我冷冷地说：“我叫方晓，以后叫我名字就可以了。你他妈的想和我做兄弟，也不撒泡尿照照自己！”

王跃脸色铁青，却没敢反驳，只是咽了咽唾沫，讪笑道：“好，好，我知道了。”

“知道就好，让他们都站起来，我有话说。别他妈躺地上装死，谁再躺着，就给老子永远躺着！”我走到桌边坐了下来。

这时，那个老者还昏迷不醒地躺在桌子上。我冷眼看着那些人一个个“哎哟哎哟”地从地上爬起来，低头站成两排，这才指着张武道：“你，去把医生叫过来，给教导员急救。”

“啊？噢，好。”张武连忙点头，转身就跑，但是走了没几步，又有些犹豫地转身问道：“那个，医生正在给队长包扎伤口，她要是来了，队长怎么办？”

我冷笑一声，走到他面前，眯眼看了看他，是猛然抬手对着他的脸左右开弓扇了两巴掌，怒喝道：“现在这里谁说了算？有你做主的分吗？我让你把医生叫过来，你就赶紧给老子去叫，听到没有？你要是想死快点，我马上成全你，大有人会去做这个事情。”

果然，王跃就一脸讨好地举手道：“那个，还是我去叫吧。”

“不用，就让他去！”我瞪了张武一眼，问道：“你还愣着做什么？”

“啊？对不起，我马上去，马上去。”张武捂着脸，满眼狼狈地跑出去了。

我又冷哼一声，回到位子上坐下来，看着他们问道：“我想了解一下这个堡垒的情况。你们给我详细说说。”

这些人松了一口气，就七嘴八舌地说了起来。

当年考察队一共有四架飞机，被困在这里的有二十五人，其中三个人着陆时丧生了，有三个人在和腐尸搏斗时中死了，还有两个人是被猎尸联盟杀掉了，最后就剩下十七个人。

这十七个人里，龙飞和柳云红私自离队，后来跟着离开的冷瞳父母，因此，后来考察队只剩下十三个人。

当年他们之所以选择在这里修筑堡垒，主要是因为这个地方有水、有燃料。堡垒的后山上有一道很浑浊的泉水，从山顶流下来，这就解决了饮水问题，堡垒底下有个坑洞，那里面有很多类似电石泥的物质，可以泡到水里当燃料，也可以用来发电。

考察队带着一台小型发电机。这么多年来，他们就是靠这台发电机活下来的。发电机的电不是用来照明的，而是给蔬菜大棚里的蔬菜用的。他们之所以给蔬菜点灯，是因为这个世界没有阳光，要让蔬菜生长，顺利进行光合作用，就必须这么做。

他们平时在堡垒里生活，都是用电石泥泡在水里点起来的电石气灯。除此之外，堡垒里还有一些武器，只是比较落后，无非是棍棒铁锹什么的。他们还有一把手枪，一直由教导员，也就是那个老者保管着，这么多年了，也没见他拿出来用过。

我皱眉问道："你们平时就吃蔬菜吗？"

他们满脸尴尬地讪笑道："也不全是，坑洞的电石泥里，有一种非常粗大的、繁殖能力极强的蚯蚓，把它们肚子里的泥洗干净，是很肉实的，吃起来和猪大肠差不多。"

我差点一口吐了出来，真心难以想象蚯蚓的味道。

经过王跃的介绍，我已经知道，老者的名字叫刘大檐，而被我打伤的队长叫李耳根，那个医生叫韩灵巧，他们都叫她"三娘"。

这地，那个被我抽了巴掌、腮帮子已经肿起来的张武，领着一个女人走了进来。

女人并没有看我，拿着药箱子径直朝刘大檐走去，开始给他进行急救。

这个女人大约四十岁左右，身材很不错，长发挽了起来，皮肤细嫩白净，穿着一件已经灰白的大褂。她的肤色和精神状态很正常，模样也很周正，风韵犹存。

我心里一阵疑惑，有些不太明白，为什么这些男人都这么邋遢枯瘦，而她却活得这么滋润，不禁好奇地多看了她两眼。她刚好也抬头向我看来，脸上表情似乎有些不悦。

我连忙扭头呵斥张武道："叫你去请大夫过来，怎么花了这么长时间？"

张武不觉满脸惊慌，一时没能说出话来。

“不要骂他，是我让他慢着点的。”正在给刘大檐做推拿按摩的韩灵巧打断了我的话。

我斜眼向她看去，冷笑道：“你还挺关心队长的嘛。”

“我当然关心，那是我的男人。”韩灵巧不屑地冷哼一声，接着说出了一句令我很吃惊的话：“他们都是我的男人，包括这个老鬼。”她生气地质问我道，“你凭啥打我的男人?!”

第六章 冰女玄魁

我真的很困惑。这屋子站着的十来个男人，包括那个受伤的李耳根，难不成都是韩灵巧的男人？

不过，我转念一想，又觉得这个事情实在是太正常了。这些考察队员来到这里的时候都很年轻，这么一大群人，在这个不见天日的鬼地方待了将近二十年，会发生什么事情都不奇怪了。

这个时候，我才明白为什么韩灵巧的气色看起来那么好了。作为这里唯一一个女人，这些男人肯定会对她的呵护得无微不至的。

不过，为什么，刘大檐对韩灵巧这样的行为一句话都没说，而龙飞和柳云红谈恋爱，却被赶出去了呢？后来，冷瞳的父母私奔出走了，不想与这群人为伍，这又是为什么呢？

我心里大致有了一些猜测。他们当年很有可能是想把柳云红和冷瞳的母亲都像韩灵巧那样，由大家共享，因此引起了两个女子的反抗，所以刘大檐才故意为难他们，把他们逼走的。

这么想来，事情就让我愤怒和鄙视了。刘大檐这群人，绝对不是什么好人。我不禁敬佩我的父母龙飞和柳云红，还有冷瞳的父母，他们顶着巨大的压力走到一起，他们的爱情是轰轰烈烈的。

不过，我也不得不佩服韩灵巧。毕竟，她所起的作用，比这个考察队里任何一个人都大。这些年来，如果不是因为有韩灵巧的话，说不定这个考察队早就散了。正是因为有了她，这些男人才有了希望，有了生活的乐趣，才能一直活到现在。

“这么说来，”我对韩灵巧微笑道：“这个堡垒里真正的当家人，应该是你了，对不对？”

“哼，你想怎么样？”韩灵巧余怒未消，冷哼道：“都已经到了这个分上了，还打打杀杀，你们还嫌活得不够苦吗？”

“我从来都不好斗。”我微笑道，“我只是看不惯人心冷漠。”

“你不冷漠。”韩灵巧冷笑道，“但是你比他们都狠。”

“你这样说也可以，但是我问你一个事情，为什么你们这么多年，一直都不把冷瞳接进来一起住？你难道不知道她一个小女孩在外面很危险吗？”我皱眉问道。

韩灵巧冷笑一声，说道：“你不会是刚认识那个小丫头吧？你了解她吗？”

“她的事情，我了解一点，她是个孤儿。”我说道。

“那你知不知道她是可以操控那些腐尸的？”韩灵巧问道。

“知道，那又怎样？”

“那些腐尸都听她的话，她在外面住着，怎么可能有危险？别人怕她还差不多。猎尸联盟那些人横行无忌，但是就是不敢靠近她的住处，你知道是为什么吗？”韩灵巧眯眼道，“近些年来，猎尸联盟的人死在她手里的，据我所知，就不下十个。哼，她这么一个恐怖的存在，会有危险？你开玩笑吧？”

“那你们为什么不把她接进来，那样你们岂不是也可以操控那些腐尸，变得强大起来了吗？”我有些疑惑地问，心里也有些意外，没想到冷瞳居然是这么一个手段凶狠的小丫头。

“你以为我们没有收留过她吗？”韩灵巧一边让人把刘大檐抬下去，一边理了理头发，在桌边上坐下来，抬手对那些男人说：“你们都下去忙吧，有事我再叫你们。”她这才端着茶杯，看着我问道：“你知道她留下来之后，发生了什么事情吗?”

“发生了什么事情?”我看着韩灵巧意味深长的眼神，心里隐隐猜到了什么，但是一时间又不敢相信。

“那时候，她只有七八岁。”韩灵巧冷冷一笑，“她睡在我隔壁的房间，然后，队长想强奸她。”

正在喝水的我猛然呛了一口，剧烈地咳嗽起来。“那个队长还是人吗?”我红着脸，瞪着韩灵巧说道。

“所以，我就把她救了下来，把她放走了，让她永远都不要回来。你应该知道，我只是一个女人，并不能完全控制住这些男人。他们要是发起疯来，我也管不了。”韩灵巧眯眼看着我说道。

我恍然大悟，终于知道为什么冷瞳不喜欢这里了。我这才明白，为什么冷瞳说她会害怕，当年她是真的被吓到了，而且留下了心理阴影。

“而且，她住在那个树林里，有水有食物，生活条件不比堡垒里差，所以，她完全没必要和我们住在一起。”韩灵巧笑了一下，“现在，你能理解这个事情了吗?”

“我明白了。”我有气无力地说，尴尬地叹了一口气，又问道：“这么多年，你就是这么过来的?他们这么多人，你也愿意?”

韩灵巧淡然地一笑，说道：“我家在农村，成绩一直很好，医科大学毕业后就被分配到了这个考察队。和我一起进入考察队的另外两个女队员，都是出身高级知识分子家庭，一个还留过学。她们加入考察队不久，很快就找到了心仪的对象，然后顶着巨大的压力结合在了一起，至死不渝。”韩灵巧轻轻一叹，“我的第一个男人，在着陆那天就已经死了。她们两个走了之后，队里女队员就只有我了。”

韩灵巧怔怔地看着前方，又叹了一口气，继续说道：“我们困在这个地方，暗无天日，大家的精神一度都要崩溃了。你别看那些大男人好像很勇敢的样子，实际上，他们很脆弱。那个时候，就有一个人自杀，又被我救活了。可是，他却并不领我的情，反而把我大骂了一顿。我就问他，你要怎样才能活下去，那个男人就把我抱住了。他就成了我第二个男人。就这样，我是考察队的医生，也是这些男人活下来的希望。他们很多时候，都是一些大孩子而已，心理脆弱，要人像母亲那样爱护他们，他们才有勇气活下来。”

“那你有没有想过，以后出去了，你要怎么办？”我皱眉问道。

“有什么不能面对的？”韩灵巧说道，“再说了，你觉得我们还能出去吗？已经快二十年了，我早就绝望了。你刚进来，可能还没有这个感觉，但是，等你习惯了之后，你就会明白了。这个世界，我们绝对没法逃出去。我们既然来到了这里，就注定要把生命留在这里，这就是命运。

“而且，在这里的生活，也不全是苦难。如果离开这里，我说不定会活得更加艰难。我可能会受到世人的唾骂，受到别人的鄙夷。到了那个时候，这些男人也都会离我而去，我一个人，又要怎么活下去呢？我倒是觉得，在这里就这样活下去，挺好的。这些男人真心疼我，有一口吃的，都先给我，我挺满足的。”韩灵巧讪笑了一下，挥挥手道：“好了，不说这些了，说说你吧，你是怎么来到这个世界的？你来这里想要做什么？”

我淡笑了一下，没有解释，只是问道：“如果我想要离开这个世界的话，你觉得最好的方法是什么？这里有没有可以利用的工具？”

“这个事情，我真的不太清楚。”韩灵巧皱眉道，“如果真有办法离开这里的话，我们早就离开了，也不会等到现在了。”

“他们不是说龙飞和柳云红已经开着滑翔机出去了吗？这个事情，难道你不知道？你们当年不是有四架飞机吗？现在其他飞机在哪里？还可以用吗？”我问道。

韩灵巧不觉一愣，微微摇头道：“当年来到这里的时候，就已经毁了两架飞机，后来龙飞又把最完好的那架开走了。所以，现在就剩下一架飞机了。但是，也没法用了，因为没有燃料。我们是为了留一条后路，把那架飞机藏在一个山洞里，再也没有去看过，现在都不知道变成什么样子了。你不会是想开着那架飞机出去吧？”

"我想试试。"我点头道。

"你有燃料吗?"韩灵巧问道。

"龙飞他们当年既然可以开出去，就说明他找到了收集燃料的办法。我决定找找看。"我很坚定地说道。

"你不用找了，我知道他们当年是怎样得到燃料的。"韩灵巧说道。

"你知道?他们是怎样得到的?"我很好奇地问道。

"他们是使用罐头和猎尸联盟的人换的。"韩灵巧说道，"不过，他们换来的燃料，并不是汽油，也不是柴油，而是尸油。"

"尸油?"我皱眉道。

"就是用尸体榨出来的油，那些油不能直接当成燃料，但是，兑上柴油之后，只要能够顺利打火，就可以使用。那些滑翔机的发动机比较粗糙，只要有油就能运转起来。"韩灵巧犹豫了一下，"本来，我们听说了他们的事情之后，也准备这么做的。可是，我们还是放弃了。"

"为什么?"我不解地问道。

"因为龙飞他们出去之后，再也没有任何消息传回来，也没有救援队进来救援，那就说明，他们很有可能压根儿就没能飞出去，而是在半途坠毁了。他们已经失败了，我们没必要继续跟着送命，这就叫前车之鉴。"韩灵巧叹了一口气道，"其实，当年他们不必那么冒险的。"

我现在获得了一些希望。他们直到现在为止，还一直以为，靠滑翔机飞不出去，但是，我却知道，我的父母就是用这样的方法，把我送到了外面的世界。但是，这一架滑翔机，是不可能把这里的人都带出去的。所以，我只能先隐瞒自己的意图。

我的这个做法，当然是很自私的，但是，我准备出去之后再想办法回来救他们，我可不是一去不回头。

我在心里拿定主意之后，问道："那架滑翔机现在在哪里?能不能带我去看看?我还真想试一试。"

韩灵巧笑道："你想看也行，不过，燃料是没有的。你想要燃料的话，就得自己想办法。"

“嗯，这个我知道。”我点头道。

“那行，你跟我来吧。”韩灵巧站起身就往外走，我连忙跟了上去。

韩灵巧领着我上了堡垒的门楼，抬手指着远处一座黑乎乎的山头道：“就在那个山头背面的山洞里，你要去的话，就自己去吧，我们是没法陪你去的。这一路上腐尸太多了，还要经过猎尸人的领地。我们出去的话就等于送死。”韩灵巧说完就下了门楼。她似乎并不是很欢迎我，也不想让我留下来。

我站在门楼上，遥望着远处的黑色山头，一时间有些犯难。

现在，我又是孤身一人了。我如果想要到达那座黑色山头的话，这个行程很危险，我在出发之前必须要做好准备，一件上好的尸衣是必须的。现在冷瞳已经没有和我在一起，那些腐尸也不会再对我以礼相待了。

我转身下门楼，一边走一边回忆着与刘大檐和韩灵巧的对话，忽然发现了一个非常奇诡的问题。我父母龙飞和柳云红开着飞机出去时，那个无底天坑里，可还盘踞着许多日本人。当时就是这些日本人把我救了下来，然后才是阴阳师门进天坑，把我带回了师门。

那么，当年考察队进入这片九阴鬼域的路径，显然和我进来时所走的路径不一样。他们不可能是从天坑进入无底深渊，再进入九阴鬼域的。因为，当时那些日本人都在那里，他们不可能不遭遇上的。

那么，事实就是，他们进入九阴鬼域是走的另外一条路。那条路的开口肯定很开阔，可以满足滑翔机的起降要求。这个入口在什么地方呢？我怎么完全不知道？

我连忙又找到了韩灵巧，向她询问。韩灵巧皱眉道：“那个地方是一座荒山，一个大深沟。所在的县城叫宏远县，那里也是崩血症爆发最多的地方，我们当时都以为那个深沟里有核辐射，结果进来之后却发现是一片死地。”

我不觉一阵疑惑，风门村附近没有叫宏远县的地方，不过，我身上带着地图，所以，我们很快就找到了，宏远县居然是在距离风门村数百公里的河北境内。

我这时才想明白是怎么回事了。

这片九阴鬼域的始作俑者，应该是九阴鬼泉。九阴鬼泉可能有很多分支，而那些分支也都制造出了一片九阴鬼域。这些九阴鬼域可能在地理位置上相隔甚远，却是连在一起的。这些九阴鬼域的存在方式，可能不是通常所见的那种实质性存在，而是一种超时空的存在。甚至更有可能，它存在的地点是飘忽不定，不停移动的。

按照现在的情况来看，我只能推测，九阴鬼域是一条狭长的地下空间，它的一头连着河南境内的无底天坑，另一头连着河北宏远境内的大深沟。从这两个地方出发，都可以到达九阴鬼域。

我的推论，得到了韩灵巧的支持。不过，韩灵巧没有亲眼见过九阴鬼泉，因为，那是猎尸联盟重点守护的地方。我不觉在心里计划着，一定要去九阴鬼泉看一看。

韩灵巧看出了我的想法，对我说道："你要是去的话，要小心一点，那些猎尸人可不是好惹的。"

"放心吧，我有办法。"我心里已经想到了一个主意。那些猎尸人什么都不怕，但就是怕冷瞳。如果我想到达九阴鬼泉的话，势必要借助冷瞳的力量，只有她才可以一下子对付那么多人。

我便和韩灵巧告辞了，向冷瞳的住处赶过去。当然了，一路上，我又灭杀了一大群尸魁，用它们的头发做了一件尸衣。

四周光线暗淡，永远如同落日余晖一般，泛着一抹黑红。丛林中更加阴翳，到处都是鬼影幢幢。一声声凄厉的号叫从远处传来，是那些腐尸正在厮打。

我身上披着尸衣，踟蹰而行。莽荒阔野，沙尘漫天，无数阴魂在这个空间里穿梭游弋，带起阵阵阴风。阴风飒飒，吹得我寒毛直竖，间或有一阵细细的低语和女人的笑声在耳边响起，是那些亡灵在向我倾诉着什么。

对于山林道路，我只要走过一遍就不会忘记，所以，这一趟往回走的路虽然遥远，却很顺利。途中，我看到树林深处有一处燃烧的火堆，那是猎尸人布下的陷阱了。他们猎杀了冷瞳的父母，还将我打成重伤，所以，我决心要将他们除掉。就算冷瞳不帮我，我也会用自己的力量将他们灭除。而我之所以要向冷瞳求助，是因为我不想再受伤。

我打算亲眼去看九阴鬼泉，不管能不能弄清楚九阴鬼域的秘密，我都会尽快驾驶那架滑翔机离开这个世界。那剩下的大半桶备用汽油，被我丢在当时着陆的地方了。我只要到猎尸联盟那里，搞点尸油过来就可以了。

我一边走一边想着，不知不觉走进了丛林深处。四周阴风阵阵，黑气弥漫，鬼煞冲天，是一处典型的凶险养尸地。

我不觉一凛，眼皮跳了两下，本能地从腰里摸出打鬼棒。这种养尸地，最能滋生非常厉害的飞僵。我们在坟地里遭遇的魁魃飞僵，可给我们造成了不小的麻烦，现在，我不能不提高警惕了。

虽然现在我身上穿着尸衣，寻常腐尸没法辨认出我来，但是，那些飞僵的大脑和神经系统已经重新生长，发生了异变。我走进它们的领地之中，说不定，它们会把我当成想要入侵它们领地的僵尸。

养尸地虽然阴气充沛，但是毕竟不是取之不尽的，一旦有飞僵占据了这里，它就绝对不容许别的腐尸体再来和它争夺宝地，否则它们绝对会发起攻击。

我握着打鬼棒，小心翼翼地尽量绕着养尸地外围走，不敢靠近养尸地的中心地带。就在我马上就要走出那片养尸地的时候，丛林中猛然传出了刺耳的尖叫声。

“叽呀——”丛林之中猛然冲出一具浑身黑气缭绕、背上张开一对白骨翅膀的巨大飞僵。它长发披散，浑身绿毛飘飘，一双眼珠子赤红如火，手爪粗长，尖利的獠牙泛着森森白光。

“吼呀——”巨大飞僵一出现，养尸地四周那些企图靠近养尸地、吸收地气的腐尸，立刻发出了一阵低沉号叫，四散奔逃。

但是，它们的速度有限，根本就不是巨大飞僵的对手，飞僵不过是骨翅一展一收，已经抓住了数具腐尸，将它们撕扯成了碎片。

幸好我距离比较远，没有被它发现。但是，飞僵似乎嗅觉特别灵敏，当它为了抓捕那些腐尸渐渐靠近我的藏身处时，居然停了下来，粗长尖利的爪子里还拖着一具只剩下半个身躯、正在不停扭动的腐尸，抬头向我这边望了过来，皱了皱鼻子。

我心里一凛，知道情况不妙，连忙转身向前拼命跑去，不敢有丝毫停留。我这么一跑，飞僵就发现了我，甩手丢掉了那半具腐尸，巨大的骨翅一张一合，就已经飞上半空，向着我飞了过来。

我暗叫不好，收起了打鬼棒，把阳魂尺拔了出来，准备开战。阳魂尺，立刻无数鬼影在脑海中出现，怨魂之气猛烈地冲击着我的意识。但是，此时的我，心智已经非常强大，就算我一直拿着阳魂尺也没有问题。我已经算是初步达到了姥爷的要求，可以心如磐石，不为外物所动，不被幻象迷惑了。

“吼吼吼，唔呀——”巨大飞僵挥舞着森白骨翅，凌空向我扑来。显然，它已经识破我的伪装，嗅到我身上的人味了。一个活人的精血，对它来说，就意味着数百年的修行之力，这鬼东西不可能放过我。

我翻身面向飞僵，屏气凝神，意念与阳魂尺相接，将阳魂尺幻化为一把烈火巨刃，猛然原地跃起，一刀向飞僵劈砍过去。

遇强愈强，因为之前与那个魁魃飞僵战斗过，所以，我面对这只没有这么厉害的飞僵时，心里就不那么惊慌了。先前与魁魃飞僵我能够打个平手，现在这只普通飞僵，我更没有理由输掉了。

虽然没有泰岳他们给我做后盾，但是，这只飞僵无法控制那些腐尸，对我们来说很公平，就是单挑！

飞僵觉察到炽热的烈焰气场，全身一抽，仓皇地向侧面逃窜，但还是晚了一步，后腿上被我生生斩出了一道黑色印痕。

“吡吡——”印痕如同灼烧的木炭一般冒着黑烟。

“唔呀呀——”飞僵张牙舞爪一阵怒吼，猛然展开背后的骨翼，又向我冲过来，凛冽的爪风扑面袭来。

我知道它想要用鬼爪阴风对我进行远程袭击，不禁冷笑一声，阳尺气场轰然扩大数倍，将我全身都笼罩起来，硬生生把飞僵的鬼爪阴风挡了回去。

飞僵变得逡巡退缩起来。它此时也意识到，我这个对手，说不定会让它魂飞魄散，绝对不是好惹的。

虽然它已经停了下来，我却才刚刚热身，这一场架，说什么也要酣畅淋漓地打一番！所以，是你这个混蛋先来惹我的，就不能怪我不饶尸了！

我冷喝一声，将速度提升到最高，全身火焰腾腾，如同炮弹一般向飞僵冲过去，身影未至，炽热的阳尺气场早已凌空落下。

"唔呀——"飞僵见到我的气势，已然不敢和我正面硬碰，惨叫一声，仓皇地向天上飞去，想躲开我的招数。

可是，我怎么可能放它离开呢？刀已出鞘，不见血，岂肯收回？我将阳魂尺猛然上挑，追着飞僵的身影，就是一阵狂劈乱斩。

"唔呀——唔呀——"飞僵一连发出凄厉的惨叫，当我落地之后，抬头一看，只见飞僵全身都是吡吡冒烟，显然被我伤得不轻。

由于背上的骨翼也被阳尺气场斩裂，飞僵身影一晃，再也飞不起来，如同一只折翼的鸟一般，晃晃悠悠地从半空栽了下来，重重地砸到地上，掀起一片烟尘。

我一步步地向飞僵走去。飞僵匍匐在地，拖着两只冒着黑烟的骨翼，低声叫唤着，似乎是受伤太重，感到非常痛苦。见到我向它走去，它惊恐万状地缩身向后爬去。我却挡在了它返回养尸地的道路之上，让它进退两难。

我冷笑着，缓缓走到飞僵面前，低头看着它那黑发披散的脑袋，缓缓地伸出阳魂尺，将它的黑发挑了开来，想看看它到底是个什么样子。

没有想到，我看到的，却是一张满是惊恐、面皮素白的女人脸，此时虽然有些扭曲，但还是依稀能够看到当年的样子。这个女人当年必定是一个大美女，她的眼睛很大，下巴尖尖的，鼻梁也很挺，而且身材可能也不错。

"没想到，是一个女人。"我不禁轻轻叹了一口气，收敛了纯阳气场，轻轻摇了摇头道："你走吧，记得以后不要再作恶，明白吗？"

我的话，飞僵显然是不明白的，但是它感觉到我身上的杀气渐渐退去，神情也轻松了一些。它似乎知道，我不准备杀它了，于是连连对我作揖，然后拖着折裂的骨翅，小心翼翼地从我身边爬了过去，向树林深处逃去，很快就消失了踪影。

我也不知道为什么，越接近冷瞳的小木屋，心情就变得越紧张。虽然我和冷瞳分开只有不到两天时间，却觉得已经和她分开了很久很久，想念她了。现在回到她的屋，仿佛是带着满心的温暖和憧憬，回到自己的家一般。

我这是怎么了？莫不是我真的爱上这个奇怪的小女孩了？可是，这又怎么可能呢？我深吸了几口气，来到空地外围的树林里。

这时，我听到了一阵淙淙的水声，从左边传了过来，不觉一阵疑惑，扭头看去，只见空地边上的池水中央有一道道涟漪，池水边上放着一个小木盆，木盆旁的一块石头上，整整齐齐地放着一摞衣服。

冷瞳缓缓地从水里升了上来，先是湿润的小脸，上面贴着湿漉漉的幽蓝发丝，然后是天鹅一般的脖颈，然后是雪白的圆润双肩，然后，冷瞳深吸了一口气，又沉到了水下，露出细白的小脚丫，踢起一片水花。

我不动声色地靠近池水，躲在大树后面，静静地等待着。

冷瞳再次浮了上来。这一次，她抓到了一只河蚌，缓缓地向水边游过来。她细白的小手划着水，我站在高处，可以看到她雪白的脊背，纤细的腰肢和修长的腿。她如同一只精灵，一条美人鱼。

冷瞳游到池边的浅水处，缓缓地站起来，弯腰将手里的河蚌放到小木盆里。这时，她非常敏锐地觉察到了异样，转身向我这边看了过来。

“谁在那里？”冷瞳有些疑惑地抬手理着额前的湿发，微微皱眉道。

我从树后走了出来，怔怔地向她看去。四目相对的一刹那，我们都没有说话，冷瞳的心情有些激动，她的眼角闪起了亮晶晶的光芒，双手捂住了小嘴，胸脯轻轻地起伏着，似乎要哭出来了。

“小冷，我回来了。”我向她奔了过去，一把将她搂进怀里。

“哇——”小丫头终于寻到了一点依靠，小脸埋在我的怀里，细嫩的肩头抖动着，伤心欲绝地哭了起来。

“对不起，小冷，是哥哥不好，哥哥不该离开你。”我轻抚她湿润的长发，柔声安慰道。

“呜呜，我以为你不要我了，再也不会回来了。”小丫头用迷离的紫色眼眸看着我，满心委屈地说。

“不会的，哥哥从来都没有想过要离开你。”我轻轻揽着她的腰肢，低声说道。

“呜呜，我，我好害怕。”冷瞳娇小的身躯在我怀里拧了一下，接着抬起手来，擦了擦眼睛，有些羞涩地说：“人家还没穿衣服。”

“噢，对不起。”我有些尴尬地松开手，连忙转身端起地上的小木盆，说道：“你先穿衣服，我帮你把这个端进去。”

“嗯。”冷瞳在我身后低低地应了一声，接着窸窸窣窣地穿衣服，不多时，就带着一身清凉的水汽来到我的身边，和我一起走进小木屋。

冷瞳麻利地点亮松油灯，一边拿着木梳子轻轻梳理头发，一边有些含羞地看了看我，撅着小嘴，问道：“你，怎么又回来了？”

我根本就没法直白地告诉冷瞳，我之所以回到这里，其实只是为了获得她的帮助。如果我那样说的话，太不近人情了，会让她伤心的。我对自己感到很失望，我真的不知道自己到底是怎么了，弄不清我对冷瞳的感情到底是什么。

冷瞳的性格坚强果敢，在感情方面可能热情似火，却又不会屈服。她的感情实际上非常脆弱，一点儿伤害都是致命的。

“我就是回来看看你，担心你出事。”我眯眼看着小丫头，拿起一条干燥的毛巾，细心地帮她擦着湿漉漉的长发，说道：“而且，我在西山堡垒里的事情都办完了，没必要再继续留下去了。”

“嗯。”冷瞳闭着眼睛，小手抓着我的衣襟。

“当时你为什么不和我一起进去？为什么自己先走了？”我好奇地问道。

“我不喜欢那个地方。”冷瞳睁开眼看着我，微微皱眉道：“里面的人很坏，他们欺负我。”

“嗯，我明白的，不过，你不用害怕的，哥哥会保护你的。谁敢欺负你，哥哥会要了他们的命的。”我微笑着，拉着她的小手坐了下来。

“哥哥，你一个人，打得过他们那么多人吗？他们都是一伙的。”冷瞳有些好奇地问我。

“当然打得过啊，你走了之后，我就把他们全部都揍了一通，哥哥可是很厉害的哦。”我一边说着一边在心里鄙视自己。

方大同啊方大同，你确实是挺厉害的。被猎尸联盟揍成啥样子了，现在又是来干什么？你既然很厉害，怎么还要向一个小女孩求助呢？不过，我又有些怀疑自己来找冷瞳的真实用意。以我现在的状态，对付那些猎尸人，只要足够小心的话，应该是没有问题的。那么，我又为什么非要来到这里呢？难道说，在我内心深处，其实一直渴望再见到冷瞳吗？

“啊？哥哥，你真的这么厉害吗？”冷瞳有些不敢置信地说。

我尴尬地笑了一下，岔开话题道：“不说这些了。来，哥哥要问你一下，你要乖乖回答哥哥的问题。”

“问我什么啊？”冷瞳有些紧张地捏着小手，眼睛忽闪忽闪地看着我。

“我问你，你当时离开哥哥，是不是以为哥哥要一直留在西山堡垒里，再也不会和你见面了？”我定定地看着冷瞳问道。

冷瞳张了张小嘴，愣了半天，才有些勉强地微微点头。

“那么，我再问你，”我拉起冷瞳的小手，声音略带责备地问道：“你为什么那么狠心，一声不哼就走了？难道你不想和哥哥在一起吗？你离开的时候，难道就不伤心吗？难道你不在意哥哥吗？”

冷瞳再次怔住了，她痴痴地看着我，好半天才咬咬嘴唇，也有些气恼地看着我问道：“那你为什么就不能留下来和我在一起呢？你不是也狠心吗？我离开的时候，你都没有来追我。”

我无奈地叹了一口气，轻握她的小手道：“哥哥是男人，男人就是要做事情的，你明白吗？你妈妈和你说的话很对，如果一个男人真正喜欢一个女人，他必然会甘心情愿地留下来，陪她一辈子。但是，冷瞳，好男儿志在四方，你懂吗？”

她轻轻地问道：“哥哥，你的意思是不是说，你虽然不在我身边，但是，你心里还在惦念着我，对吗？”

“对，就是这个意思，”我轻握着她的手，“总之，你不要怀疑哥哥对你的心意就是了。哥哥很喜欢你，绝对不会丢下你。”

“嗯，那，哥哥，你这次回来，是不是很快又要走了？”冷瞳听出了我话里的意思。

我点头道：“我只是回来看看你，等下我就要出发了。这次我要去猎尸联盟那里办点事情，办完就回来。”

冷瞳眨眼看着我说：“哥哥，那些人也很坏，你可要小心，他们会把你吃掉的。”

“没事，哥哥不怕他们。”我伸手捏了捏冷瞳的腮帮，笑道：“你在这儿安心等着哥哥回来就是了。”

我收拾了一下装备，起身准备离开。

“哥哥，这次我和你一起去！”

“没事的，不用你去的，哥哥一个人可以搞定的。”我含笑道。这个时候，我已经有勇气不去借用冷瞳的力量了，我更想呵护她，而不是把她当成工具利用。

“不，哥哥，这次不管你说什么，我都要和你一起去，我知道那些人的厉害，你要是自己去，肯定会被他们欺负的。他们很狡猾，有很多陷阱。哥哥，我会保护你的，绝对不会让他们伤害你。”冷瞳说话的当口，已经是将头发扎了起来，接着穿上鞋子和外套，系上披风，取下笛子。

我心中涌起一阵暖流，不禁一把将她抱了起来，让她坐在我的肩膀上，然后弯腰走了出去，说道：“既然如此，那么我们就双剑合璧，好好去教训一下那些猎尸人！”

这时，我还是没有告诉她，她的父母就是被猎尸联盟的人杀死的，我不希望她伤心，也不想让她背负太多仇恨。但我会把这帮猎尸人全部铲除掉，不然我就对不起她，无法再面对她。

冷瞳并不知道我的想法，她只是因为担心我，执意要和我同行。在她的心里，我是多么重要，她的心很热。冷瞳吹起了奇特的笛音，那些腐尸都兴奋地跟着我们，向着猎尸联盟的驻地冲过去。

一时间，丛林之中的怪叫声、怒吼声连绵不断，无数尸兵鬼将，全部都加入到了我们的队伍中。这么多腐尸一起行动，就算是一支装备精良的正规部队都不一定能够挡得住，更不要说猎尸联盟那可怜的几十个人了。更何况，腐尸之中还有大批狡猾奸诈的尸魁。那些尸魁可都比猴子还敏捷，比豺狼还凶残。

见到这个阵仗，我心中不禁一阵兴奋，知道这一次，猎尸联盟绝对要遭到灭顶之灾了。我也暗暗惊叹冷瞳的能力，她居然可以操控那么多腐尸。这一点，真的让我想不明白。

一般来说，想要操控这些腐尸，必须是阴力达到飞天等级的尸王玄魁才能做到。我之前遇到的那个魁魃飞僵就可以操控腐尸，它是传说中修炼千年的玄魁僵尸，能够做到这一点并不稀奇。

我好奇地问道："冷瞳，这些腐尸为什么都愿意听你的话？"

"这个——"冷瞳懵懂地抬起小手理了理头发，"我也不知道啊，反正它们不会咬我，而且对我很好，我说话它们听得懂，我让它们做什么，它们也很乐意。"

我忽然想起《青灯鬼话》上说过："女者阴体，细分九等，九阴女体，可凉如冰，寒如铁，其阴力可通鬼魅，是为冰女玄魁。"说不定，冷瞳就是那种"冰女玄魁"。

如果真是这样的话，那可就有些麻烦了。冰女玄魁一年四季体寒如冰，冷瞳真的是这种体质的话，我把她从这里带出去了，真不知道她能不能适应外面的世界。

我想到用我手心的纯阳火气给她捂手的事情，那个时候，她就有些窒息。如果她到了外面的话，是不是就得一直待在阴凉的空调间，一旦被太阳的纯阳之气曝晒，就会窒息昏倒呢？

第七章 鬼泉怨

我这时又想到了另外一个问题。现在我们这么兴师动众地冲过去，猎尸联盟显然会很早就得到消息，一旦他们察觉了，肯定不会傻乎乎地坐以待毙。如果我们这次要全歼猎尸人的话，就不能这么声势浩大地过去，要采取一些策略才行。

我在冷瞳耳边一阵低语。冷瞳眨了眨紫色眼眸，说道："哥哥，你放心，这个事情包在我身上。"

冷瞳拿起笛子横在嘴边，纤指轻动，吹起了一支低沉细腻的曲子。随着笛音传出，四周那些兴奋的腐尸都慢慢沉默了下来，步调也变得轻巧，不再像先前那样张扬。

我对冷瞳竖了竖大拇指，刮了刮她的小鼻子，对她一阵夸赞。冷瞳调皮地吐了吐小舌头，接着招招手，从远处召唤了两匹腐尸战马过来。

我翻身上马，接着一伸手，把正要爬到另外一匹腐尸战马上的冷瞳拉了过来，让她坐在我的身前。

冷瞳小鸟依人地抓着我的衣襟，静静地坐在我的怀里。我低头看了看她的小鼻尖，嗅了嗅她发梢的清新气息，一拍马背，催动腐尸战马。

我们很快就来到了猎尸人营地的外围。这时，那些跟随我们过来的腐尸已经悄然将营地团团围了起来。奇怪的是，这一路上，我们居然一个猎尸人都没有遇到。

我们来到营地外围时，我才明白是怎么回事。原来，那些猎尸人都在睡觉。他们恪守着作息时间，在休息时间里，营地里非常安静。

他们的营地是用沙石筑成的圆形小堡垒，堡垒的墙壁约有两米高，一米厚，里面是有坡度的，可以爬到堡垒的围墙上面。但是外墙是竖直的，想要爬上去还真是有些困难，特别是那些只会蹦着走的僵尸，到了墙根子底下，就只会溜着墙根左右跳动。

堡垒围墙的前后两段，各有一处用厚重木头做成的大门，门廊上还有哨塔，哨塔里点着灯，似乎有人正在放哨。

不过，这个堡垒虽然非常坚固，却有一个极大的缺陷，那就是，在堡垒围墙周围，居然密布着高大的树木。

这样，就算接近了堡垒，他们也不一定能察觉，而且，树木很多都高出围墙一大截，这使得进入堡垒极为方便，只要跳到树上，再往里跳就行了。

那些腐尸现在都没有从树林里走出来，它们已经对堡垒形成了合围，任何从堡垒里逃出来的人都没法冲出腐尸包围了。我对冷瞳点了点头，让她命令那些行动比较敏捷矫健的尸魁对堡垒发动攻击。

尸魁一共有两三百只，在得到命令之后，青皮獠牙的尸魁立刻发出了号叫，有的直接跳上堡垒的围墙，有的则是从高大的树干上飞跃而下，落进围墙之中，都很顺利地进入了堡垒之中。

这时，哨塔里的人发现了情况，敲击起急促的梆子声。

“嗒嗒嗒——”门楼的哨兵焦急地大吼起来，“都起来啊，尸魁进来啦，尸魁进来啦！”

“哗啦，哗啦，啊呀——”一时间，猎尸人的营地之中一片混乱，呼喊声、怒吼声、号叫声、门板翻倒声、女人尖叫声连成一片，此起彼伏。

“呼啦——”有人踢倒了架在火上的油锅，烈火立刻熊熊燃烧起来，很快就波及周围那些低矮的木屋。

“噼里啪啦——”一排木屋都被大火吞没了。木屋上的火舌四下迸射，不时将一些受伤的尸魁和猎尸人吞噬其中。

战斗只不过进行了二十分钟不到，战局就已经明朗了。那些猎尸人压根儿就不是对手，已经有人号叫着四下逃窜了。不过，他们刚刚跳出围墙，就已经被守候在围墙外的腐尸围住了，同样无法逃跑。

猎尸人营地的火焰渐渐低弱下去，混乱的声响也渐渐平息下来。

这个时候，我才骑着腐尸战马，怀里揽着冷瞳，大摇大摆地从猎尸人的营地大门中走了进去。

进到营地里，我立刻嗅到了烧焦的肉香味，其间混杂着血腥和恶臭，很让人反胃。冷瞳嗅到味道也皱起了眉头，满脸不适的神情。

“你忍一忍，我很快就可以办完事情的。”我翻身从马背上跳下来，伸手把冷瞳接了下来，拉着她的小手，向营地中央走去。

营地里巨大的火堆尚未熄灭，正炸出一片片火星，血红的火舌随着阴风四下摇晃着，如同一只巨大的炎魔。到处都是残垣断壁，血肉尸体，烟灰火焰，俨如末日地狱一般。

火堆的外围，猎尸人的头领林李一手握着巨大石斧，一手抓着雪亮弯钩，浑身鲜血碎肉淋漓，披头散发地背对火堆站着，正在喘着粗气，阴鸷地警惕着包围他们的尸魁。

在林李周围，站着十几个男人，他们手里都有武器，也是浑身鲜血淋漓、披头散发，极为狼狈。

在林李等人外围，站着不下一百头尸魁，都在虎视眈眈地瞪着林李等人，随时准备扑上去咬他们一口。在营地东北方的一个角落里还有一群尸魁，包围了一群衣不蔽体的女人。

此时，战斗已经结束了，形势完全在我们的控制之中。那些尸魁并没有把这些人立刻杀掉，是收到了冷瞳的命令。而冷瞳之所以这么做，自然是因为我对她的要求。

这时，营地左侧的一个设施引起了我的注意，我停下了脚步，怔怔地望了过去。

借着明亮的火焰之光，我非常清楚地看到，在我们左边一排屋子前面的空地上，赫然立着一排将近一人高的粗大黑木十字架，有的上面还挂着刚刚剥皮剔肉的尸体。

那些尸体看起来非常怪异，有的是干枯腐朽的腐尸，皮层剥开之后，里面的肉质如同风干的腊肉一般，僵硬又干燥，还带着霉烂气味。而有的尸体极为新鲜，皮肤粉红细嫩，皮下的青色血管看得一清二楚，让人想到发育不完全的婴儿。

当然，这些尸体不可能是婴儿，他们都是成年人的身形，他们是被九阴之泉吸收到这个世界的受害者。他们比猎尸人的命运更加悲惨，他们还没来得及醒过来，就被猎尸人当成肉猪挂到架子上开宰了。

我向那些十字架走过去，看着其中一个架子上挂着的一具开膛破肚的新鲜尸体。这具尸体是一位壮年男子，体重至少在一百三十斤以上，身上很有肌肉。他的内脏都已经被取出来了，放在旁边的一个木桶里，他耷拉着脑袋，微闭着眼睛。

在那些木架子另外一端的地面上，支着两口黑色大铁锅。大铁锅底下堆着的黑色木炭已经成了灰烬。

我走到大锅前，低头向大锅里看去，赫然看到，大锅里煮着人肉，其中一口锅里还漂着一颗被煮得皮层脱落的人头。我虽然经历过很多惊悚和恐怖的场面，此刻仍然感到一阵反胃，弯腰跪在地上呕吐了起来。

冷瞳见到我的样子，连忙走到我身后，小手帮我拍着背，满心关切地问我怎么了。

我一阵呕吐完毕，感觉舒服了一些，抬眼看了看冷瞳，发现她居然一脸镇定，似乎压根儿就没有注意到那些架子上已经被开膛破肚的尸体，更没有看到锅里煮着的断臂残肢和人头。我不禁有些困惑。

我蹲在地上，深吸了一口气，皱眉问道："冷瞳，难道你看到这些东西就不害怕，不会反胃吗？"

"害怕？"冷瞳好奇地看着我，"他们都已经死了，不能动了，有什么好怕的?”

我苦笑了一下，站起身指了指锅里的东西，问她道：“这个难道你不感到恶心吗?”

“什么叫恶心?”冷瞳眨眼问道。

“就是想吐。”

“没有，我从来都没有过这样的感觉。”冷瞳伸头看了一下锅里那些乱七八糟的碎肉和残肢，只是点了点头道：“看来他们就是吃这些东西的。”

我实在是有些无奈了。冷瞳的心灵太纯净了，正所谓无知无畏。这时，我心里对猎尸人产生了极度的厌恶和愤恨。

我缓缓地转身，冷冷地瞪着那群背对火堆、喘着粗气的猎尸人，慢慢地分开尸魁群，走到了猎尸人面前。

那些猎尸人看到我，也察觉出来我就是尸魁的头领，他们似乎记起来了，我就是前段时间被他们打伤、死里逃生的那个人。

林李看清我的脸时，双眼猛然大睁，愣住了，脸色一沉，双眼放出一抹怨毒的光芒，沙哑着声音冷哼道：“原来是你，我真不该让你逃掉，哼!”

“是吗?”我脸上浮起一丝嘲弄的笑容，双手抱胸，淡淡笑道：“你确实不该让我逃掉。但是，现在你后悔也没用了。而且，我不会像你那样没用，让一个已经到手的猎物逃掉。”我抬起手，冷冷地指着他们说道：“你们每一个人，都休想逃掉!”

“妈的，跟他拼了!”一个面相凶恶的猎尸人大骂一声，轮着石斧就向我冲过来。

我冷笑一声，一脚踹到他的小腹上，将他踢飞起来，他的身体飞过了猎尸人的头顶，落进了后面的熊熊火焰之中。

“扑——”一声闷响，猎尸人一落下，凶猛的火焰瞬间将他吞没，一大片火星随风飞散。

“啊——啊——”那个猎尸人在火堆中号叫着，滚趴着，挣扎着站起身来，拖曳着一身烈火飞扑出来，又滚倒在地，号叫几声后，就彻底不动了，变成了一具皮干肉脆的烤尸。

四周的尸魁被尸体的肉香吸引，一哄而上，不过片刻工夫，已经是将那个猎尸人撕扯得片片碎裂，只留下了几根白骨和一摊血水。

见到这个情景，他们终于感到了害怕，不禁浑身哆嗦着，眼神也飘忽起来。他们似乎想逃跑，但是又不敢妄动。猎尸人都向林李望了过去。

有人轻轻说了一句："老大，投降吧，他是人，不会把我们吃了的。我们投降吧，认他当老大，大家或许还有命活下去。"

林李的脸上青一阵白一阵，肌肉扭曲着，好半天之后，才缓缓踏前一步，面向我站着，冷声问道："你到底想怎样？"

"九阴之泉在哪里？"我淡淡问道。

"在最后面那间屋子里，那里有个洞口可以通下去。你到底想要怎样？"林李看着我问道。

"关于九阴之泉，你到底知道多少？我想听你说说。"我从背包里掏出一根烟，就着旁边的火焰点着，一边抽一边眯眼看着林李，说道："如果你的话能够让我满意，我可以考虑放了你们。"

"你想要我说什么？那鬼泉水，我也不知道是怎么回事，我们都是从那个泉水里爬出来的。"林李满脸担忧地看着我。

"嗯，你们整天和这个鬼泉待在一起，难道你们就一点儿都不好奇，一点儿都没有想过要探究它的秘密吗？这么长时间，难道你们真的什么都没有发现吗？"我有些气愤地问道。

林李不敢再说话了。林李身后的那些猎尸人却交头接耳，互相低声商量了起来。很显然，他们并不是没有任何发现。

我一拍手道："谁能告诉我关于九阴鬼泉的事情，我立刻放他走，而且还可以让他带走一个女人。"

重赏之下，必有勇夫。果然，听到我的话，立刻有一个人走了出来，说道："我知道！"

"好，你说。"我夹着烟的手朝他一指道。

"那个泉水是直通幽冥地狱的，那里面长出来的人，都是投胎的时候走错了路，掉进了忘忧河里，然后就从泉水里漂了出来。"那个猎尸人两眼放光地看着我，非常坚定地说道。

显然，他对鬼泉也是非常好奇的，所以，他自己推测了这个结果，可惜的是，他的推断是错误的。

我冷冷一笑，看了看他，摇了摇头。

那个猎尸人脸色一变，惊恐地说道："你，你别杀我，我，我虽然是瞎猜的，但是，这也是我费了很久的力气才猜起来的。你，你，你不能不讲信用。"

"呵呵，我还没有卑劣到不讲信用的程度。"我将冷瞳拉了过来，对她低声耳语了几句。

冷瞳微微点了点头，招手让那些尸魁从角落里拽出了一个女人，推到那个猎尸人面前，一挥手，让尸魁给他们让开了一条路。

那个猎尸人喜出望外地一把抓起那个女人的手，拖着她就拼命地向外跑去，很快就消失在了身影。

见到我果然讲信用，余下的猎尸人都满心期待，很兴奋地抬手道："我也知道，我也有话要说。"

"好，你说。"我点着手指，让他们一个个都说了出来。

让我感到失望的是，这些猎尸人对于九阴鬼泉的解释，比先前那一个猎尸人的话更加玄幻离奇。他们甚至把九阴鬼泉想象成了大地鬼母的阴门，说那些从鬼泉里生出来的人都是大地之子，是地气郁结的结果，我简直笑得腰都直不起来了。

我打断了他们的玄幻大作精彩演绎，转身对冷瞳有些失望地叹了一口气，摇摇头道："都没有用，全部都杀掉吧，留着是祸害。"

冷瞳点点头，挥手就准备让尸魁对猎尸人发起进攻。

那些猎尸人脸上浮起惊恐和愤怒的神色，不禁隔着尸魁之墙，跳脚对我大吼道："喂，你，你怎么不讲信用，喂喂，你不能杀我们!"

"对你们这些比厉鬼还恶心的人，我需要讲信用吗?"我凛然转身，冷眼皱眉喝问道。

正在叫嚣的猎尸人都静了下来，两眼怔怔地看着我，满脸心虚的表情，不敢再说话了。

我冷笑一声，转身准备离去，林李却大喊道："方晓，你说谁比厉鬼还恶心？"

我冷冷转身看着他，皱眉道："你觉得我说错了？"

"哼！"林李眼角抽动着，脸上的表情很痛苦，说道："你以为我们喜欢吃尸体？你以为我们喜欢杀戮，喜欢迫害自己的同类吗？那么我问你，如果你是我们，你又要怎么做？这个地方，除了尸体还是尸体，根本就没有别的东西可以吃。我们不吃尸体，又要怎样才能活下来？任何人都不想死，我们也是被逼无奈的。我们能这么顽强地在这个暗无天日的鬼地方活下来，我们为自己的坚强毅力感到自豪！自豪，你懂吗?!

"所以，我要告诉你，我们不恶心，恶心的是你！你，这个外来者，连狗屁都不懂的外来者才是真正恶心，你有什么资格评论我们？你算老几？"林李越说越激动。

"我告诉你，我们能活这么久，已经赚了，现在就算你杀了我，我也无所谓，老子早就活腻了。你可以杀我，但是，你绝对不能诋毁我们猎尸人的荣誉，我们也是在血与火之中顽强活下来的！"林李义愤填胸地振臂高呼道。

我心中暗暗感到震撼。他的讲话很有感染力，其他猎尸人也跟着他振臂高呼起来。这时，丧失了自信和希望的猎尸人，俨然又都活了过来。林李的确是一位有才能的领导者。

我淡淡一笑，挥挥手道："既然你不怕死，那么，一开始就应该活活饿死才对。你觉得你们有多伟大？你们为了苟活，连尸体都吃，早已经丧失了人性和尊严。你们早就该死！现在，我就替天行道，早早了结你们，让你们早点托生！"

猎尸人又静了下来。他们知道，这一次，他们的命运是注定了，逃不掉了。他们刚毅的面庞上，掩饰不住对死亡的恐惧。

"方晓，我和你拼了！"林李勃然大怒，操起石斧，咬牙切齿地想冲上来，但是他一跃而起之后，就被一群尸魁扑倒在地，片刻之间化作一摊血水和白骨。

见到林李的惨状，其他猎尸人彻底失去了希望，满脸死灰一般，都丢掉了手里的武器，瘫倒在地，绝望地望向头上黑漆漆的天空。他们可能致死都不明白自己错在哪里，又为什么会遭遇这样怪异离奇的人生。

“哥哥。”冷瞳轻轻走到我身边，非常温柔地拉起我的手，仰头看着我，哀求道：“要不，我们还是办完事情就走吧。他们也不是故意要这样做的，我们就把他们放了，好吗?”

我心里一惊，忍不住脱口而出道：“他们可是吃了你的父——”话说到一半，我又硬生生停了下来。

“哥哥，他们吃了我的什么?”冷瞳疑惑地问道。

“噢，没什么。”我捏捏冷瞳的小手，“好吧，小丫头，既然你不忍心杀他们，那就把他们放了吧。走吧，我们赶紧去看看那泉水到底是个什么样。”

“嗯，好的，哥哥，我们一起去。”冷瞳亲昵地拉着我的手，和我一起向营地角落的黑漆色木屋走过去。

我们正好经过那群被尸魁包围起来的女人旁边。我瞥眼看了一下那些女人，发现她们大多衣不蔽体，蓬头垢面，满脸惊恐。

显然，她们很害怕，而且，她们绝对是无辜的受害者。她们和那些猎尸人不同，她们只是奴隶，除了要忍饥挨饿，每天干粗活累活，还要遭受那些猎尸人的蹂躏。她们才是真正的可怜人。

冷瞳有些黯然地停下来。我无奈地叹了一口气，说道：“这个事了结之后，我会妥善安排好她们的。这个你尽管放心。”

“嗯。”冷瞳看着我，很欣慰地点了点头。

进入黑色木屋后，我们看到屋子中间的空地上有一个冒着黑气的洞口。洞口四周的土壁很干燥结实。

从洞口进去，是一条斜向下通的土质坑道。坑道的地面已经被踩爬得非常坚硬平滑，这一点，足以证明那些猎尸人确实在这条坑道里爬过无数回。

坑道不足一人高，我只能半蹲下来往前走，冷瞳倒是正好可以站直身体，但是因为坡度的原因，她也微微蹲了下来，一点点地向下滑去。

我从背包里取出一盏手电筒，打开来。冷瞳不禁很好奇，问我那是什么。我微微一笑，细细地给她讲解手电筒的原理。

倾斜的土质坑道有些深，足有几十米高。我们一路滑到最底端，从坑道里跌飞出去，进到了一个阴风刺骨的地下洞穴。

洞穴很大，我们四下看去，除了背后的土质峭壁，其他地方压根儿就看不到边际。

我们打着手电筒，沿着地面上一条被踩出来的硬茬土路向前走着，很快就来到了一个漆黑色的峭壁之前。我们这才发现，原来这个洞穴之所以看不到边际，只是因为它的四周都是这种黑色石壁。

峭壁底下又有一个黑色洞口。我和冷瞳拉着手走了进去。一阵阴冷森寒的黑风袭来，我们不由得打了一个寒战。

又向前走了七八丈之后，我们只觉眼前豁然开朗，黑色石洞到了尽头，我们又进入了一个地下空间。我们抬起手电筒照去，惊得连气都喘不过来了。

地面高高低低，峰壑沟峦纵横，非常崎岖不平。构成这些起伏地形的东西，并非是岩石泥土，而是尸骨！

氤氲盘旋的腐臭气息弥漫整个空间，白骨累累，莹莹磷火一片森白惨绿。火萤乱飞，碎发飘舞，这是名副其实的尸山骨海！

成堆的白骨之中，还有一个个完整的骷髅头，张着一双黑洞的大眼窝，紧咬着两排牙齿，似乎面带嘲弄地看着我们。

这个场面让我有些始料未及，冷瞳也紧张地攥紧了我的手。小丫头虽然见惯了腐尸，但是，现在猛然面对这么多白骨，也不禁感到惊悚。

“冷瞳，别怕。”我自己轻声安慰道，“想必九阴之泉刚开始的时候，并不具备完善的吸收和复制功能，所以，这些人被吸收过来之后，就死在了这里，所以堆积了这么多尸骨。”

“哥哥，我不怕。”冷瞳的声音有些低沉。

我这才放下心来，松了一口气，接着拉着她，沿着尸山骨海中央被踩出来的、布满细白色腐朽骨渣的小道，一路向前走去。

“这里再向前去，应该就是九阴之泉了。”我低声说着，心情紧张。

终于要见到传说中的九阴之泉了。我真的很好奇，它会是个什么样子。

我们走到了尸山骨海的最中央。这里果然有一口漆黑如墨的泉水。泉水不是与地面平齐的，而是在一个巨大的漏斗的底部。我们正好站在巨大漏斗的边缘。

我目测了一下，大漏斗直径足有四五十米，深度应该也接近五十米，尸山骨海，一直延伸到漏斗边缘，还进入了漏斗之中。漏斗的四壁上爬满累累白骨，乍一看去，不像是那些尸骨往漏斗里滑落，反而像是在往外爬动。

我们低头看脚下，这才发现，尸骨堆中被清出了一条小阶梯，能通到漏斗底部。我们手拉着手，沿着窄小的阶梯，一路来到底部，期盼已久的九阴鬼泉这才近在眼前。

我们却都感到很失望。因为，九阴鬼泉非常小，整个水面只有两米见方，而且水面是非常平静，并没有飘荡着什么血肉和人体。

我有些好奇地拿起旁边地上一条长约半米的大腿骨，伸进了黑色的泉水中，搅动了一下。不料，这么一搅，水面居然如同拥有知觉的躯体一般，黑色的表面一阵阵颤动起来，而不是像普通泉水那样溅起水花，发出声响。

突然，我手里的大腿骨一滞，似乎碰到了什么东西。我连忙弯腰蹲下来，把那个东西拨弄到面前，将手电卡到旁边的尸骨堆中，让手电光芒正好照着那片黑色池水。然后我捡起另一根大腿骨，示意冷瞳退后，就用两根大腿骨小心翼翼地把水里的那个东西夹了上来。

“扑——”一声轻响，一大团被黑水包裹着的软软的东西，被我扔到脚边的尸骨堆上。

那团东西上面的黑水一点点退去，我们这才看清，那是一大团由红色肉丝组成的肉球。这个肉球看起来只有十几斤重，却已经初具人形，长出了一个圆形肉头，以及五指模糊的软体四肢，而且，在肉球的中间还有一条黑色纽带，一直伸到黑色的泉水里，如同婴儿的脐带一般，正在“汩汩”地向肉球里输送着血水。

这时，我不用眯上眼睛，也能清晰地看到弥漫在空间中的阴魂怨气。那些怨气四下飘飞，时而形成一团黑云，时而又散开成一大片稀薄的灰色，就如同一大片出洞觅食的黑色蝙蝠一般。它们遮盖了上空，形成了狂风呼啸一般的气势。我不得不庆幸那些阴魂怨气的和善和驯良。自从进到这里，它们还没有对我们发动攻击，甚至就像看不到我们一般。

那团肉球如同胎儿一般，脐带与九阴之泉相连通，不停地汲取养料，不停地生长着。只不过，养料的来源并不是九阴之泉，而是来自另一个世界的另一个躯体。

“呲——”一声轻响传来。血红色的肉球如同一条巨大水蛭一般，从肚子里喷出了一道黑水，接着竟然缓缓地舒展开躯体，变成了长条形的肉条血块，还用它那尚不成形的柔软四肢不停地扒着地面，蠕动着身体，竟然想要返回到泉水之中！

我一阵头皮发麻，全身暴起一层鸡皮疙瘩，心都揪到了一起。

“嘿！”那团血肉模糊的东西爬到我脚边的时候，我居然一抬脚，跺到了它的背上，把它踩得血水迸射。它的红肉向四周鼓起，涨得犹如一只血红色的游泳圈一般，然后“啵”的一声，炸开了一个裂口，一大摊血色淋漓的碎肉血肠猛地从裂口挤出来，堆到地上，发出刺鼻的腥臭。

“哥哥，你干什么？为什么要杀它？”冷瞳的话猛然将我惊醒。

是了，这玩意儿并不是怪物，它其实是一个人类，只是它还没有长大而已。可是，为什么，它向我脚边爬过来的时候，我却感到如此恐怖恶心，居然下意识地将它踩死了呢？

我低头怔怔地看着那一摊血肉碎乱的东西，心里一阵反胃，也感到极度的好奇和疑惑。我想象不出，到底是怎样恐怖的风水格局，可以制造出如此怪异的东西呢？我感到一片迷茫。

我深吸一口气，把脚从那团血肉上移开，抬眼和冷瞳对望了一下，无奈地摇了摇头，苦笑道："没想到那些猎尸人所说的话，居然是真的。"

冷瞳也微微皱起眉头，随即像是觉察到了什么，缓缓地转身向后看去，接着猛然后退了好几步，小脸之上满是惊恐。

我也好奇地转身，用手电筒向泉水照去，不禁头皮发麻，下意识地向后退了好几步。

"哥哥！"冷瞳尖着嗓子叫了一声。

"别怕，冷瞳，别怕！"我知道她是被吓到了，一伸手把她拉了过来，护在怀里，让她的小脸贴着我的胸口，不去看那些东西，这才让她镇定了一些。

"哥哥，那是什么？"冷瞳伏在我的怀里，瘦削的肩头还有些颤抖。

"全都是被复制过来的人，只是都还没有长大而已。"我叹了一口气，"应该是刚才我把那个肉球给踩死了，引起了泉水的反应，所以泉水的水面就下降了，露出了这些东西。这泉水像是活的，它是母体，那些肉块上面的系带确实就是脐带，连接在泉水的四壁上。我把那个肉球踩破的时候，泉水感到了疼痛。这些东西都还没长大，没有什么危害的。"

"可是，为什么我看了之后，会感觉很害怕？我全身都发麻了。"

我在心里叹了一口气。冷瞳的反应是很正常的。她应该是有比较严重的密集恐惧症。

泉水的水面降低了大约两米，露出了一截泉壁，上面居然密密匝匝、鼓鼓囊囊地布满了一个个大小不一的血包。

那些血包大的像西瓜，小的只有拳头大，一大圈里颜色深浅不一，有的发白透红，有的发红露白，看上去就像肉瘤一般，恶心又恐怖。在那些肉瘤的中间，还夹杂着一些素白色的、皮薄体软、身上血管清晰可见的人类躯体。

那些人类躯体半身陷在泉壁里，只有腰部之上才伸在外面。原本那些人体是泡在黑色的泉水之中的，因为有了泉水的浮力，身体不会向下倾斜，不会折断他们的脊椎。但是，现在泉水退了，于是那些躯体就变成了两手向下低垂着，头上的黑发晃荡着，死人一般地趴在那些肉团上。

看着这个四壁肉瘤遍布、乳白躯体横生的泉水，我只感到胃里一阵翻江倒海，终于没忍住，一侧身吐到了地上。

冷瞳连忙又过来帮我拍背，满脸关切地看着我。我抬头看着她，有些尴尬地苦笑。这个时候，我真的是有些佩服冷瞳了。这小丫头居然只是害怕，不会恶心。

“哥哥，我们现在怎么办？要不要——”冷瞳紧皱着眉头，蹲在我旁边，欲言又止地看着我。

“要不要什么？”我有点艰难地喘息着问道。

“要不要到井底下看一看？”冷瞳问道。

“哦——”我干笑了几下，心里却已经炸了。我连死都不怕，但是我真的害怕这口井。这口井不光是诡异恐怖，最重要的是它太恶心了，我真的受不了。

“小冷。”我站起身，擦了擦嘴，轻轻揽着冷瞳的肩头，皱眉道：“咱们已经算是完成任务了，井底下就不用去了，我们走吧，这里没什么好看的了。”

“我们真的可以走了吗？”冷瞳兴奋地问道。

我含笑对她点点头，侧头再次瞥了一眼那血肉累累的泉壁，再次感觉全身一阵恶寒，果断地一拉冷瞳的手，转身向来路走去。

就在我们沿着巨大漏斗壁，向上登了一丈高时，忽然听到下面有一阵“咕嘟嘟”的水声，我们回头用手电筒一照，赫然发现，降下去的泉水竟然上涨了，而且还漫溢出井口，越涨越高了！

第八章 死亡极光

就在我们正在迟疑时，黑色的泉水已经涨到了离我们脚下不到一米的地方了。

“快走，要漫上来了！”我连忙一拉冷瞳，沿着白骨阶梯快速向上跑去。

“咕咕咕咕——”泉水像暴发洪水一般，升腾的水面紧跟着我们的脚步。

我们从巨大的漏斗里爬了出来，回头一看，只见漏斗里已经盛满了黑色泉水，一池泉水的面积超过了篮球场。泉水水面上升到漏斗边缘时，居然停下来了。但是，泉水的活动却刚刚开始。

我们站在距离漏斗边缘不远的一处白骨小山上，清楚地看到，泉水表面卷起了一圈圈波浪，中间开始出现了一个深深的漩涡。随着漩涡变大，吸力变强，漏斗中的黑水随着漩涡一点点地向下降去，最后发出“咕啦啦”的巨大响声，所有黑水又重新归入那个泉眼中了。

泉水重新缩回的时候，卷走了很多骷髅白骨。那些白骨都跟着黑水进入了泉眼。接着，剧烈撞击的声响从漏斗底部传出来，似乎有一辆火车正在开过似的。

当我抬起手电筒向泉眼照去时，赫然看到，无数白骨好似炮弹一般，从泉眼里飞射出来，有的竖直向上方飞冲，有的向侧面飘去，一时间漫天白骨纷飞，暴雨豪雪一般劈头盖脸地向我们身上砸来。

我这才想到，或许这个地下空间之所以布满累累白骨，就是因为，在一段很长的时期里，有可能从九阴之泉刚形成时起，九阴之泉一直就处于这种暴虐的喷发状态。而那些已经化为白骨的人，也很有可能并不是一从九阴之泉里出来的，而是原本活着，然后被如此凶猛的喷发抛飞到数十米高空，再摔死了的。

九阴之泉就像一座活火山，随时都会喷发，荼毒大地，唯一不同的是，火山喷发出来的是岩浆，而九阴之泉喷发出来的是白骨和尸体。

九阴之泉应该是一种拥有智能和自我防卫意识的怪异存在。现在，它之所以会这么大规模喷发，我相信，就是因为我把那个肉块踩死了，让它以为有人要攻击它，它为了自保，就使出了护命杀手锏，先是水漫金山，又形成漩涡把四周的白骨都吸收进去，然后炮弹一般猛烈喷发出来，对袭击它的人进行攻击！

“噼噼啪啪——”漫天白骨劈头砸下，很多大块腿骨落下，砸到地上成了一大堆碎骨。

“哥哥——”冷瞳焦急地拉着我的手。

我这才从沉思中惊醒过来，连忙一拉她的手，转身拼命逃跑。

“嘭嘭嘭——”我们逃出了很远之后，还能听到后面犹如放烟火一般的声音不停传来。鬼泉的喷发一发不可收拾。看来，刚才我真的把那眼鬼泉给惹怒了。

我们携手跑到那堵黑色石壁前，却发现，洞口的形状居然已经改变了！

我们进来的时候，洞口是拱形的，很宽，现在洞口明显变窄变狭长了，洞口顶端只有一条线。好在那条线往下慢慢延伸开来，还有一个通道。

冷瞳紧紧地抓住我的手臂，满脸疑惑的神情。

“不用怕，没事的。”我小心安慰她，缓缓掏出了阳魂尺，领着冷瞳来到洞口，仔细查看。

洞口边沿的石头表面居然形成了类似人的皮肤的褶皱，感觉就好像石头变成了肉质一般。我伸手摸了摸石壁，发现依旧坚硬冰冷，并没有变异。

“没事的，我们走。”我连忙一拉冷瞳，拽着她冲进黑色洞口之中，拼命往外跑。

“咕咕咕——”一阵低沉的声响传来，震得我们头脑发昏，我们停下脚步，抬头一看，赫然发现两侧的石壁也产生了一道道褶皱和隆起，还在不停蠕动着，似乎活了一般。

“哥哥，洞口在缩小！”冷瞳抓着我的手大喊。

我们所在的石洞正在变小，两侧的石壁正在向中间靠拢。一时间，我有些怀疑，我们是不是中了九阴之泉的迷魂大法了。

不过，我已经没有时间去思考原因了，我们必须争取时间，在石壁将我们夹成肉饼之前，从这个坑道里逃出去。

我们拼命狂奔，终于赶在石洞的缝隙完全合拢之前逃出了洞口。就算是我这个体力极好的人，也有些气喘吁吁，更何况冷瞳这个小女孩，我们冲出洞口之后，都弯下腰来，两手撑着膝盖，大口喘气。

我们休息了一会儿，我再回头去看洞口时，裂缝合拢得更小了。

我们通过那条倾斜的土坑道，回到了地面上。我们走出小屋时，发现那些猎尸人还都被那些尸魁包围着，一个都没能跑掉。

见到那些瑟瑟发抖的猎尸人，冷瞳有些心软地拉着我的手说：“哥哥，我们走吧，别管他们了，让他们自生自灭吧。他们也挺可怜的。”

“嗯。”我不觉点了点头，随即又想起了一个事情，对冷瞳耳语了几句。

冷瞳连忙点头道：“这个简单。”她走到那些猎尸人面前，向他们宣布我的命令。

那些猎尸人连忙跪地表示感激，接着慌张地一起向院子中间摆着的那几口大锅走过去，一起动手，将大锅里的人油都捞了出来，盛放到几个大木桶里。

几个小时后，整整五桶纯净的尸油就准备妥当了。而在猎尸人漂选尸油的时候，我和冷瞳一起返回我降落到这个世界的地方，把那桶备用汽油和助力伞的螺旋桨找了回来。

我们回到猎尸人营地后，召唤来了十几匹腐尸战马，驮着我们的战利品，胜利返回了。冷瞳还是和我同乘一匹马，她缩身在我的怀里，似乎很享受被人保护的感觉。

我一手扯着缰绳，一手轻轻揽着冷瞳纤柔的腰肢，放眼四顾古怪树林和荒芜的黑红大地。下一步，就是前往那个大黑山头，去寻找当年藏起来的那架滑翔机了。马上就要离开这个暗无天日的世界了，我心中本该充满兴奋，但是此刻，忽然有一种迷茫和空虚涌上心头。

我这一趟行程，了解到了自己的身世，还遇到了这个宛若精灵的女孩，现在，她愿意跟着我走了，这个圆满的结局，却不能让我的忧虑和困惑释怀。

九阴之泉的谜题尚未解开，我只能猜测，那是一眼拥有转换时空力量的诡异生物体泉水。九阴之泉是活的，而且它的个头还非常大，它的一端连接幽冥，另一端则制造出一个恐怖的世界。

在没有亲眼见到九阴鬼泉之前，我还想着要去破除它，让它消失，但是，现在我明白了，这泉水根本不是我能够消灭掉的，至少这一次不行。

我这一趟行程，收获就是让我后续的行动有了方向和目标。我还有的是时间，我还会回来的，总有一天要把九阴之泉的问题彻底解决。

如果时间拖得太久了，会拖累姥爷，会救不了他。但是，只要我能够把这害人的鬼泉消灭掉，就算姥爷先去了，他泉下有知，也会为我感到开心的。

想到这里，我的忧虑总算有了一点释放，我一边催动腐尸战马前进，一边轻快地哼起了小曲儿。冷瞳很有兴致地拍着小手。

“虫儿飞，虫儿飞……”我用心感受着这一刻的温存，我发现，我居然对这个世界还有些留恋。

不久之后，我们就到达了大黑山脚下。我们仰头向山上看去，赫然发现，大黑山的山峰并非只有一座，而是有两座。

两座山峰相隔并不是很远，也就是几公里的样子，而且大小和形状都差不多。之前我之所以只看到一座山峰，那是因为两座山峰的影子重合了。

我们沿着山脚转了半圈之后，就在一处峭壁底下，发现了一个黑魆魆的大洞口。

洞口堆放着一些干枯的树枝，是刻意用来堵住洞口的。洞口足有三四丈高，宽度也有四五丈，形状呈扁圆形。

我们一起下马，查看了周围的情况，发现没有什么异常，这才分工忙活起来。

我让冷瞳召唤来一些腐尸，把洞口的枯枝清理开来，把道路修整平坦了。我则把马背上的尸油都卸下来，这才打着手电筒，和冷瞳一起向巨大的洞穴走去。

“呼呼——”猛然有一股黑风从里吹了出来。

“好一个黑风洞。”我淡淡地说。

“哥哥，什么是黑风洞?”冷瞳好奇地问道。

“噢，那是《西游记》里的故事，以后有空我再讲给你听，我们现在先忙事情吧。”我捏捏冷瞳的鼻子说道。

“嗯，好的。”冷瞳很乖巧地点了点头。

我们已经深入洞穴几十米了，这处天然岩洞里很干燥。到了洞穴底部，我们看到了一架浑身落满灰尘的小型滑翔机。

见到滑翔机的一刹那，我难以抑制地激动起来，怔怔地拿着手电筒照着，整个人都愣住了。

这架滑翔机的模样，和我在无底深渊里做梦时见到的那架滑翔机完全一样。高度只有四五米，长度六七米，除了发动机和螺旋桨，都是木质的。滑翔机的机翼是双排的，机体上落了一层厚厚的灰尘。

"哥哥，这是什么呀?"冷瞳问道。

我这才回过神来，开心地一把将她抱起来转了一圈，说道："冷瞳，这就是哥哥要找的飞机。我们只要坐着这个东西，就可以飞上天，离开这个地方了。"

"啊，哥哥，这个东西会飞吗?"冷瞳有些不敢置信地皱起了眉头。

"一定可以的，你看我的就好了。"我捋了捋袖子，让冷瞳帮我打着手电筒照亮，我跑到飞机底下检查了一番，发现整个机身除了肚子上被撞破了一个洞之外，基本上都是完好的。

我更加兴奋了，连忙打开舱门，查看机舱里的情况，发现里面的设备也都很完好，虽然我都不认识，不过，至少它们没有破损，这就说明它们还可以正常使用。

我心情激动地坐到机舱的驾驶位置上，拿起头盔戴到了头上，看着面前的那些仪表和按钮。操作面板上的按钮非常多，我看了大半天之后，只认出来一个开机按钮。我不禁一阵郁闷无奈，失望地叹了一口气，很不甘心。

"哥哥，你怎么了?"冷瞳爬到机翼上，站在座舱外面，看着我问道。

"没什么。"我的情绪平复了一些，有些爱怜地将她拉进来，让她坐到我的腿上，轻轻拢着她的肩头，说道："哥哥遇到麻烦了。"

"什么麻烦，哥哥你说说看，说不定我可以帮你。"冷瞳的小脸转向我，吐气如兰地说道。

"你帮不了的，哥哥不会开飞机。"我苦笑道。

"开飞机是什么?"冷瞳好奇地问道。

"嗯，就是操控这架飞架飞到天上去，哥哥没学过。"我解释道。

"这个很难吗?"她问。

"是的，需要专业培训才可以，而且要培训很长时间才能学会的。哥哥虽然找到了飞机，却飞不出去。哎——"我长叹了一口气，轻轻捏捏冷瞳的小脸道："看来这是老天爷不想让我离开这个地方啊，是要让我留下来陪你在这里生活。怎么样，你开心不？哥哥走不了了，也没法把你带走了，我们要在这里过一辈子了。”

“我不开心。”冷瞳却定定地看着我，“哥哥，我不开心。”

“为什么不开心？”我好奇地问道。

“因为你不开心。”冷瞳说道。

“我不开心，为什么你就不开心了？”我更加好奇。

“不知道，总之，你不开心，我就难受，我喜欢你开心的样子。”冷瞳扭着小屁股，从我的怀里站起来，满眼好奇地看着按钮遍布的操作面板，愣了半天，说道：“我看不懂这些东西。”

我站起身，轻轻拍了拍她的肩膀道：“好了，车到山前必有路，我们先把这飞机上面的灰尘打扫一下，把油箱加满，然后再试试能不能把它启动起来。说不定，随便乱按一通，也能飞起来呢？”

我们花了一个小时，才算把那些灰尘都打扫干净。我又回到座舱里，准备把一些不必要的东西清理掉，尽量减轻重量。就在我清理东西的时候，居然有了一个重大发现，找到了一个工具箱，里面有一本飞行手册。

我不禁满心激动，连忙让冷瞳打着手电筒照亮，对照着操作面板，把飞行手册看了一遍。看完之后，我已经大概知道怎么驾驶飞机升空了。不过，为了确保飞行顺利，我又将飞行手册看了好几遍，直到完全熟悉操作流程之后才停了下来。

冷瞳一直在旁边听我指点操作面板上的按钮，居然也已经知道怎么驾驶飞机了，这不得不让我对她刮目相看。这小丫头的灵性不是一般的高，她实在有着不可思议的天赋。

我们一起把尸油搬了进来，每一桶尸油都用一些汽油掺兑，接着倒进了飞机油箱里。加满油之后，我激动地拉着冷瞳一起坐到座舱里，帮她系好安全带，戴上头盔。

我有些紧张地按动了开关，开始试机。

“嗒嗒嗒——唔——”飞机的螺旋桨顺利地转动起来，机翼上的指示灯也亮了。

我连忙按轻轻拉动飞机的操控杆，向洞外行驶。

“唔唔——”螺旋桨高速旋转，在洞穴里卷起了漫天尘土。尘土飞扬起来，纷纷洒洒地落到我们头上。

我这才注意到，我因为过度激动和紧张，居然忘记把机舱盖子拉上了。我不禁失笑，连忙把机舱顶盖拉上，然后一拉操控杆，冲出了洞穴。

飞机发动机轰鸣，在坑洼的地面上剧烈颠簸着，一路向前行驶，却一直都没有飞起来。

我开始着急了，不知道到底出了什么状况。而且，飞机前方的道路已经快到尽头了，马上就要冲进树林了。

我的冷汗都下来了，不禁拼命拉动操纵杆。“你倒是飞啊！”我焦急地大叫起来，双脚拼命踢着操控底板，紧张到了极点。

“哥哥！”

“怎么了？”由于螺旋桨的声音太吵，我们只能扯着嗓子说话。

“你没有打开三档加速，它飞不起来的！”冷瞳大声喊道。

“啊？”我不禁脸上一热，猛地一拍脑袋！

飞机的三档加速开关打开后，我缓缓拉动操纵杆，终于，在飞机马上就要撞进树林的时候，堪堪地将机身拖离地面，缓缓向天空升上去。

“哗啦啦——”飞机快速掠过了紫黑色的树林上空，强劲的气流冲击让树木都剧烈摇晃起来。

终于要离开九阴鬼域了，我心头一阵兴奋。但是，我也知道，此时高兴还为时尚早，因为，前方还有雷鸣电网和龙卷飓风。能否安全穿过，还是一个未知数，还要靠运气。

我双手握着操纵杆，缓缓推拉。飞机一边爬升一边加速，速度越来越快，我们坐在机舱之中，明显感觉到超重状态的窒息感和压抑感。

我感觉好像有人在我身上压了一块石头，连喘气都变得困难起来。但是，我知道，要是飞机不能爬升到一定高度，我们根本无法离开这个世界。

因为，我发现在雷鸣电网的上方，雷电的密度有些稀。我们要想安全穿越雷鸣电网，唯一的方法就是拼命往上飞，从它们的间隙之中穿过去。

我也知道，雷电的根源无穷高远的，我不可能真的飞到雷电的根源部位。虽然如此，我还是要尽量往上飞，因为，只有往上飞，我们才有希望！

这个时候，我的脑海中接连不断地出现了一个个熟悉的画面，一张张熟悉的面孔。我在回忆这十七年的短暂一生。我这一次终于见到了我亲生父母的样子，早在我驾驶助力伞进入无底深渊之前，那个站在大坝上方看着我的女人，就是我母亲的英魂。我也确信，我在梦境中见到的那架滑翔机，定然是母亲的英灵在指引我，她想告诉我当年的事情，她已经认出我了。

"小子，苦海无涯，回头是岸！哈哈哈哈！"猛然传来一声震耳大喝，犹若天神之音，振聋发聩。

我向前看去，只见深暗的穹窿之中，一圈又一圈的螺旋正在向我们包围过来。

"冷瞳！"我咬牙皱眉向身侧座位上望去，却惊得差点松开了手里的操纵杆。

此时，冷瞳的座位上空空如也，只剩下一团阴冷无比的黑气。黑气如同章鱼一般，紧紧爬缚在座椅上。

"冷瞳！"我再次大叫。

"你是在叫我吗？"一直细白的手放到我的肩上。

我怔怔地回身看去，看到一个女人站在我身后。她面色温婉和善，长发披散，面带笑容，上身穿着白色衬衫，下身是棕黑色长筒帆布裤子。

"你，你，你，妈——妈——"我怔怔地望着这个女人，哆嗦着说道，手不禁松开了操纵杆，向女人的手握去。

"嗯，好孩子，乖。"女人面色慈祥地微笑着，缓缓将我揽进怀中，在我耳边低声说道："好孩子，这里有什么不好，为什么要离开？妈妈希望你留下来，留下来，留下来——"

温和慈祥的声音，一点点地渗入我心灵的深处，我的意识有些迷糊，有些困倦，不知不觉闭上了双眼。

“乖，你要留下来，留下来，留下来，留下来……”睡梦之中，靡靡之音继续传来。

突然一阵猛烈的摇晃和震动，耳边传来了冷瞳的尖叫声：“哥哥，快醒醒啊——飞机要摔下去啦！”

“啊？什么飞机？”恍惚醒来的一瞬间，我居然忘记了自己在哪里，还以为是睡在床上。

“哥哥，要拉操控杆啊！”冷瞳的声音再次传来，我的脑袋一下撞到了操控杆上，鲜血直流，猛然清醒过来。

我这才发现，我居然陷入了迷魂状态，早已松开了操控杆，任由飞机在空中飘摇。

我立刻又抓住了操控杆，将飞机重新归回平稳状态，这才长出了一口气，侧头向旁边的冷瞳看过去。

冷瞳的身影再次显现了。只是，此时冷瞳的神情和状态，让我有些惊骇。冷瞳全身哆嗦着，蜷缩在座位上，脸上满是惊恐。

“冷瞳，你怎么了？”我努力平稳自己的心情，一边继续让飞机向上爬升，一边问道。

冷瞳颤抖地问道：“哥哥，你，你也看到了么？”

“看到什么了？”我讪笑道，“对不起，刚才哥哥有些犯迷糊，估计是这些天到处奔波，太累了。没事的，哥哥不会再犯那样的错误了。”我一边安慰冷瞳，一边在心中暗暗起了疑惑。

刚才那种状态，我很清楚绝对不是我自身的原因，应该是外来的影响。但是，此时我们身在半空中，到底是什么东西能对我的精神产生影响呢？

看冷瞳的状态，很显然，刚才她也受到了那种莫名的精神力影响，也看到了什么。不同的是，当时我迷惑得比较彻底，而冷瞳则在看到一些幻觉的同时，还能保持清醒的状态。也正因为如此，我们才勉强逃过一劫，不然的话，我真是难以想象，从几千米高空一头栽到地上会是怎样的。

“哥哥，你有没有看到？”冷瞳两眼发直地看着前方，又问了一句。

“你看到什么？”我按捺不住心中的疑惑，惊声问道。

“我看到，看到妈妈，她，她就站在我旁边，她抱着我，抱得很紧，她说她想我，她让我不要走，不要丢下她。”冷瞳怔怔地看着前方，好半天才抬眼向我看来，突然抬手一指我的身后道：“快看，妈妈就在那里，她在向我招手。”

我不禁全身一凛，知道她此时还处于幻觉状态，连忙伸手按住她的手道：“你先坐好，你听我说，这不是真的，这是幻觉。这片空域肯定有一些特殊的磁场，会对人的精神产生影响，让人产生幻觉。”

“那飞机也是幻觉吗？”小丫头向飞机窗外看过去。

我也好奇地向窗外看了一下，不禁愣了。我赫然看到，就在距离我们不到五十米的地方，居然有一架老式双排翼滑翔机正与我们比肩齐飞。

那架滑翔机的机身上爬满了腐尸，机舱里坐着一个身材高大的男人和一个穿着白色衣服的女人，他们的身边还放着一个婴儿摇篮。

“呜哇——”我听到了腐尸的凄厉叫声，一头高大壮实的腐尸猛地一个飞扑，趴到了那架飞机的机翼上，将飞机扒得左右剧烈晃动起来。

更多腐尸一起跳到机翼上，使得飞机彻底翻了过去，向下直冲。下面是一片黑色树林，那架飞机砸进树林中，“轰隆”一声巨响，爆发出一团耀眼的烈焰。

“哥哥，小心！”

我的心中升起了一种怪异的感觉，连忙扭头向前看去，正看到那个黑发披肩、穿着白色衬衫的女人，正虚空踱步，挡在我们飞机的前方。

“来吧——”那个女人平摊双手，呼唤着我。我却没有勇气开着飞机向她撞过去。

“哥哥！”冷瞳凄厉地叫了起来。

“这是幻觉，你小心点！闭上眼睛！”这时，飞机距离那个女人只有几十米了，眨眼将至。我一咬牙，一闭眼，向那个女人撞了过去。

我知道，那个女人虽然看起来很真实，却绝对不是真实存在的，这一切都是幻觉。我不能被幻觉控制心志，所以，我要勇往直前！

“嘭——”一声沉闷的巨响传来，机身一阵剧烈震动，似乎我们的飞机真的撞到了那个女人。

我猛然睁开眼睛，却惊得全身都战栗了。此时，在飞机前方，我面前那块防风罩透明挡板上，居然就趴着一个血淋淋的女人。女人的头颅已经被飞机撞掉了一半，脑浆迸裂，甩得整个面板上一团血肉淋漓。

那个女人的脸贴着挡板，大睁着一双眼睛，静静地看着我，她的一只手臂已经戳进了挡板之中，就那么血肉淋漓、骨头森白地垂在我的面前。一滴滴鲜血落到我的手背上，很温热。

我死死地盯着女人的眼睛，连呼吸都无法控制了。这个时候，我已经想退缩了。这种惨烈的情景居然如此真实。

“哥哥。”旁边的冷瞳伸手帮我拉住了操控杆，怔怔地对我说道：“你看到了吗？它不想让我们走。”

冷瞳这个时候虽然还处于幻觉驱使下的半失神状态，但是，她的话却让我瞬间明白了一个事情。

是的，自从我们的飞机起飞之后，就开始出现的异状，就是因为一个事情：它，不想让我们离开这里！

它是谁？它就是这个世界的缔造者，就是那个以九阴鬼泉为中心，拥有时空之力的可怕生命体。

从我们进入这个世界开始，一切活动都是在它的体内进行的。我们从来就没有离开过它的控制，而它也不甘寂寞，喜欢我们在这里活动，喜欢我们留下来陪伴它。

它是一个奇怪的东西，它虽然渡过了不知多长久的岁月，却十分孤独寂寞，它需要一些新鲜的生命来唤醒它的沉默。所以，它不想让我们离开，它利用强大的生物磁场，对我们产生了一系列的恐怖冲击。它想吓住我们，它可以看透我们的内心，可以准确地找到我们的弱点。

就连我这个心如磐石的人，在它的强大精神攻击之下，也已经乱了阵脚。至少，现在眼看着亲生母亲惨烈地死在自己面前，永不瞑目的眼睛冷冷地盯着自己，我全身都颤抖起来了。这种与生俱来的血缘亲情，令我的悲痛达到了极点。

这个时候，我很想大声吼叫，很想冲开一切，很想回到自己小时候生活的那个小山村，离开这一切纷乱和繁华，返璞归真。

这个时候，我非常自责，痛恨自己，自己为什么要那么多事，那么好强，惹了那么多麻烦。这一切肉体和心灵上的痛苦和折磨，都是我亲手种下的因果，都是我应得的。

“哇哈哈哈——”一阵尖厉的大笑声猛然传来。那个趴在挡风板上的女人突然又复活了，她铁青着脸，狰狞地大笑着，血色淋漓的手臂猛然伸来，一把将我的脖颈掐住了。

“嘿——”女人咬牙狞笑着，双眼放出凶光，将尖利的指甲挖进我的肉里，掐紧了我的喉咙。

我却如同木头人一般，就这么大睁着眼睛，伸长舌头，一动不动地坐着，双手依旧死死地抓着操控杆。

“哥哥，哥哥！”冷瞳的声音焦急地喊着，我感到冷瞳的手抓着了掐住我脖颈的那只手臂，拼命地想拉开。

“嘿——嘿——”冷瞳虽然天生灵性极高，力气却不大，她根本就没有办法把那条手臂扯开。

我的心被撕裂了，感到无比痛苦，又对这个凶残的世界充满了愤恨。我那种与生俱来的不服输的火爆脾气被激了起来。

是的，它确实很强大，这里是它的世界，它只知道利用人心的弱点，却不知道，这种卑鄙的行为是多么可耻和令人愤恨。那个牺牲自己的生命、将我护佑下来的亲生母亲，她在我的心中是多么神圣完美的形象，我怎么能够容忍别人如此亵渎她的形象？

它错了，它错就错在，它虽然明白我的弱点，却不知道，有时候，弱点也可以转化为动力！

我猛地咬破舌尖，一口炽热的纯阳血气喷洒而出，瞬间在我面前形成了一片血雾。

“唔呀——”面前那个血肉淋漓的女人，在纯阳血气的喷洒之下，发出一阵凄厉的号叫，全身灼烧起黑色火焰，然后整个人向外一滑，瞬间化作一团烟气，在空中渐渐飘散了。

我醒转过来，看了一下四周，发现一切恢复了正常。

“冷瞳，坐稳了，我们再向上攀升一点，应该就差不多了。”我操控飞机向深远的穹窿飞去。

这时的飞行高度已经比较高了，我们可以隐隐约约地在天边看到一道道白亮如同大蛇的电弧光芒。在正常的世界之中，这种弥漫在天空上的白色龙蛇状光带，只会在一个地方出现，那就是极地，而这种光芒就叫极光。极光是非常美丽壮观的。

但是，现在我所看到的极光，却给我一种死亡之光的感觉。因为，我知道，在极光电离层的背后，就是一不小心就会粉身碎骨的雷鸣电网地带。

“哥哥，你听到了吗？它还在呼唤我们。”冷瞳忽然说道。

我侧头看她，这才发现，她不知道何时居然摘掉了头盔，正侧身趴在座舱的窗户上看着飞机后面。

“冷瞳，不要看了，这些都是幻觉，它的生物磁场很强大，你不要受它的影响。”我沉声说着，一手抓着操控杆，一手抓住冷瞳的手。入手一片冰凉，我不觉眉头一皱，紧紧地捏住她的手腕，手心一股纯阳罡气丝丝渗透。

果然，在我的纯阳罡气渡过去之后，冷瞳低沉地呻吟一声，全身一软，重新坐回到座位上，另一只手拼命地推着我的手，想挣脱出去。

“唔——哥哥，我热，好热，我喘不过气了！”冷瞳小脸通红，紧皱着眉头，痛苦地喊道。

“你现在清醒了吗？”我大声问道。

“清醒了，清醒了，你放开我吧！”冷瞳满脸痛苦地叫道。

“那就好！”我松开了她的手，她全身软软地艰难地喘息着。

我微微笑道：“你看看远处那些光芒，那就是我们要去的地方。我们只要穿过那个地方，就可以到达这个世界的边缘了。我们现在基本超出了那东西的生物磁场控制范围了。而且，前面有极光电离层，对它的生物磁场也有很大影响，它不可能再为难我们。”

我拉动操控杆，开始平飞，向着前方那一大片电弧死光冲了过去。

“好漂亮啊——”已经完全清醒过来的冷瞳，见到天空之中一道道或绿蓝色、或红粉色、不停晃动如蛇一般的巨大光带，两眼放光地赞叹起来。

“哥哥，这是什么？我以前从来没有见过！”冷瞳拍着我的肩膀，着急地问道。

我无奈地叹了一口气，淡淡地说：“这些是死亡之光。”

“死亡？”冷瞳神情一滞，怔怔地看着美丽的光带，好奇地问道：“这怎么可能呢？死亡之光怎么会这么漂亮呢？哥哥，你肯定是在骗我吧？”

“没有骗你，因为过了这里，就是死亡地带，这些光芒不是死亡之光是什么？我们马上就要冲过去了，你小心看着！”

这时，我们已经穿过了死亡之光，到达了一处虚无的隔离层空域，正前方，一道道如同利剑怪蛇的刺目闪电编织出天网，正闪烁着刺目的光芒。

真正的死亡地带到了！

第九章 逆转时空大法阵

巨大无匹的叉状闪电，从遥远的夜空呼啸直下，雷霆万钧、势不可挡！一个肉体凡胎的人，面对这种自然神力的强大存在，根本就无法抵抗。

“哥哥，这是什么？好亮呀——啊，我的眼睛睁不开啦，太刺眼啦！”冷瞳非常惊愕地叫了起来。

我连忙说道：“冷瞳，听哥哥的话，闭上眼睛，坐着不要乱动，哥哥不叫你，你就不要睁开眼睛。”

“嗯，好。”冷瞳乖巧地闭上眼睛，小手紧紧抱在胸口，一动不动地坐着。

“等下不管听到什么声音，只要我不叫你，你就不要担心！”我一拉操纵杆，滑翔机再次向上爬升一段距离，接着一路向下俯冲，向着雷鸣电网冲去。

滑翔机的速度有限，而雷鸣电网又很厚，所以，为了确保安全，要以最快速度穿过。这一次和前一次我独自飘进来，危险系数是完全不一样的。

上次我进来的时候目标小，被闪电击中的概率也小得多，但是，我最后还是被闪电击中了。现在，我们开着飞机，体积增大了十几倍，所以，被闪电击中的概率也增加了很多。但是，这是我们唯一的出路！

“冲啊！”我双手紧紧地抓着操控杆，神情激动地大叫起来。

“咔嚓——”

“咔嚓——”

我们已然冲进了雷鸣电网，四周传来接连不断的震响，空气中飘荡着光怪陆离的电火花，那情景绚丽得令人窒息。

一道道闪电在机身旁划过，却一直都没有擦中机身，我们穿越了大半雷鸣电网，眼看就要突破出去了，就在这个节骨眼上，“咕咚”一声闷响从旁边传来，我扭头一看，发现冷瞳的安全带没有系好，向前栽了过去，一头撞到操作面板上，额角磕破了，立刻出了血。

“冷瞳，你怎么样？”我焦急地大喊，但是雷电的声音太响，冷瞳压根儿就没听到我的声音。

“哥哥——”额头冒着鲜血的冷瞳缓缓地坐起身来，睁开了眼睛，满脸惊愕地看着四周的闪电和五彩电花，愣愣地向我看来。

“这些是闪电，你快闭上眼睛！”我对着冷瞳大喊的同时，全力操控飞机继续向前冲，终于来到雷鸣电网的边缘。

我不禁一阵激动，差点又大叫起来。可是，乐极生悲，我只感觉眼前突然一片刺目的雪白，一道闪电在最后时刻击中了机身。

“啊——”被闪电击中的一刹那，我和冷瞳都本能地大叫着，闭上了眼睛。

我知道机身马上就要解体了，不觉丢开操控杆，不顾一切地向侧面扑去，一把将冷瞳紧紧抱住，准备和她一起飘向雷鸣电网外围那处没有重力的怪异时空之中。

我抱住冷瞳的时候，我们的额头一下子撞到了一起，而且，我们撞击的部位，正好都是额头的伤口。一瞬间，我与冷瞳的血混合到了一起。

我们猛然感觉到巨大的痛楚传来，我们都被电得全身麻木，根本动弹不了。几十万伏特的强大高压闪电击中机身，将我们都笼罩在电流之中，强大的电流传遍全身。

我的脑海中只有一片刺目白光，根本感觉不到身体的存在了。此时，我就好像灵魂出窍一般，居然出现在自己身侧，看着处于闪电中心的自己和冷瞳。

我成了一个旁观者，看到自己全身黑如焦炭，冷瞳也和我差不多，她的头发竖了起来，还冒着电火花。我和冷瞳其实已经死了。

这时，我的腰间忽然闪烁着一片清湛湛的光芒。随着那些闪电的电流穿过我的躯体，青色的光芒一分为二，变成了一半金色一半蓝色。半金半蓝的光芒越来越强，变得耀眼刺目，已经盖过了闪电的白光。

在那半金半蓝的光芒之中，缓缓飘起了两把尺子，正是我一直带在身上的阴阳双尺！

阳尺金光，阴尺蓝光，两把尺子虚空悬浮，尺身之上的神奇纹路符咒光彩夺目、熠熠生辉，如同游龙一般，围绕着尺身上下盘旋流转。在电流的冲击之下，双尺发出了一阵阵低沉的龙吟之声，尺身在剧烈快速地震动着。

“叮叮——”虚空悬浮的双尺忽然凌空一翻，一上一下对头相接，而它们连接的地方，正是我和冷瞳额头对额头相撞的部位。两把尺子以我和冷瞳的额头为中心，犹如风扇叶一般转动了起来。

“嗤嗤叱——呼呼呼——”一金一蓝两道光追逐、混合，将我和冷瞳的身体笼罩了起来。

接下来，最奇异的场面出现了。

狭小逼仄的机舱之中，已经没有了我和冷瞳的身影，而是出现了一幅金蓝相交的太极图。阴阳双尺借助我和冷瞳的血染之力，以我们的灵池天穴为中心，化转时空之力，将我们吸进了金蓝相间、急速旋转的太极图之中了。

太极图阴阳和合、天人合一，猛烈地吸收四周的各种能量。一瞬间，所有的电流竟然被太极图吸收一空。太极图吸收完能量后，减慢了旋转的速度，最后又恢复成了双尺。而我和冷瞳的身体竟然已经完全恢复了。

我的神识还停留在虚空之中，静静地看着自己的肉体，猛然感到一股巨大的吸力，接着眼前一黑，再一睁眼时，我已经回到了自己的身体。

我深吸了一口气，一只手仍然揽住冷瞳的纤腰，另一只手则握住操控杆，驾驶飞机向着前方飞去。

数秒之后，我们的飞机完全脱离了雷鸣电网。这时，我回头一看，只见在我们的飞机经过的地方，那原本浑然一体的雷鸣电网居然出现了一条缝隙。那条缝隙虽然非常狭小，但是完全没有闪电。

我大概猜到了，之所以出现这种状况，最为可能的原因就是，阴阳双尺形成的太极图，将那一线缝隙中的闪电都吸收掉了。

我猜测，雷鸣电网的电力应该是循环使用的，所以，一旦我们将其中一条线上的能量吸收掉了，那么，那个空隙里也就再也不会出现闪电了。我心里一动，似乎明白了什么。

就在我正在思索的时候，怀里的冷瞳“嘤咛”一声醒了过来。而醒来之后的冷瞳却像换了一个人，表情镇定地看了我半天，扭头看向前方说道：“龙卷飓风场，是不是快要到了？”

“嗯？”我看着她突然变得成熟冷毅的神情，不觉愣道：“冷瞳，你，没事吧？”

“我没事。”冷瞳扭头看了看我，轻轻地从我的臂弯里挣脱出来，重新坐回副驾驶座位，拉过安全带重新系上，说道：“大同哥哥，你好好专心开飞机，马上就到飓风里了。飓风比闪电更难对付，你要小心才是。”

“嗯，这个我知道。”我疑惑地坐回驾驶座位，双手握住操控杆，控制着飞机平稳地飞着，好奇地问道：“你怎么会知道前面有龙卷飓风呢？我从来都没有和你说过。”

“大同哥哥，现在不是详细解释这些事情的时候，我们还是先安全穿过飓风层再说吧。过了飓风之后，还有很久才能飞到上面的洞穴，到时候，我再仔细给你解释。”冷瞳非常认真地说道。

我点点头，强按住心中的好奇，让飞机向上爬升，一头冲进了黑气弥漫、飞沙走石的飓风层之中。

“哒哒哒——”一大片沙石扑面砸到飞机的挡风玻璃上。机身也开始剧烈震动起来，飞行的方向也不太控制得住了，差点要向侧面盘旋而去。

我一咬牙，猛地一拉操控杆，硬生生地扭转了飞机的方向，迎着凶猛的龙卷风头艰难地飞着。狂风呼啸中，单薄的滑翔机飘摇得如同一只纸鸢，随时都有可能被狂暴的飓风撕扯成碎片。

为了控制住方向，保持位置不变动，我顶风飞行。可是，这样一来，我们就失去了脱离飓风的机会。机身上并没有侧向推进器，我们现在只能像风筝一样悬浮在半空中，无法前进了。

“咯吱吱——”我听到了机身上磨牙一般的声响，似乎我们的飞机马上就要被吹得解体了。

我额头冒出一层细汗，忍不住扭头向冷瞳看去，我想，如果出现意外状况，我还是要紧紧抱住她，就算死，我们也要死在一起。那样的话，起码变成鬼之后，我不会那么孤独。

但是，我却发现，小丫头正在紧皱着眉头，低头沉思着什么，小嘴里还在念念有词地说着什么。

“冷瞳，你在做什么?”我皱眉问道。

“啊?”冷瞳这才猛然抬头看着我，“哥哥，快，不要再硬扛了，赶紧掉转机头，跟着飓风飞，这样飞机就不会解体了。”

“那怎么行？我们可就不知道要被吹到哪里去了。”我无奈地说。

“哥哥，你听我的，快啊!”冷瞳突然站起身，抓着我握着操控杆的手，喊道：“先顺着飓风的风向飞，尽量减小阻力，然后慢慢向外围飞行，先脱离飓风再说。出去之后，不管飞到了什么地方，都可以一路向上飞。

快呀，再不改变方向，飞机就要解体啦！”

我这才猛然醒悟，不禁在心中暗骂自己愚笨。我立刻掉转机头，跟着飓风飞起来，果然像冷瞳所说的，我们逐步脱离了飓风的范围，飞进了一片无边黑暗的空虚之中。

“好了，现在可以向上飞了。”冷瞳轻轻地出了一口气，重新坐下来。

我又是一阵惭愧汗颜，尴尬了好半天之后，才问道：“冷瞳，刚才到底发生了什么事情？怎么我感觉你好像突然换了一个人一样，变得什么都知道了？你现在的知识，好像比我还丰富。”

冷瞳眼睛眨了眨，满脸兴奋地看着我说道：“哥哥，我说出来的话，恐怕你不会相信的。”

“哦，你说说看。我倒要看看，你到底遇到了什么怪事。哥哥也有一个很奇怪的经历想要告诉你呢。”我微笑道。

“嗯，好的，我也正要问你这个事情呢。”冷瞳也微微一笑，“哥哥，你信不信，我刚才被闪电击中之后，发生了灵魂漂移现象？”

我不觉一愣，有些深以为然地点了点头，满脸好奇地问道：“那后来呢？你的灵魂是怎么漂移的？”

原来，她被闪电击中之后，一开始也是和我一样，感觉像是已经死了，她的灵识在空间之中漂移起来。虽然时间很短暂，她的灵识却去了很多地方，经历了很多很多事情，看到了以往从来都没有见过的东西。

而令她现在的知识能力突然提升的一个最重要原因就是，她的灵识进入过我的躯体，占据过我的脑海。也正因如此，她现在不但拥有我全部的记忆，而且还拥有我所有的知识，甚至连性格和思想都已经有些和我同步了。在遇到我之前，她的思想和精神很纯净空白，所以，被我的记忆和思维方式冲击之后，她除了身体之外，其他方面已经和我差不多了。

我吓了一跳，这还了得?!

我不禁睁大了眼睛，怔怔地问道：“我姥爷曾经交给我一本竹简古书，你知道那本书的名字吗？”

“《青灯鬼话》上面记载了很多离奇怪异的故事，你知道的，我都知道。”冷瞳很自信地说。

“那你知道我这辈子不可以结婚吗？”我又问道。

“知道，因为你要保持童子身。”冷瞳答道。

“你知道我最喜爱的人是谁吗？”我有些急迫地问道。

“不清楚。你对我有些同情，有些怜爱，但是，你还认识好几个女人，所以，还真不知道你到底最喜欢哪一个。”冷瞳语气淡淡地说道。

“好吧，我相信你的话了，现在，我在你面前已经是一个透明人，是吗？”我有些无奈地问道。

“差不多吧，就跟当初你遇到我的时候，我给你的那种感觉一样。”冷瞳满脸促狭地笑着，让我瞬间心碎。

我从来都没有想过，人的记忆居然是可以复制和转移的。每个人都有自己的私人空间，每个人的心灵深处都有一些不足为外人道的龌龊黑暗，没有任何人愿意把自己心中所有的想法都透露给另外一个人。这样的情况会多么地窘迫又可怕啊。这简直就是世界末日一般的感觉，谁的脸上还能挂得住？

“哥哥，我已经把我刚才遇到的事情告诉你了，现在轮到你了。你刚才有没有发生灵魂漂移，进入过我的身体？”冷瞳非常认真地问道。

我也很认真地说道：“刚才我的灵魂出窍了，我站在自己身体旁边，目睹了当时所发生的事情。”

“当时发生了什么事情？”冷瞳好奇地问道。

听完我的描述之后，没等我给她总结，冷瞳已经点头道：“阴阳双尺果然名不虚传，居然可以引动天雷之力，制造出阴阳天人的大阵，不但化解了闪电的力量，还利用了闪电之力，打破了时空的局限，将我们的身体恢复到之前的状况。没想到你身上还有这样奇特的宝物，真让人羡慕。”

我怔怔地看着冷瞳，一时间不知道该说什么才好。冷瞳已经不再是一个单纯的小女孩了，她拥有了和我一样的心态和思想。这个情况，真的不是我希望看到的，我希望她能够一直保持纯真。

“哥哥，你是不是担心我变坏？”冷瞳看出了我的犹豫和担忧，微微皱眉道。

“没，没有，我怎么会担心你变坏呢？”我有些闪躲地说。

“其实，你大可以放心的。第一，你的记忆和知识虽然有很多阴暗的东西，但是，我还是被你的正义思想所引导着，所以，我不会因此变得阴暗。第二，我虽然全盘接收了你的记忆和知识，但是，这并不代表我现在就完全和你一样了。我还是我，我对你的心，也永远都不会变。”冷瞳很认真地说。

“外面的世界很精彩。”我淡淡地说。

“我从来都不向往精彩，你也并不向往精彩，难道不是吗？”冷瞳凝眸看着我。

“等出去之后再说吧，还有很长的路要走，我们还太年轻，谁也无法预知未来，走一步看一步吧。我不能亲近女色。”我无奈地讪笑道。

“难道你不能亲近女色，我们就不能在一起吗？我只是把你当成依靠，喜欢跟着你而已，我对你的爱是纯洁的，并不包含肉欲。所以，你能不能亲近女色，对我们的未来都没有影响。”冷瞳还是很认真地说。

我含笑岔开话题道：“现在你已经了解外面的世界了，那么，你出去之后有什么打算？现在有没有什么想法？”

“出去之后的事情，我没有想过太多。”冷瞳轻轻地咬着嘴唇，“但是，如果有机会再回来的话，我倒是很想做一件事情。”

“什么事情？”我有些好奇地问道。

冷瞳侧头看着我说：“我想去把那些猎尸人都杀掉。”

我不觉一愣，有些愧疚地看着她，讪笑道：“对不起，我当时之所以不告诉你，其实是怕你伤心，我不想让你伤心。”

“你不用道歉，你的心情我完全明白。但是，现在既然我知道了，那么，我就该手刃仇敌，为我的父母报仇，那些猎尸人该死！”冷瞳紧握着小拳头，眼神凶狠地说道。

见到冷瞳这个样子，我心里有些失落，也有些怜爱，连忙伸手握着她的小手道：“冷瞳，一切向前看，我们不能活在过去的阴影中，我们要打拼出新的天地才对。很多事情，过去就过去了，我们不应该再耿耿于怀。不然的话，我们会活得很累，你明白吗？”

“我完全明白。”冷瞳点了点头，“你的经历正好印证了你的话，我们确实要向前看。因为，你现在之所以有这么多麻烦，活得这么累，正是因为你一直活在过去的阴影之中。哥哥，你放心吧，我也只是这么说说而已，实际上，我的心情已经放开了。至少，只要有你在，我就会开心快乐，我别无他求了。”

“嗯，谢谢你。”我微微一笑，感到很欣慰。

滑翔机拼命地向上爬升着，试图逃脱无边无尽的黑暗。不知道过了多久，突然，我看到前方出现了一线天光。

“是那里！”冷瞳有些紧张地尖声叫道。

“知道了，你坐好。这样的地下入口都有很强的气流，飞机通过那里的时候，会产生剧烈震荡，说不定还会解体，我们要做好逃生的准备。”

冷瞳听话地点点头，把椅背后面的一个小包裹抱到了怀中。我没有再说话，专注地驾驶飞机。

我们又向前飞了几千米，那一抹天光开始渐渐拉宽，光亮更清晰了。

眼看着就要接近那一抹天光了，我们难以抑制激动，但是与此同时，也充满了疑惑。

话说，我们要回到无底天坑的底部，可是，现在我们为什么居然看到了天光，似乎要直接飞到地面上去了呢？

难道说，我们的着陆地点已然发生了改变，我们出来的时候，由于跟随飓风飞行了一段距离，是不是因此就变换到了地下空间的另外一个出口处呢？按照西山堡垒里面的人介绍，九阴鬼域与外界连通的地方不止一处。

所以，我们现在所面对的出口，很有可能是一个完全陌生的地方。不过，我现在的想法就是，只要能够从这个鬼地方出来，又能安全着陆，这就够了。只要能够安全到达外面的世界，我们就不用再担心任何事情了。

“啊，好亮啊，比闪电还亮!”

我们的飞机驶进了一处大峡谷之中。飞机乍一暴露在天光之下，强烈刺目的日光立刻让我们睁不开眼。

冷瞳由于常年待在地下，从来没有见过日光，一时间差点失明，幸好我及时让她闭上了眼睛。其实，我自己也无法马上适应。

我只能紧紧地闭着眼睛，凭感觉拉动操控杆，飞机一路向上爬升，要飞出那道大峡谷。

过了约莫十分钟，我们这才渐渐适应外面的强光，勉强睁开了眼睛。飞机已经爬升到了距离地面不止一千米的高度。

在我们正下方，是一条巨大荒凉的大裂谷，两侧都是渺无人烟的荒山。我看了一下面板上的指北针，发现我们正在往北飞，太阳在我们的左后方天空，是下午两三点钟。

今天天气大好，天空碧蓝，飘着朵朵棉花一样的白云，我们上下左右地看着，很是心旷神怡。我兴奋地大笑起来，冷瞳则是一脸痴迷和惊愕地看着这个迷人的世界。

方圆数十公里内都是荒山阔野，只在遥远的天边处，有一处隐隐约约的建筑物。我已经大概猜到，那个地方应该是距离大峡谷最近的小山村。于是，我一推操控杆，向着那个小山村飞了过去。

“哈哈哈，看到没，这就是现实世界，怎么样，你喜欢这里吗?”

“嗯，喜欢，哥哥，谢谢你!”冷瞳已经看得眼花缭乱了，她红着小脸，满心兴奋地揽着我的脖颈，在我的脸上狠狠地亲了一下。

“我说过，外面的世界很精彩的。”我扭头看着冷瞳那瘦削的肩头，发现她的蓝发在阳光的照耀下更美，而她的紫色眼眸，更是充满勾魂摄魄的诱人魅力。

“啊——飞啊，飞啊，飞啊——”天真烂漫的小丫头，兴奋地摇着两条素白如雪的纤柔皓腕，大声呼喊着。

滑翔机飞过山川，飞过河流，掠过树林，经过麦田上空，终于来到了一处小山村的上方。

“快看啊，有飞机！”

“哎呀，飞得好低啊——”

“快，快，追过去看看，好像要落下来了！”

这里住着的人身上的衣服都很破，皮肤黝黑，说话带着浓重的方言口音。他们可能一辈子都没能亲眼见到飞机，所以，现在看到我们的飞机，都很好奇兴奋，跟着飞机跑了起来。

本来，我是想一口气飞到最近的城镇，再找一条公路降落的，但是，飞机的油箱里没油了，只好在这里降落了。

“咕嘟嘟——”螺旋桨因为燃油耗尽，降低了旋转速度。我操控着飞机，对准了一条土路，一点点地向着土路落了过去。

“咕叱——”飞机第一下着地，被反弹了起来，向前飞跃了好几十米，才最终着陆，沿着土路一路向前冲去，最后停在土路尽头的一片晒谷场上。

安全着陆了，有惊无险！

我松开飞机操控杆的时候，不禁一把将冷瞳抱进怀里，狠狠地在她的脖颈上亲了一口，接着放开她，无力地瘫坐在座椅上，喘着粗气道：“好了，终于，终于回来了。”

“哥哥。”冷瞳轻轻握着我的手，有些犹豫地问道：“接下来，我们怎么办？”

“先喘口气，等下我们下去，看看这附近有没有电话。只要有电话就好办，实在不行的话，租一辆牛车，先赶到最近的城镇。到了城镇之后，我会让人过来接我们的，顺便派人去天坑里寻找胡子他们。他们三个人说不定还一直在那边等我呢，这都不知道已经过了多久了。要是他们再等不到我，说不定要干出傻事来了。”我喘了好一会儿之后，这才拉着冷瞳，打开机舱顶盖，从飞机里跳到地上。

双脚落地的一刹那，我激动得差点流下眼泪来。现实世界的生活真是太好了，我太怀念了。

我们手挽手站在地上，放眼望去，发现四周是一片麦田，麦子已经长到齐膝高，开始结穗子了。

我不禁一阵感叹，进去的时候是初春二三月份，出来的时候已经是四月份了，我在九阴鬼域之中整整待了一个多月。

“喂——”一声声遥远的喊叫声传来。我抬头一看，远处村落的方向，正有许多人向我们这边跑过来。很显然，他们对我们很好奇。

我对冷瞳微笑道：“走吧，咱们先去和这些人说说话，打听打听情况。”

和那些农民碰头之后，果不其然，他们都以为我们是上头派来考察的工作组成员。我只好扯谎说，我们是山林考古队的，现在迷路了，想要让他们帮忙指指路。

听到我的话之后，很多人都失望地离去了，只有几个老人留了下来，很热心地请我们去他们家里，并且给我们详细地指明了道路。

在那些老者家里吃饭的过程中，我这才弄明白，这里到底是什么地方。

原来这里就是宏远县。这个小山村叫土山圩子，还没有通公路，距离最近的城镇还有几十里地，骑自行车要两个小时。那个小城镇叫水井镇，因为格局像个水井。我们只要到了镇上，就能够找到小轿车，可以直接到达宏远县城了。

我很真诚地感谢了他们，又找到村长，给他留了一千块钱，让他代为看管我的飞机。我告诉他，过几天就会有人来把飞机拉回去，不要让孩子们上去乱玩弄坏就行了。村长自然是乐不可支地满口应承下来。

我这才借了村长的自行车，带着冷瞳，在村长儿子的带领下，一路来到水井镇。总算我先找了一个公用电话，给玉娇莲打了电话。

“谢天谢地，你总算来电话了，现在你在哪里？”玉娇莲接电话之后，差点哭了起来。

“河北境内，宏远县，水井镇，街西头的水井镇饭店，你派个车子过来接我就行了，不要自己往这边跑了。”我又问她道，“他们怎样了？都回去了吗？”

“早就回来了，都快要急疯了，现在都已经组织好大型勘探队，准备再次出发了，他们这次带了十架助力伞，还有一架小型飞机，二十多辆大卡车，准备把那个深渊给翻过来找你了。”玉娇莲难以抑制地哭哭啼啼地说道。

“好了，告诉他们，我现在很安全，我马上就回去和他们会合，让他们全部都到紫金别墅里等我回来，我有很重要的事情和他们商量。”我挂了电话，拉着正在街边到处看风景的冷瞳进了饭店，点了一桌菜，狼吞虎咽起来。

我忍饥挨饿将近两个月，整个人都瘦了一整圈，实在是需要好好进补一下。冷瞳也是第一次吃到这么好吃的饭菜，她挥舞着筷子，完全不顾形象地大吃起来。

“唔——好撑啊，哥哥，我的肚子都鼓起来啦，你摸摸看。”吃饱喝足之后，我们都半躺在椅子上，打着饱嗝，眼神迷离，真的是再享受不过了。

“喂，冷瞳啊，可别怪哥哥没提醒过你啊，女孩子可不能这么吃啊，不然你以后就长胖了。”我心情大好，懒洋洋地调侃冷瞳。

“唔，太好吃了嘛，我宁愿撑死算了，才不管胖不胖呢。”冷瞳也一脸懒洋洋的，一副可爱小猪的模样。

“好吧，吃饱喝足了，接下来咱们休息去，嘿嘿，哥哥带你去睡又大又软的床铺，保证你要多舒服就有多舒服。”我们背着大背包，向着街对面的一家小宾馆走去。

不过，我发现那个宾馆很简陋，就给玉娇莲打了个电话，让她不要派人来了，我自己回去。我找了一辆车，来到宏远县县城，直奔宏远县里最高级的宾馆，开房去也！

我们要了一个标间，进了房间之后，我们各自直接倒在床上，非常酣畅地睡了过去。别说洗澡，我连脸都没洗，鞋子都懒得脱，实在是太累了。

先前一直处于紧张之中，这种疲倦还没有体现出来，现在一放松下来，瞌睡就如同大山一样当头压了下来，这一觉，真是我有生以来睡得最酣畅最舒服的一次。

我睡醒时，看了一下表，发现已经是凌晨五点多了，这一觉整整睡了十个小时。

我伸了伸懒腰，打了一个大大的哈欠，侧身看了看旁边床上缩身在被子里睡得迷迷糊糊、仿佛一只小猫的冷瞳，忍不住满心爱怜。

深吸几口气，我尽量不发出声音，生怕把熟睡的冷瞳吵醒。我把身上破烂的衣服脱掉，晃晃悠悠地进了浴室间，酣畅淋漓地洗了个热水澡，穿上背包里备用的衣服，准备外出购物。

临走之前，我坐到冷瞳的床边，轻轻地摇了摇她的肩头，将她唤醒了。

“唔，哥哥，怎么这个世界也变得黑暗了？”冷瞳还以为这里也变成了鬼域呢。不过，她毕竟已经获得了我的记忆和知识，所以，很快就反应过来了，不觉翻身平躺着，眯着眼睛问道：“噢，是天黑了，对吗？”

“嗯，是的，现在还不到吃早饭的时间，我先出去一下买点衣服回来，你再睡一会儿吧，等会儿你洗个澡吧，洗干净了，咱们换上新衣服，然后吃个早饭，就可以出发啦。”我轻轻摸摸冷瞳的蓝发，爱怜地说道。

“嗯，放心吧。”冷瞳微微一笑，接着侧转身，一边伸着懒腰，一边用两条素白的手臂抱着我的胳膊道：“哥哥，没想到人间真的和你说的那样，一切都这么好、这么舒服，我真是羡慕你们，居然从小就在这样的地方长大。”

“乖，放心吧，从今往后，我一定会让你过上舒适幸福的生活的，你再也不用吃苦受罪了。”我轻轻捏了捏冷瞳的小鼻尖。

“嗯，哥哥，我在这个世界举目无亲，就你一个依靠，你以后可不能欺负我，不然的话，冷瞳可是会很伤心很伤心的，你知道吗？”冷瞳眼神迷离地看着我。

“怎么会呢？哥哥绝对不会欺负你的，大哥疼爱你都来不及。”我微微一笑，捏捏她的小手。

“嗯，那就好，哥哥你放心，我一定听你的话。”冷瞳含笑道。

“好啦，我很快就回来的，你不要害怕，好吗？”我拍拍她的脑袋说道。

“嗯，哥哥，你去吧，我要穿新衣服。”冷瞳兴奋地站起身，跳下床，开始脱衣服，准备洗澡。

我连忙转身开门出去了。春色正浓，街上的路灯还亮着，凉风习习，东边已经泛起了一抹白光。

我双手插在夹克衫的衣兜里，头发还湿漉漉的，走在静静的街道上，一种重获新生、再回人间的感动之情激荡胸间。

“噢——喔——”走到一个十字路口，我不禁迎着东边的晨曦之光张开双臂，发出了一阵怪叫。

第十章 神力结界

我活动了一下胳膊腿，觉得浑身舒畅，这才钻进一家超市。

二十分钟之后，我拎着大包小包出来了。我招手叫了一辆出租车，让司机把我送回宾馆，给了他五十块钱，也没让他找零，直接就上楼进了房间。

我一进房间，顿时一阵温暖的水汽扑面而来，冷瞳刚洗完澡，正裹着大浴巾，对着镜子左右看着自己。这丫头从小到大都没有照过镜子，难怪会这么稀罕。

“哥哥，你回来啦?”冷瞳眼睛一亮，晃荡着一头湿漉漉的长发，站起身迎了过来。

我把衣服袋子都丢到床上，说道：“这一半是我的，另外一半是你的，自己会穿不？要不要我帮你穿?”我坏笑地看着冷瞳。

“我自己会穿的，哥哥你还是先穿自己的衣服吧。”冷瞳含笑地看着我，接着从袋子里找了一套衣服，又拿了一套内衣，往浴室里跑：“我去里面换，那儿有个大镜子，嘻嘻。”

十分钟后，我穿好了衣服，对着镜子梳了一下头发，感觉精神清爽，这才开始整理东西。

“咔哒——”浴室的门打开了，一位精灵少女走了出来。她上身是一件粉白色长袖休闲衬衫，下身是一条格子裙，裙子很合身，挂在小蛮腰上。她脚上穿着白色深筒袜子，一双系带小牛皮鞋，真是光彩照人，青春飞扬。

我不禁愣了，接着满意地点头道：“不错，很漂亮。”

我们很快就整理好东西，一人拎着一个背包，走出了宾馆。

我们上了车，直奔市内，然后冲到机场，坐上了最近一个飞往南城的航班。在机场买票的时候，因为冷瞳没有身份证，我一个电话打给薛宝琴，把我的情况大致告诉了她。

薛宝琴不禁有些酸酸地说：“你又弄了一个女人回来？还是个黑户口？”

电话挂了之后没多久，我们就顺利地登机了。

当我们顺利地返回南城时，在机场见到了一大群接机的人。

二子在最前面，冲过来就给了我一拳，然后一个熊抱。和二子扯完皮，我抬头一看，泰岳、胡子、玄阴子都在等我，林士学都来了。

我连忙过去一一问候，然后把冷瞳拉过来，给他们相互介绍了一下，这才一起返回了紫金别墅。

林士学先把我叫到他的房间，询问了情况。我大致和他说了之后，他皱了皱眉头，答应帮我去查查九阴鬼域当年的情况，然后就匆匆忙忙地离开了。

送走了林士学，我将众人集中到大厅里准备开会，但是，会议还没有开始，却有人不请自来了。

玉娇莲带着徐彤风风火火地冲了进来。我安慰了她们半天，这才平息了她们的激动心情，让她们安静地坐了下来。

会议开始之前，我先向大家再次介绍了冷瞳，这才说起我这些天来的所有经历。玄阴子、泰岳、胡子、二子、玉娇莲，外带一个打酱油的徐彤，大家都是眉头紧锁，脸上尽是疑惑的神情。

没有人能够给出一个合理的解释，他们都和我一样满心困惑、不解，以及好奇。

“大同，接下来，你准备怎么做?”玄阴子微微皱眉问道。

“我也不知道，我想先去看看姥爷，然后找卢教授商量一下，他是医生，也是科学家，我相信，把这些信息告诉他，他会有新的想法的。”我说道。

“嗯，既然如此，那就事不宜迟，赶紧去吧，我们也都想不出来，还是去问问专家。”玄阴子说道。

我点了点头，拉着冷瞳的手道：“走吧，带你去看看姥爷。”我回头对二子他们说道：“你们先自便吧，有了新的进展，我会通知你们的。”

我和冷瞳进了怪病研究中心，先去病房看望姥爷。

姥爷依旧处于昏迷状态，气色不是很好，但是，这段时间一直有千年闷香的滋补，所以状况还算是稳定。

我和冷瞳又找到了卢朝天。卢朝天对我的到访表示了欢迎，而且对冷瞳很感兴趣。主要是因为，冷瞳的蓝发和紫眸，让他觉得是一种极为罕见的遗传变异。

“卢教授，您听我给你说一个事情，这个事情，肯定比冷瞳的遗传变异让您更加感兴趣。”我有些无奈地把这个科学狂人扶坐回去，点了一根烟，在他对面坐了下来。

“哦，你这个小家伙，总是会给我一些惊喜，嗯，你说吧，是什么事情。”卢朝天饶有兴致地说。

“我找到了崩血之症的根源。”我很认真地说道。

“什么?!”卢朝天惊得一下子站起身来，“那你快说，快说，这根源到底是什么，我得记录一下，这个事情太重要了。”卢朝天手忙脚乱地从文件堆里拽出一个本子，拿着钢笔记录了起来。

“是因为九阴鬼域，九阴之泉。”我于是就把自己的所见所闻都说了出来。

卢朝天一直非常认真地记录着，并没有对我那诡异至极的经历提出任何质疑。我全部说完后，他怔怔地盯着面前的本子，问道："你说的这些，都是真的吗？"

"当然是真的，冷瞳就是我从那个地方带出来的，你不相信我的话，可以问她。"我将冷瞳拉到身边，笑着问道："你在现实世界中，见过这么奇异美丽的女孩吗？"

"确实，确实没见过。她给我的第一感觉，简直就是一团冰。冷瞳这个名字简直太适合她了。"卢朝天有些疲倦地向后一靠，深吸了一口气，有些苦恼地拿下眼镜，捏了捏眉心，说道："如果事情真像你说的那样，这个事情可就复杂了。"

"从科学角度来讲，这个事情有没有合理的解释？可不可以将这片九阴鬼域对现实世界的影响消除掉？"我满脸希冀地问道。

"这个——"卢朝天有些迟疑地愣了一下，才悠悠地说："科学界从来都不承认幽冥鬼域的存在，这个地方，只能算是一处平行时空的契合点产生的时空引力井喷式褶皱。也就是说，这个所谓的九阴鬼域，实际上是属于另外一个时空的，但是它的位置却又存在于我们的时空，这就使得时空轨道产生了褶皱。生存在九阴鬼域的人，其实是存活在双重时空之中。而按照你说的状况来看，这个另外时空的井喷式引力褶皱显然有自己的思想和意念，甚至还有非常怪异的时空引力，可以将人的血肉和灵魂都一点点地吸收过去，然后再在自己的时空褶皱之中，重新整合成新的人类。"

"那么，针对这种时空褶皱，我们有没有办法将它消除掉呢？或者，至少是让它停止对我们这个世界的影响呢？"

卢朝天无奈地叹了一口气道："时空之力，何等巨大，人类区区万年的历史文明，怎么可能窥探到这个境界呢？想要消除时空之力的影响，现在是绝对不可能的，我们甚至连进行研究的能力都没有。爱因斯坦对时空的理解，也不过是理论而已，真正能够验证这些理论正确性的人还没有。时空，毕竟是这个世界存在的根本，我们不可能对它产生影响。"

卢朝天的话让我非常失望，他等于告诉我，这件事情，想要走科学的途径解决，压根儿就是不可能了。

“而且，如果这个时空褶皱消除了，会不会因此产生连锁反应，把我们的世界也消除掉，根本就无法预测。最好找到可靠的方法，不要因此弄巧成拙。”卢朝天向我发出了警告。

我只好无奈地叹了一口气道：“我明白了，卢教授，你不用再说了，这件事情你虽然知道了，但是你也帮不上忙，科学的力量也是有限的，我很能理解你的心情。”

“嗯，你说得很对，不过，虽然我帮不上忙，但是至少我可以给你参考。”卢朝天有些尴尬地讪笑道：“我倒是很想听听你的意见，想知道你是怎么看待这个事情的。”

“既然你这么问了，那我就大胆设想一下好了。”我说道，“九阴鬼泉可能就是一位神女的子宫，而九阴鬼域可能就是那个神女的尸身所化。神女的灵魂一直飘荡在那片鬼域之中，形成了强大的生物磁场，影响着整个空间。她的尸体直通幽冥，幽冥之力将神女的尸身和灵魂都包裹起来，所以，神女就连接了地府和人间两个时空。”

“很精彩，很离奇。”卢朝天愣了半天说道，“你对九阴鬼域的了解肯定比我要多，比我透彻，所以，如果真的想要找到消除这片空间的办法，也只能由你来找。我也会针对这个事情认真进行分析的，我们可以分享分析的结果，说不定真的可以找到解决的方法。”

“谢谢你，卢教授，有情况的话，我一定会给你打电话的。”我和冷瞳离开了。

我站在研究所的院子里，不禁叹了一口气。

“哥哥，你不要担心了，一定会有办法的。”冷瞳见到我的烦心样子，不禁关切地说道。

我苦笑了一下，摇了摇头，带着她一起上车，向紫金别墅驶去。

阳光普照，春色大好，但是我的心头却是一片阴霾。虽然已经成功探测了无底深渊，而且从九阴鬼域之中逃脱出来，但是我却高兴不起来。

在这熙熙攘攘的大街之上，眼望着这个繁华喧闹的世界，我却连说话的心情都没有。

冷瞳一路上也没有招惹我，她知道，我需要一个人静一静，不想被人打扰。她侧靠着车窗，静静地看着外面的世界。她的脑海中虽然拥有了我的记忆和知识，但是，毕竟眼见为实，所以，对于现实世界她还要慢慢了解，将所见到的东西与脑海里贮存的信息对上号。

进了别墅，我看到玄阴子正端着清茶，坐在大厅的沙发上轻抿慢品着，看样子很是悠闲舒畅。大厅里除了胡子之外，没有其他人。

胡子带着鬼猴二白走过来，说道："总算等到你了，我正要和你说个事情呢。"

"什么事情?"我上下打量了一下胡子，发现他的手里拎着一个背包，不禁皱眉道："你要走？他们呢?"

"都走了，泰岳回山里去了，那两位美女也回北城了，二子被林士学叫去办事了，我也要回去山里看看那两个老家伙了。不过你放心，你有什么事情的话，可以随时找我。"胡子拍了拍我的肩膀。

我不禁有些伤感，连忙让他等一下，然后跑到楼上房间里，拿了一张银行卡下来，塞到他的衣兜里说："这点钱你拿着用，回去买个手机，山里要是有信号的话，就打给我，我们保持联系。有什么麻烦的事，也尽管跟我说，只要在我能力范围之内的，我一定会帮你解决。"

"你放心吧，咱们好兄弟，我不会客气的。"胡子把银行卡往兜里一揣，领着猴子出门去了。

我有些无力在沙发上坐了下来，怔怔地盯着电视的屏幕发呆。电视机并没有打开。

"怎么，心情好像很苦闷嘛。"玄阴子也在看着电视机屏幕里的自己。

"没什么，有些累而已。"我喘了一口气道。

"累了就去睡觉，在这里发呆干啥?"玄阴子转身看着后面站着的冷瞳道："小丫头，你说对不对?"

"嘻嘻，爷爷，我什么都不懂的，你不要问我。"冷瞳可不傻，不会被人忽悠，当下一推干净，走到我对面的沙发上坐下来，交叠着两条细白的小腿，含笑看着玄阴子说道："爷爷，你知不知道那个九阴鬼域到底是怎么回事的？能不能帮帮我们啊？”

“我要是知道的话，那我可就厉害啦。”玄阴子微微一笑，却饶有兴致地上下打量着冷瞳，认真地说道：“小丫头，你过来，我给你把把脉。你这体质天生阴寒，不是寻常之人啊。”

“爷爷说对了，我从小身体就很冷的。”冷瞳坐到玄阴子旁边的沙发上，将小手平放到扶手上。

“嗯，我先看看。”玄阴子微微眯着眼，轻轻地将手指搭到冷瞳的手腕上，一边诊脉一边沉吟道：“脉象似有似无，虚寒阴冷，体温似冰，这个状况果真稀奇啊。这要是普通人，早就已经呜呼哀哉了，你这小丫头居然还活得好好的，这真是一个奇迹。”

“嗯，爷爷，我这个状况是不是病啊？”冷瞳问道。

“暂时还不知道。”玄阴子又问道，“丫头，你知道你的生辰八字吗？”

“我不知道，因为我是在九阴鬼域里出生的，那里无日无夜，没有时间概念。”冷瞳说道。

“难道说，你正好是在阴年阴月阴时阴分阴秒出生，天地人三宫又都是阴性，是饱受阴气滋养的九阴女体？”玄阴子有些激动地起身一把将我的手腕抓住道：“小子，你好运了！”

我还以为他在逗我玩，有些不耐烦地挣开他的手道：“我现在心很烦，你别闹。”

玄阴子不以为然地大笑一下，非常悠闲地点了一根烟，意味深长地微笑，看着我说道：“小子，不要郁闷了，郁闷有什么用处？难道你这样就能想出办法来吗？”

“您老说得倒是轻松，我也想开心一点，但是你说我能怎么办？”我撇嘴问道。

玄阴子望向正在看戏的冷瞳道：“小丫头，你想不想知道九阴女体是什么？”

“嗯嗯，爷爷您请讲，我听着。”冷瞳有些好奇地问道。

“嗯，九阴女体就是在阴年阴月阴日阴时阴分阴秒出生，而且天地人三宫都属阴性的女子。这类女子的体质天生纯阴至寒，与僵尸一般无二，却并不影响成长。这类女子的体质还有一个极为难得的妙用。”玄阴子说到这里，含笑停了下来，故意瞥眼看向我。

我的心思其实早就被他的话勾住了，但是，为了表现得淡定，我依旧一本正经地坐着，继续装出发呆的样子。

“丫头，你知不知道，与九阴女体相对应的，还有一种九阳男体？”玄阴子含笑看着冷瞳问道。

“嗯，这个我大概猜到了。这个世界上有阴就有阳，阴阳互补互生又互相克制，所以，既然有九阴女体，肯定也就会有九阳男体，爷爷，我说得对不对？”冷瞳说道。

玄阴子赞道：“嘿嘿，说得不错，那你说说，这九阳男体大概是个什么样子？”

“嗯，必然是天生体温火热的，对吗？”冷瞳眨眼道。

“不错。”玄阴子咂嘴道，“其实也有例外，比如修炼之人，可能是纯阳之体，甚至是九阳之体，但是由于心性内敛，所以，也不会体温偏高。阴阳相克相生，所以，身为纯阴至寒的九阴女体，可以中和男性的刚阳之力，从而达到以阴补阳，以阳滋阴，达到天人合一的阴阳平衡状态。呵呵，小丫头，你明白这话的涵义吗？”玄阴子眯眼看着冷瞳问道。

冷瞳大概明白了玄阴子的意思，不禁小脸一红，有些羞涩地说道：“爷爷，你怎么没事取笑人家呢？”

“不是取笑，爷爷说的可是认真的。”玄阴子一挥手道，“好了，既然你们不爱听，那我就不说了。”

玄阴子居然真的终止了这个话题，转而和冷瞳天南海北地胡吹乱侃起来，不时把小丫头逗得哈哈大笑。

我不禁想到刚才玄阴子抓着我的胳膊，说我走了好运的事情，心中一阵纳闷，暗想，莫不是冷瞳的纯阴至寒之体，是可以和我结合的，而且还会对我们两个人的元气有所裨益？我有些尴尬地向玄阴子望过去，想让他给我解惑。

但是，刚才我的态度显然把这个老家伙得罪了，所以，他居然一挥手就把我赶开了。

“你到一边发呆去，我正和小冷聊天呢。”玄阴子继续和冷瞳谈笑。

我只好有些可怜地将哀求的目光投向冷瞳。

冷瞳用小手捂着嘴一笑，才对玄阴子问道：“爷爷，刚才你给我讲的那个问题，我还没有弄懂，你能不能再给我讲讲啊？阴阳互补之后，又会产生什么样的变化呢？”冷瞳一双水灵灵的紫色眼眸，满心好奇地看着玄阴子。

“噢，这个事情可就复杂了。”玄阴子抬头看到站在旁边的我，脸色一冷，对冷瞳道：“小丫头，走，跟爷爷到天台上晒太阳去。”

玄阴子居然真的起身上了楼梯，朝天台上走去了。冷瞳也只好含笑跟了上去。

我蹑手蹑脚地走到天台下面，搬了一架梯子，悄悄地缩身坐在天台边上的围栏下面，准备偷听老家伙的讲话。

“爷爷，那个事情到底是什么意思啊？”冷瞳自然知道我在想办法偷听，所以不依不饶地央求玄阴子。

“噢，等下，我换杯茶，就讲给你听。”玄阴子向着天台边上走了过来。

听到他的脚步声，我刚要逃走，却不想，一片水光闪起，全都落到了我的头脸上，而且，那水居然是滚烫的热水！这老小子肯定是故意的！

“爷爷，为什么你倒了一杯热水，又泼掉了呢？”冷瞳疑惑地问道。

“噢，我在洗茶啊，哈哈哈。”玄阴子得意地大笑道。

我满头满脸都是热水，烫得龇牙咧嘴，却一声不敢吭，只能强忍着痛楚，伏身一动不动地趴在墙上，继续偷听。

玄阴子悠悠地说道：“所谓阴阳互补，就是女子的阴气与男子的阳气结合，然后阴阳中和互补，在彼此体内产生阴阳平衡的中性元气。”

“那中性元气有什么好处呢？”冷瞳又问道。

“嗨嗨，这个用处可就大啦。大凡修炼之人，都很难修炼出阴阳平衡的中性元气，每个人修炼之初，就已经阴阳失衡。阴性元气的人，会受到体内阴力的影响，变得阴沉凶狠，性格也会变得古怪阴险，甚至会嗜血入魔。因为鲜血属于阳性，他们阴性过重，需要血液的阳性来中和体内的阴力。不然的话，就会在阴力的驱使之下变成行尸走肉，完全丧失意识。”

“啊，这么可怕，那修炼阳性的人，会怎样呢？”冷瞳好奇地问道。

“阳性的人，自然是变得暴戾嗜杀了。不过，阳性修炼的人，只要元阳体不破，保持纯正的刚阳元气，并且气息内敛，一般来说，是不会变得暴戾的，最多就是开朗豪爽一点。而如果元阳体破掉了，而破阳之时，又不是与纯阴之体相交，那么就会气息混乱，阳气外泄，导致性情大变，走火入魔，丧失本性，变得暴戾嗜杀。”

“爷爷，你说的元阳体是什么意思？”

“就是童子身。”玄阴子说道，

“哦，爷爷，既然可以阴阳互补，那这个事情不就变得简单了吗？一个阴性修炼的人找一个阳性修炼的人，一起修炼，不就很容易就达到阴阳平衡了吗？”冷瞳问道。

“阴阳互补的条件是极为苛刻的，并不是任何人都可以进行阴阳互补的修炼的。”

“那是为什么呢？”冷瞳问道。

“这是因为，每个人体内的偏阴和偏阳的程度都不同，很难找到正好和自己的偏阴偏阳属性正好完全互补的人。也就是说，他们如果结婚，基本上就是要终止修炼之路，但是如果不结婚继续修炼下去，最后总要面临阴阳失衡，走火入魔。正因为如此，那么多的修炼者，最后能够真正成道的人却寥寥无几。而你就不同了。”

“我怎么不同了？”

“你是九阴之体，如果与九阳之体的人结合的话，就会处于完全互补的状态。”玄阴子说道。

我终于明白玄阴子为什么说我走好运了。真没想到，我在九阴鬼域走了一趟，居然解决了我一生的大事啊！不过，我也没有认为冷瞳就一定会和我在一起。她有自己的主见，感情也是需要慢慢培养的。不过，只要我真心对她，相信这小丫头是不会拒绝我的。

我拉着冷瞳出去逛街。冷瞳一路上挽着我的手，眨着紫色的大眼眸，四下看着这个陌生的世界。她连起码的购买商品的概念都没有，她看中了一件秀气的连衣裙，却不知道把裙子拿走之前是要付钱的，所以，我就成了一个移动付款机。

没多久，我的手里就拿了很多个袋子，有衣服有玩具，饶是我体力超人，也有些支撑不住了。而冷瞳依旧满脸好奇地四下张望，到处乱逛。

她以为我手里的那张银行卡，是一张非常厉害的卡片，因为，商场的售货员只要把卡拿过去刷一下，就同意我们把衣服拿走了。幸亏我现在有点家底了，不然还真养不起这天生带着败家属性的小丫头。

小丫头一蹦一跳地走着，她那一头幽蓝色长发和紫色眼眸，不知道吸引了多少异样眼光。冷瞳的问题多得我都回答不过来了。

“哥哥，这个店是干什么的？”

“哥哥，为什么这房子那么高啊？”

“哥哥，你看前面那个女孩子的腿为什么那么黑啊？而且看起来很光滑的样子。”

“哥哥，快看，那是什么车？”

“哥哥，那些穿橙色衣服的人，戴着帽子的，趴在那个杆子上做什么？”冷瞳看到路边的电路维修工，充满了好奇。

“他们在修电线。”我无奈地随口答道。

“电线是干什么用的？天上拉着的那些线，就是电线吗？”

“对，那些都是电线，电线就是用来送电的，有了电，电灯才会亮起来。”我点点头。

冷瞳很疑惑地问道：“哥哥，你说这电线里的电，是不是和我们在地下遇到的那些闪电一样的？”

我答道：“基本原理是一样的，但是闪电更厉害一点。”

“对哦，那些闪电根本就不需要电线就能传播的，所以啊，这电线里的电，肯定是小电，是还没长大的小孩子，而那些闪电就是已经长大的大电，是老电，闪电更厉害。”冷瞳恍然大悟地拍手说道。

我不禁微微一笑，心中灵光一闪，似乎想到了什么，但是一时间又捕捉不到那个想法。

冷瞳又问了一个问题，让我彻底抓住了那个想法：“哥哥，你说，那些电线里的电都是从哪里来的？它们要是用完了怎么办？现在那些人修电线，就不怕被电到吗？”

“他们修电线的时候，电线里是断电的。”我说道。

“电还能断掉？怎么断掉？”冷瞳好奇地追问道。

“当然可以啊。”我含笑道。

“那闪电能不能也断掉呢？”冷瞳好奇地问道。

“能……”我随即愣在当场，头脑开始快速转动起来。

我猛然想起了一个事情。我和冷瞳遭受剧烈的雷电袭击还能活下来，是因为我身上随身携带的那对阴阳双尺吸收了雷电的巨大能量，又借助我和冷瞳的纯阳至阴之血，自行启动了阴阳大阵，利用雷电之力，让我和冷瞳穿越了时空。

姥爷在将阴阳尺传给我时，就告诉过我，施展阴阳法阵，可断生死、掌轮回，玄奥无限！

可是，施展阴阳法阵的法宝，我只有一半，那对阴阳珠已经遗失了。想不到的是，在这种机缘巧合的状况下，阴阳尺居然借助闪电的巨大能量，自行开启了阴阳法阵。这个法阵因为没有阴阳珠，力量非常弱，它不过是以血为珠，以电为引，将我和冷瞳所处的时空逆转了几秒钟的时间而已。

我们逃离雷鸣电网时，电网有一条缝隙，就是因为缝隙中的闪电之力都已经被阴阳法阵给吸收掉了。也就是说，雷鸣电网之中的闪电之力是有限的，是循环利用的，而如果将雷鸣电网里的电力全部吸收掉，很显然，九阴鬼域也就会崩塌了。

当然，我也不得不预想到另外一个状况，一旦禁锢九阴鬼域的雷鸣电网消失，九阴鬼域就会失去束缚，无限扩大，蔓延至整个世界。所以，用消除雷鸣电网的办法以期消除九阴鬼域，是一种无法预见的危险之举，没有人知道，这道电网消失之后，到底会发生什么。

但是，这是目前唯一能够想到的办法，所以，我还是决定想办法一试。

现在我需要做的事情，就是找到可以吸收雷电的能量巨大的东西，这个东西显然不好找。

当然，利用阴阳法阵来吸收那些雷电是一个好办法，可是，这种方法太过危险。要以血为引，而且消除雷电之后还会出现时间倒流，这更使得危险增加了。因为，我不知道在消除的过程中，我和冷瞳会不会倒退到遥远的过去，甚至变成婴儿，又或者穿越到异世界或远古洪荒时代。总之，不确定性太大了，这种方法不可取。

按理来说，其实是可以采取科学的办法去消除那些雷电的能量的。比如，可以设计出一台巨大的蓄电机器，将那些雷电都储存起来。这样一来，就不但可以消除雷电，还能储备一笔巨大能源。可是，这样的做法需要太多金钱投入，而且兴师动众，一旦这个行动失败了，造成的严重后果无法收拾。

我琢磨了大半天，也没能想出头绪，还是冷瞳打断了我的沉思。

"哥哥，你怎么了？你在想什么？"冷瞳抓着我的手臂问道。

"没什么，我在想点事情。"我迫不及待地带着来到车上，把手里的东西一股脑儿都丢到车厢里，一边启动车子一边拨通了卢朝天的电话。

"方晓啊，是不是想到什么事情了？"卢朝天问道。

"卢教授，我想到了一个非常重要的事情，想和你说一下，你现在方便见面吗？"我有些激动地问道。

"我非常方便，就来我的办公室吧，我等着你。"卢朝天满心期待。

"那好，我马上到。"我挂了电话，驱车赶到了怪病研究中心，领着冷瞳直奔卢朝天的办公室。

“卢教授，我有重要的情况要和你说。”推开办公室的大门之后，我上气不接下气地对卢朝天喊道。喊完之后，我却发现这里居然并不是只有卢朝天一个人，沙发上还坐了三个约莫五十岁、面容深沉的人，不由得一愣，有些疑惑地向卢朝天望了过去。

“方晓，进来吧，坐，这三位都是从北城过来的量子力学专家，这次他们专程赶过来，就是来帮我们想办法的。你还不知道吧，现在北城那边已经注意到这个事情了，他们成立了专项研究小组来应对这个事情，这三位就是研究小组的成员。”卢朝天从他的抽屉里端出他珍藏的法国雪茄，给我丢了一根。

经过卢朝天的介绍，我才明白，对于风门天坑的事情，北城那边一直都非常密切地关注，他们为此成立了一个由顶尖量子力学家组成的攻坚小组。但是，他们到现在为止，对于天坑里的一切还是一无所知。他们现在所做的研究其实和卢朝天差不多，也只是在研究崩血症而已，而且，对于崩血症的研究深度还赶不上卢朝天。

我不禁有些感叹，也有些疑惑。那三位北城来的专家，显然也感觉出来了。他们之中一位比较年轻的专家，有些尴尬地讪笑道：“有些事情，不是你想象的那么简单。”他无奈地叹了一口气道，“风门村实地考察的事情没有人在做，你知道这是为什么吗？”

“为什么？”我确实很好奇。

“你应该也知道，靠近风门天坑的人，最后都会患上崩血症，这种病症是必死的。所以，在我们没有把崩血症研究透彻之前，谁敢冒险去风门天坑里考察？那不是等于送死吗？有谁会没事跑去送死？”他叹了一口气道，“没有人愿意白白送死，这就是事情不了了之，一直搁置下来的根本原因。”

“所以，现在你们听说，居然有个倒霉蛋跑去天坑的无底深渊里转了一圈，你们就跑过来询问情况了，是么？”我满脸鄙夷地问道。

“呵呵，差不多就是这样吧，毕竟，你的经验是宝贵的。你放心，将来要是我们项目组把这个问题解决了，一定会在报告里把你的名字写上去的。我们会考虑给你申请一笔资金。”

我不禁皱起了眉头，心中一阵哀叹。他们说得对，这件事情不能怪他们，不是他们的错。

“卢教授，我还是和你私下谈吧，谈完之后，你再和各位专家汇报吧，我时间很紧迫，待不了太久。”我感觉说话都变得拘谨了，实在是有些不爽。

“好，那我们先单独谈吧。”卢朝天大概也知道我的心情，连忙点点头，叼着粗大的雪茄，对那三位专家说了一声抱歉，然后就领着我进了隔壁一间办公室。

“什么情况，说吧，我记录。”卢朝天掏出纸笔，一边低头写字一边说道。

“我想到了消除九阴鬼域的办法。”我双手按在桌子上，满脸严肃地说道。

“什么——”卢朝天怔怔地坐直身，愣愣地看了我几秒钟之后，才有些呼吸困难地问道：“什么办法？”

“雷鸣电网是包裹整个九阴鬼域的防护墙，我想到的办法就是，消除雷鸣电网的电力，以此来消除整个九阴鬼域。”我皱眉说道。

“你说详细点，到底是个什么情况。”卢朝天紧张地问道。

“我觉得九阴鬼域可能是在非常机缘巧合的状况下，由自然之力和神魔之力互相作用所形成的一个封闭阴煞空间。这个空间直通幽冥，同时又切实存在于现实世界之中。它之所以能够存在，应该是因为，整个空间的能量与外界存在一种非常微妙的平衡。比如说，它外围有龙卷飓风，中间有虚空夹层，内部有雷鸣电网。我们只要想办法打破这个平衡，应该就可以把九阴鬼域消除掉。就算不能消除，也应该可以把它的影响范围减缩到最小。”我非常坚定地说道。

卢朝天没有说话，他长舒一口气，胳膊肘顶在桌面上，十指交叉，有些疑惑地问道：“那你有没有想过，也有可能，雷鸣电网是禁锢住九阴鬼域，防止它的力量外泄而对现世产生影响的存在？你将雷鸣电网消除掉，也有可能将鬼域的力量彻底释放出来，对整个世界都产生影响？”

“我当然想过这一点，但是，现在，我们除了这个办法，已经没有更好的办法了。话说回来，九阴鬼域的范围比较小，力量有限，所以，就算雷鸣电网消失之后，九阴鬼域开始向外扩散，它最终也不过是力量变得越来越弱，对世界的影响变得越来越小。而且，还有一个最重要的事情就是，消除雷鸣电网之后，我们就可以直接到达九阴鬼域的中心，对九阴鬼泉采取措施。

“说到底，九阴鬼域之所以存在，完全是因为九阴鬼泉，所以，如果我们如果能够想办法将九阴鬼泉封住，九阴鬼域就会变成无根之城，它会随着阴力的分散和外泄，渐渐崩塌，最后消失于无形。”我一边说话一边在脑海中急速地推理联想，让推理完整起来，话也说得越来越有信心。

卢朝天若有所思地点了点头，接着问道：“那你准备怎么去消除雷鸣电网？还有，在此之前，那些还被困在九阴鬼域里的人怎么办？如果你把九阴鬼域消除掉，里面的那些人会不会一起消失掉？”

自打从九阴鬼域出来之后，我心中一直思考的问题，就是怎样把九阴鬼域消除掉，我压根儿就没有想过去救里面的那些人。

不说别的，西山堡垒里的那些人，我打从心眼里看不上。与其把他们救出来，让他们在现实世界受苦，还不如让他们和九阴鬼域一起消失掉。这些人在九阴鬼域里待得太久了，他们与现实世界已经脱轨了，而且他们的思想已经发生了变异，不再适应现实世界。

现在卢朝天突然提起了这个事情，我不觉一愣，有些尴尬地咽了咽口水，好半天才有些犹豫地问道：“你们这边能不能组织一支队伍，进去把人救出来？我一个人的力量实在是太有限了，那里面有百来号人呢，想要一下子救出来，是不可能的。”

“嗯，这个事情，我会向上面汇报的，具体情况还要看上头的安排。但是，恐怕有些玄。刚才那个专家的话，你也听到了。大家都不想冒险，都想明哲保身，靠近九阴鬼域的人就意味着会死，这种事谁会干？而且，还有一个非常严重的问题就是，如果他们得知了你这个计划，说不定还会阻止你的做法，毕竟这个想法太过冒险了。万一九阴鬼域的屏障被消除了，产生了大范围的辐射，那不就麻烦大了吗？到时候，怎么和老百姓交代？”

卢朝天语重心长地看着我，说道：“所以，从现在开始，你要保持低调，即便你想要寻找清除雷鸣电网的方法，也要秘密进行。不然的话，可能会因此惹来一些不必要的麻烦。”

“嗯，卢教授，你放心吧，你的话，我都明白的。”卢朝天给了我很大的提醒，我也因此变得警觉起来，觉得这个事情确实是关系重大。

我说道：“到目前为止，我还没有想到有效的消除办法。等我想好了办法，再去做这个事情。到时候，我希望您能站在我这一边，支持我。”

“只要你的方案合理，我一定会支持你的。”卢朝天点头道。

“好吧，卢教授，我先走了，有事电话联系吧，您先忙，我不打扰您了。”事情谈完了，我顿觉心中一阵轻松，就想赶紧回家休息。

卢朝天却叫住了我：“方晓，在你去寻找消除雷鸣电网的办法之前，我先给你讲一个故事。”

“嗯，您讲吧。”我知道他要说的肯定不是普通的故事，不觉凝神静听。

“我先给你讲一个概念。”卢朝天低头在一张白纸上写了几个字，递到我手里道：“你知道什么叫做灵魂禁锢吗？”

我不觉皱眉道：“卢教授，你也相信灵魂？”

“为什么不相信？一切都是有可能的。我不但相信，而且还进行过相关研究。”卢朝天说道，“我现在要和你讲的故事，就是和灵魂禁锢相关的。”

“嗯，您说。”我点了一根烟，静静地听他说。

“自从你上次过来，和我说了九阴鬼域的情况之后，我就进行了一些资料搜集，试图找到解决的办法。我没能找到与九阴鬼域相关的资料，不过，无意中看到了一个故事，给了我很大的启发。

“故事讲了一群探险的人，无意中进入一处地下洞穴，在里面遭遇了一连串怪事。他们看到了巨大的心脏形状的山头，看到了纵横交错的河流，他们沿着河流走动，发现很多干裂的土地。到了最后，他们才发现，原来他们一直活动的地下空间，是一具非常巨大的人类躯体。”卢朝天有些失笑地说道，“这个和你的猜测有些相似。”

“这和灵魂禁锢有什么关系？”我不解地问道。

“外宇宙的生命体，很有可能是以我们无法理解的方式存在的。比如说，纯精神状态的生命体，它们力量强大，如同电磁波一般在宇宙中自由穿梭。它们可能会遇到一些意外情况，被禁锢起来，形成非常奇特的灵魂空间。在那种空间之中，生物磁场的力量极为强大，普通人进去之后会产生幻觉，被这种生物磁场操控，会变成灵魂之力的奴隶。”卢朝天皱眉道，“你现在遇到的事情，我觉得，应该是上古大神的遗体与灵魂禁锢之力的综合。我觉得，雷鸣电网可能并不是起禁锢作用的，它很有可能是由那个上古大神的生物磁场制造出来的，一方面是为了自保，不想让被人破坏它的遗体，另一方面也可能是为了将自己的生物磁场留存下去。”

卢朝天的话，给我指出了一条非常奇特的思路。烟波浩渺的宇宙之中，很有可能真的存在纯灵魂状态的生命，它们无迹可循，却力量强大，可以跨越时空存在！

将我和他的猜测结合起来，基本上就可以完全解释九阴鬼域的情况了。

九阴鬼域是一位上古大神的遗体，而鬼域之中的强大生物磁场，就是上古大神的灵魂驻留。围绕在九阴鬼域周围的龙卷飓风和雷鸣电网，是上古大神使用神力制造出来的结界！

那个结界确实起到了很大的作用，在漫长的岁月中一直保护着遗体，但是，现在结界之力明显开始消散和减弱，这也使得结界之中的九阴鬼泉之阴力开始外泄，对现实世界产生了影响。

九阴之泉的底部，很有可能就是上古大神的元婴贮存之处。上古大神拥有重生之力，这种力量通过九阴之泉反应出来，就是一种对生命力的吸收、消化，以及重生！

虽然这一切还是推论，但是，原本迷雾重重的疑团，总算能解释得通了。

“教授，你的话我明白了。”我看着卢朝天，不禁有些敬佩和感激。

卢朝天微微一笑道：“方晓，你的探索精神也让我非常佩服。我这里有一份绝密文件，你带回去看，说不定对你接下来的行动有很大帮助。”

卢朝天从衣袋之中掏出一个小信封，塞进了我的口袋，低声道：“看完记在脑子里，原件一定要烧掉，不然的话，万一被查出来，麻烦就大了。”

“我懂的，卢教授，谢谢你的帮助，我一定及时和你联系。”我握着卢朝天的手，满心感激地说。

“不用这么客气，你自己这么辛苦，都没有说什么，我只是出了一些力。”卢朝天拍拍我的肩膀，“好了，你先回去吧，我去陪他们三个聊聊，还不知道该怎么和他们说呢，头疼啊。”

“呵呵，这个事情我可就帮不上您了。”我讪笑一下，领着冷瞳一起出了怪病研究所，回到了紫金别墅。

我进了自己的房间，将房门反锁起来，窗帘也拉严了，然后开了灯，趴在桌子上，小心翼翼地将卢朝天给我的信封打开了。

第十一章 古海诡事

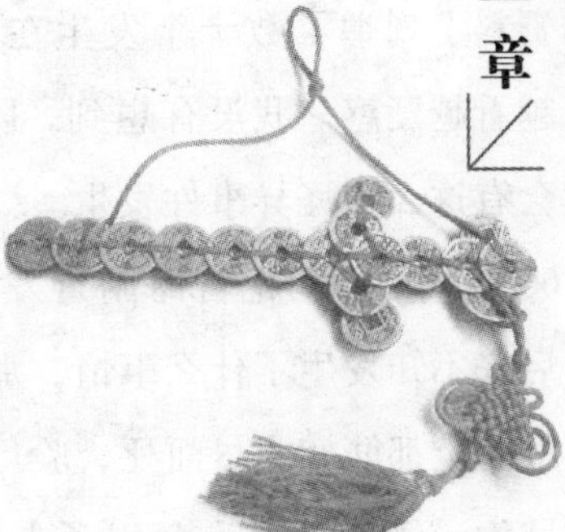

我看到第一张纸上一行大字："西伦古海日月晁资料纲要"，然后是一张黑白图片。那图片是照片的复印件，模糊不清，我依稀辨认出来，照片里拍的是一道斑驳古旧的石门。石门之上镌刻着一只阴沉的鬼眼，鬼眼如同石门的守护人一般。

我接着看下面的内容，是对一处古代遗址的介绍，遗址的名字叫做西伦古海。

西伦古海曾经是塔里木盆地的积水中心，发源于天山、昆仑山和阿尔金山的河流，如塔里木河、孔雀河、车尔臣河、疏勒河的汇集处。这些河流在盆地汇集之后，形成了巨大的内陆海。后来，海水减少，古海附近的城市如楼兰古城成了废墟。

1921 年后塔里木河东流，西伦古海水量又有增加，1942 年测量时有效水面积达 3000 平方公里。

1962 年有效水面减少到 660 平方公里，1970 年以后干涸，主要原因是塔里木河两岸人口增多，使其长度急剧萎缩至不足 1000 公里，300 多公里的河道干涸，最终导致古海干涸。

古海附近曾经繁盛一时的城市如敦煌、哈密、鄯善、吐鲁番、库尔勒、若羌等城市都淹没在风沙大漠之中。

20世纪初瑞典探险家斯文·赫定首次进入西伦古海之后，西伦古海逐渐为人所知。但是，现在的西伦古海已成为一片沙漠。

资料上列举了数十个发生在西伦古海地区的灵异事件。我越看越心惊，越看越疑惑。我没有想到，除了风门天坑之外，还有这么一个地方，居然会有这么多怪异事件发生。

60年代初，西伦古海附近发现了一个古城遗址，一些人想去淘些古物，后来不知发生了什么事情，那些人死的死，疯的疯。疯者行为异常活跃，最后全都筋疲力尽而死，验尸后发现他们身上有未知毒素、胃中残留未知植物，估计是因为食用了未知植物才使他们发疯的。疯者的脚部烂了，而他们毫无知觉。更令人震惊的是，他们在这种状态下，还带回来了一些拓片和古代装饰品碎片，还有一块玉镰。

而60年代，西伦古海附近经常有目击者称看到了一些异类生命体。随着事件的影响扩大，有关部门开始介入调查，调查人员与异类生命体发生了冲突，冲突中被辐射源照过的人会变成无生命特征的生命体，而人类毫无还手之力。后来就在西伦古海附近，也就是那些异类生命体经常出没的地区进行了几次定点核爆，那些异类生命体从此消失了。

这份资料的核心部分，是“日月冕事件”部分。首先是一张老旧的照片，照片上站着两个长得一模一样的人。我本来以为那是一对双胞胎，却不料照片下方赫然有一行小字：“复制人”。

我不觉心里一惊，继续往下读，才知道了这个惊天秘密。

在60年代初，西伦古海附近出现了大量镜像人，又称复制人，根据后来的统计和核实，被复制的人数上千，甚至有整个部队都被复制了一遍的。

这个情况在高层引起极大震动，北城特地组织了庞大的科考队伍奔赴西伦古海进行调查。就是大这次调查中，考察队与那些盘踞在西伦古海附近的异类生命体产生了冲突，整个事件形势越来越诡异和紧张，伤亡人数和未解之谜不断增加。

核爆之后，异类生命体全部消亡了。而核爆对当地的生态系统也产生了毁灭性的影响，当地变成了一片人迹罕至的干涸沙漠。

事件调查最终得出了以下几条推论：

第一，复制人的出现，很有可能是那些异类生命体所使用的某种诡秘武器的影响，产生了复制现象。

第二，也有可能异类生命体的繁殖方式，就是进行自我复制。而它们的这种复制能力，可能会像病毒一样，传染周围的高级生命体，使之也具备了复制自身的能力，从而产生了复制人。

第三，异类生命体可能是来自外太空的高级生命，它们在西伦古海地下藏有中心基地—种非常怪异的能源发射中心，它们使用能源发射中心与原本所在的星球上的同伴联络。它们使用的传输信号不是普通的电磁波，而是一种人类不了解的物质，这种物质对人类的身体会产生影响，从而导致复制人产生。

而就在“复制人”出现之后不久，西伦古海附近还出现了一件非常诡异的事情。这件事情也成了最终决定对西伦古海进行核爆的重要原因之一。

西伦古海附近的沙漠之中，一直有一支残留的部队没能消灭。这支不足千人的残余部队，却给我们的军队造成了极大的威胁和麻烦。

当时，这支残余部队的军人基本上都发生了异变，他们的身体机能得到了大幅度的提升。比如大部分人拥有极强的夜视能力，夜间可以借助微光进行精确射击。

驻扎在西伦古海附近的一支部队，曾经活捉了这支残余部队中的一名军人，发现他全身赤裸，皮肤表面严重钙化，甚至生出了一层细小的黑黄色鳞片，而他的五官更是发生了变异，吻部突出，舌头细长，眼睛圆鼓，鼻孔细小，看起来完全不像一个人类。

更加令人震惊的是，这名俘虏虽然发生了极大变异，却依旧能够讲话，也能够听得懂人话，那个俘虏似乎压根儿就不知道自己身上发生了恐怖的变化。

那名俘虏被关押了起来，可是，当天夜里，他居然挖了一条沙坑地道逃走了。当战士们沿着沙坑地道追出去的时候，在地道的出口处捡到了一张人形的蜥蜴蜕皮。也就是说，那个俘虏逃出去时蜕了一层皮，异变再次加剧了。

那张人形蜥蜴皮被送到北城进行研究，几天之后，当地所有驻军紧急外撤，同时迁移了西伦古海境内所有原住民，形成了一片纵深上千公里的无人区，紧接着在那片无人区开始了核爆试验。

荒芜广阔的西伦古海之中，到底隐藏了多少秘密！我的心绪澎湃激动起来，此时我感觉到，马上就要接触到一个庞大的神秘世界了，这个世界，比九阴鬼域更诡秘，更离奇！

我的手指有些哆嗦地翻开了最后一页资料，再次看到了第一页的那扇古老斑驳的独眼石门。石门照片下面是一行小字，“西伦古海月牙谷底千人墓葬群主墓入口石门照片”。

我终于明白这扇石门的来历了。它是一个大型墓葬的石门入口，它果然是穿越了沧海桑田，带着死亡气息重现于世的不祥之门！

我继续向下看去，是一个小标题，“日月冕残片出土概况”。

“日月冕”一开始是行动的代号。因为，当时前往月牙谷底考察千人墓葬群的考古队，一开始就是因为发现了一件日月轮转的骨玉残片，才找到了墓葬群的确切所在的。

这次考察是在核爆之后，这个千人墓葬群，就是因为核爆的巨大震荡冲击，才从沙层底下暴露了出来。而考古队在千人墓葬群的主墓里，遭遇了一件极为诡异的事情。

他们在墓室里找到了一部形状极为怪异的机器。后来经过大批专家的现场研究和试验，发现那是一部超越现有人类科技的超自然物质机器，甚至有可能产生镜像反物质。出于安全考虑，他们没有移动那部机器，而是将它秘密封存了起来。

当年，科学家们试图开启那部机器，却发现无论给它注入多大能量，它却始终没有任何反应，就像黑洞一般，只是不停吸收。后来一直风沙弥漫的月牙谷上空，居然飘来了一片黑云，而且还发生了剧烈的闪电。于是，他们将考古队通讯车上的通信天线拆了下来，架设在月牙谷底的一处山坡上，又用电缆将天线和那部机器的送电口连接起来，把雷电直接引到了机器之中。

通过闪电击打的办法，那部机器运行了数秒钟，而且还完成了一项“生命复制及时空转移”试验。

那部机器上面有一个明显是用来放置物品的小平台，他们就将一块烤羊腿放了上去。机器启动之后，烤羊腿就如同升华的干冰一般迅速缩小消失了，与此同时，在机器地下的另外一个平台之上，却出现了一条剥了皮的血淋淋的新鲜羊腿，羊腿上的肌肉甚至还在抽动，就像是刚从羊身上砍下来一般。

按照那个状况来看，如果当时在机器的操作平台上放一具干尸的话，很显然，机器启动之后，将会出现一个活人！也就是说，整个世界都可以重来，人可以无限重生，永无止境！

这个事情立刻向上级汇报了，接着，他们却接到了一条命令：机器就地掩埋封存，所以人立即撤回，要严守秘密。在没有研究透彻之前，没有人敢真正启动那部机器，那毕竟是一种未知力量，轻举妄动产生的恶性后果，谁也无法承担。

那部诡异的机器从此一直封存着。事情并没有结束，而且确切来讲，压根儿还没有开始。

我已经知道卢朝天为什么要把这份资料给我了。很显然，他想要让我去找那部机器，然后用来消除九阴鬼域外围的雷鸣电网。

可是，为什么卢朝天会随身带着这份绝密资料呢？当时他也只是刚刚获知我要用消除雷鸣电网的方法来消除九阴鬼域，在此之前，他怎么会准备好这份资料呢？

我的心中充满了疑惑。我拿起电话，想给卢朝天打过去，但是拨了几个号码之后，就把电话放下了。我心中有些预感，觉得这个事情可能不简单。

卢朝天之所以一直这么慷慨地帮助我，说不定是另有目的。我可能一直都把他看错了。

我依照卢朝天的要求，将那份资料点燃，眼看着它完全烧成灰了，这才打扫干净，开门走了出去。

天已经黑了，冷瞳正陪着玄阴子在客厅里吃饭，林士学和二子也在。

冷瞳笑着跟我打招呼，给我端了饭菜过来，让我吃饭。

“一个人躲在房间里研究什么呢？神神秘秘的。”二子挤眉弄眼地问我。

我讪笑了一下，看了看林士学，问道：“林叔叔，前面我和你说的事情，有没有帮我问到什么？”

“暂时还没有，”林士学叹了一口气，“这个事情属于机密，根本没办法查到消息。我已经给宝琴打了电话，委托她去查这个事情，我让她有消息了直接联系你。”

“那谢谢你了，林叔叔。”

“不用客气，都是自己人。”林士学又问道，“这个事情，你到底准备怎么办？”

“暂时还不清楚，只能走一步看一步了。不过你放心，我会小心的，肯定不会惹事的。”我知道林士学担心我出事，就给他吃了一颗定心丸。

“嗯，那就好，总之万事小心为上，我也知道你急着把老人家的病治好，不过不能操之过急。你有什么困难尽管找我，只要我能够帮上忙的，一定不会推辞。”林士学微笑道。

“好的，我知道的。”我低头吃饭。

“二子，你赶紧吃完饭，跟我走，咱们今晚就出发。”林士学对二子说道。

“你们这是要去哪儿？”我好奇地问道。

“去北城，订婚。”二子笑道，“先订婚，六月六再办婚礼。怎么样，你要不要当伴郎？”

我不觉一怔，看了林士学一眼，笑道：“林叔叔，那要恭喜你了。”

“呵呵，没什么，我也一把年纪了。”林士学有些尴尬地笑了一下，不太想继续谈这个话题。

“哎呀，表哥啊，这没什么不好意思的。再说了，灵堂里那位不是也已经同意了吗？这就不用忌讳了吧？说了也没事的。”二子开始调侃他。

“你少说两句，赶紧吃饭吧，不说话没人当你是哑巴。”林士学打断二子的话，站起身道：“我吃好了，你们慢用。”就转身上楼去了。

“真是的，没点情趣，这人啊，真是闷到家了。”二子有些无奈地说。

“好了，你少说两句吧，在你身后站着呢。”我抬头看了二子一眼说道。

“啊？啥？”二子这才老实下来，连忙低头吃饭，不敢再说话了。

林士学和二子急匆匆地离开了，玄阴子带着冷瞳坐在客厅里看电视，一老一少聊得格外欢乐，气氛很温馨，这让我找到了一点家的感觉，但是也更加挂念姥爷，暗想着，如果他老人家现在没有出事的话，应该也坐在这里和小丫头聊天的。

我的心情有些压抑，快快地回到房间里拿起电话，准备给玉娇莲打过去，却不想，电话还没有拨出，已经有电话打进来了，是一个陌生号码。

我有些疑惑地接了起来，这才发现，打电话的人居然是泰岳。

“喂，你小子，现在忙完了没有？”泰岳瓮声瓮气地问道。

“刚忙完，你很会掐时间。”我笑道。

“嗯，我的事情，你还记着吧？”泰岳问道。

我不觉微微一笑，一边和他说话一边翻背包，找从九阴鬼域带回来的尸衣，说道：“放心吧，我都准备好了，你那边什么时候开始？正好我有一件事情要找你帮忙，到时候我过去帮你的忙，顺带把你借过来用几天。”

“你又有什么屁事？”泰岳好奇地问道。

“电话里说不清楚，总之我找到了消除九阴鬼域的办法，但是需要找到一个东西，这玩意儿不太好找，我们又得跑一趟才行。”我笑道。

“那好，我这边也快了，大约一周之后吧，你要是有时间的话，就早点过来，陪我喝喝酒。”泰岳说话的当口，好像又喝了一口酒，问道：“你到底有没有把握？”

“你是指哪方面？”我问道。

“就是你说过的那个，九阴九阳的血髓，还有雷劫，你到底能搞定不？”泰岳的气息变得有些急促。

“这个事情先不说，你能不能和我说说，你和嫂子到底是怎么回事，可以吗？说实话，我一直很好奇，你们的身份到底是什么。”我皱起了眉头。

“你真想知道？”泰岳笑问道。

“那当然，我很好奇。”我回道。

“好吧，那我告诉你吧，我是神仙。”泰岳非常严肃地说道。

“你去死吧！”泰岳明显是在扯淡，我禁不住有些发怒。

“好了，不说这些废话了，老子就是个普通人，有点特异功能而已，这种事情，你应该很容易理解。我实话告诉你，我自己也不太清楚。你嫂子的事情，倒是真的有点邪乎。”泰岳大着舌头说道，似乎是喝得有点多了。

“嫂子是什么情况？你最好和我说清楚，不然我还真不好帮你。”我皱眉问道。

“你先和我说说，你是怎么想的吧，说实话，我也很好奇你的看法。”良久，泰岳才沉声说道。

“我猜她可能是山香草灵，万事万物得天地日月精华，都可以拥有灵性，成为精怪。嫂子一直和山香草有关，所以，我觉得她可能是山香草吸收天地日月精华之后形成的精灵。对不对？”

泰岳哈哈大笑起来，然后有些无奈地说道：“你当这是《白蛇传》呢？还山香草精灵，你倒是很会想象。”

“我想不出别的情况。”我被泰岳说得有些尴尬。

“嗯，这么和你说吧，你嫂子确实和山香草有些关系，不过她绝对不是什么山香草精灵。”泰岳咕嘟嘟地喝了一大口酒，“你以前也说过，使用龙涎山髓的人只有两种，一种是养尸，一种是御灵。御灵那个事情，基本上是很难在现实中见到的。所以说——”泰岳说到这里停了下来。

“你是说，嫂子是属于前一种？”我不觉恍然大悟道，“可是，她为什么还需要九阴九阳的血髓，又需要躲避雷劫呢？”

“血髓可以让她的身体重新恢复生机，而雷劫嘛，这是逆天改命的劫难，你明白吗？到时候，要躲避雷劫的人，其实不是她，而是你和我。”泰岳语气凝重地说道。

“你的意思是说，已经死去的人，真的可以复活过来？”我真的有些震惊了。

泰岳沉默了一会儿，接着说道：“能不能复活，其实主要看是怎么死的。”

“什么意思？”我不解地问道。

“你有没有听说过，有人突然停止了心跳，都准备后事了，但是入棺的时候，人又醒过来的？”泰岳问道。

“这样的事情，我倒是听说过，而且有很多类似的事情，但是，这又说明呢？那些人应该只是间歇性的机能丧失，并不是真正死亡，所以，他们能够再次活过来，其实是很正常的事情。”我说道。

泰岳冷冷一笑道：“那你有没有听说过，有的人在冰山里冰冻了上千年，被救出来之后，又奇迹般的复活了？”

“那也是例外，毕竟在冰山里冻着，身体一直保持着新鲜状态，功能都没有丧失。这样被救出来之后，得到一定程度的救护，自然就可以醒过来了。这就跟昏迷不醒差不多，根本就没有死去。”我辩解道。

“那在你看来，什么才叫真正的死亡？”泰岳有些无奈地问道。

我不觉随口说道：“就是断气了呗，没呼吸没心跳了。”说完这句话，我立刻就愣了，因为，这个时候我才发现，泰岳前面所说的那些状况，其实都符合我的死亡定义。

“不，不。”我连忙纠正道，“应该是，确定已经死亡了。”

“什么样才能算是确定已经死亡了？”泰岳追问道。

我开始流汗了，被他问得哑口无言。

“就是，总之就是，反正就是死了，没呼吸没心跳，对，体温都没有了，身体凉了，变僵硬了，再也不会醒过来了。”我有些急促地解释道。

“那个冰冻在冰山里的人，很符合你的条件，但他还是活过来了。”泰岳冷笑道。

“好吧，那就是没呼吸没心跳没体温，再也醒不过来，然后尸体都腐烂了，这个总归是对的吧?”我冷声道。

“你怎么知道他们再也醒不过来了呢?”泰岳再次反驳。

我彻底无语了。是的，我怎么知道他们再也醒不过来了?按照这样推论，这世上根本就不存在真正的死亡!

“那你说，到底什么才算是真正的死亡?”我只好反问。

“我实话告诉你吧，在这个世界上，根本就不存在真正的死亡。就算是已经化为泥土，只要天道机缘巧合，都是可以复活的。方晓，你都已经进过九阴鬼域，亲眼见过灵魂和肉体一丝丝蒸发，然后重新整合成一个大活人，为什么现在还那么固执地相信死亡的存在呢?难道你就没想过，九阴鬼域的那种力量，其实并非是单独存在的吗?在这个世界上，其实有很多类似的力量，它们都可以将死去的人、甚至是将一堆腐朽的白骨，还原到活人的状态。这个事情，你有没有想过?”泰岳似乎在提示我，又似乎在批评我。

我心里不禁一震，立刻联想到了卢朝天给我的资料上那部诡异的机器。对啊，那部机器不是可以将烤熟的肉复原到鲜活的状态吗?

天呐，原来，根本不存在真正的死亡!

我彻底愣住了，一直深信不疑的固执信念彻底动摇了。我再也不相信生与死的界限。

“好了，我明白了。”我打断了泰岳的话。

“你明白什么了?”泰岳有些疑惑地问道。

“生与死本来只隔着一条线，这之间并没有明确的界限。”我皱眉感叹道。

泰岳笑道："想知道你嫂子叫什么名字吗？"

"这个我倒不是很好奇，我只是很想知道，你和她是怎么认识的。"我笑道。

"唔，那是一个很长的故事，就不细说了。总之，那个时候我落难，无意中碰到了她。我们一起在山香草丛中躺了很久很久。那段时间里，我们虽然都没有说话，却早已通过灵魂的交流，深深地了解了彼此的前世今生，结下了永世情缘。"

"哎哟，牙酸掉了——"

"哼，不信拉倒，反正，就是那么浪漫。"泰岳又想到了什么，"不过你和那个蓝头发的小丫头也挺浪漫的，你倒是不用羡慕我。"

"你知道就好，行了，说说你的计划吧，到底要怎么做。"我懒洋洋地问道。

"具体的事情，等你来了再说。还要提醒你一个事情，就是那个九阴九阳血髓的事情。"泰岳顿了一下，"这次的事情，对血气的要求并不是那么苛刻，只要纯阴纯阳的童男童女精血就可以了。童男嘛，你就挺合适的。童女嘛，你随便找一个还算过得去的就行了。"

我嬉笑道："放心吧，这事包在我身上，保证让你满意。"我心里已经把冷瞳定为那个贡献精血的童女了。

泰岳说了一声多谢，就挂了电话。

我走出房间，对坐在客厅里看电视的冷瞳喊道："大后天周末，哥哥要带你出去玩，到时候把女孩子要用的东西都收拾全了，咱们这次说不定要出去好几天。"

"嗯，好的。"冷瞳点头答道。

"喂，你们准备去哪儿？怎么不算我一个？"玄阴子抬头问道。

"喂，老人家，你觉得打扰我们的二人世界，合适吗？"我笑道。

"你这小子。"玄阴子瞪了我一眼，"我的人参呢？我好歹把整个门派交给你了，你不会连这点小钱都舍不得花给我吧？"

"放心吧，我早就订购了上等的长白山参了，足足一斤重呢，明天就送来，够你喝的了，当饭吃都没问题。”我笑道，转身回了房间，拿起电话，开始筹划调度起来。

虽然已经答应了泰岳，要去他那边帮忙，但是，我自己的事情也不能耽搁。既然卢朝天已经给我指明了方向，我就要按照这个方向前进了，虽然我也不知道会不会成功，可是，我至少要努力一下。

第一个电话，是打给卢朝天的，告诉他，我要去西伦古海走一趟。他自然是非常赞同。这个时候，我真的有些怀疑他的目的了。但是，我并没有问他，因为我知道，问了也没用。他既然没有主动告诉我，那就证明这个事情不能说。

我又问他，北城那边准不准备去救九阴鬼域里的人，他说，让我不要去管这个事情，去做自己的事情就行了。

我无奈地叹了一口气，不过，我也并没有过多悲伤。生与死既然没有分野，九阴鬼域里的那些人，不管救不救，其实都没有多大关系了。

第二个电话，是打给玉娇莲的。玉娇莲接到我的电话，明显有些关切和激动。我吩咐她帮我准备一批科考装备，车子、地图、水和食物、帐篷、照明、电台、发电机等等，总之能够想到的都准备齐全。玉娇莲很爽快地答应了。

“准备好了就打电话给我，我带人去北城接收，从那边出发。”我说完就准备挂电话，又想到了什么，不觉多问了一句：“你最近还好吧？”

玉娇莲有些始料未及，愣了一下才答道：“很好。”

“嗯，那个小家伙呢？”我笑问道。

“也很好，长得虎头虎脑的，我经常去抱他。”玉娇莲开心地说。

“嗯，那就好。你知道吗？薛宝琴很快就要结婚了。”我说道。

“她要结婚了？和谁？不会是和你——”

“那怎么可能？”我打断她的话道，“是和她的未婚夫。他们六月六就举行婚礼。到时候说不定还会找你当伴娘呢。”

我又拨通了薛宝琴的电话。

“美女，恭喜啊，听说你要结婚啦。”我含笑问候道。

“是啊，我这个命啊，看来是注定了。”薛宝琴似乎并不是很惆怅。这个女人就是很能想得开。

“祝你幸福美满。”我心中感到释然。

“借您吉言，说吧，找我有什么事情？”薛宝琴就是精明。

“嗯，确实有个事情，这个事情本来是要麻烦林士学的，但是，他现在工作太忙，还要筹备和你结婚的事情，我不想打扰他，所以，只好转而来找你了。”我含笑道。

“不用找借口了，直接说吧，到底什么事情，帮完你最后一单。”薛宝琴很爽快地说道。

“为什么是最后一单？我可是跟着林士学混的，以后估计少不了还要麻烦你的。”我有些疑惑地问道。

“很简单，林士学要上位了，我的任务也快完成了，我准备退到他身后，毕竟我是女人。”薛宝琴说道，“所以，以后有事，你直接找他就行了。”

“既然这样，那我就不客气了。我要去西伦古海走一趟，需要一个官方的身份。所以，我想让你帮我搞一个考古队，这样我行动起来方便一些。”我说道。

“干什么？你准备去那边挖皇陵啊？”薛宝琴不觉好奇地问道。

我大概跟她解释了一下九阴鬼域和西伦古海的事情。薛宝琴有些迟疑地说道：“既然这个事情是高度机密，那你这次的行动，很有可能会受到一些势力的阻挠。所以，你最好先计划周详。”

“你放心吧，我会小心的，你帮我把关节打通，应该就没什么问题了。”我说道。

“嗯，你放心，我会帮你安排妥当的。”薛宝琴沉默了一下，说道：“弟弟，以后记得常到家里来玩，我给你做好吃的。”

“嗯，一定一定，我最贪嘴了。”我笑道。

“你自己一个人在外要多加小心，有事情给姐姐打电话。”薛宝琴有些担忧地说。

“嗯，你也多保重，以后如果有话，也可以和我说。别的事情我可能帮不上你，听你说说话，还是可以的。”我不觉叹了一口气。

“哦，我知道了，你等我消息吧。”

挂了薛宝琴的电话之后，我怔怔地望着窗外，思绪飘得有点远，不知不觉点了一根烟，悠悠地抽着。我不经意间一抬头，赫然看到，在缭绕的烟气之中，居然有一双眼睛正在静静地看着我。

大白天闹鬼了！

我惊得一下子跳了起来，感觉头发都竖了起来。

但是，待到我站起身再仔细去看时，烟气之中却什么都没有了，就好像是我出现了幻觉一般。

但是，我刚才明明看到了一双眼睛，千真万确，绝对不会错的。

我想不明白究竟，暗暗地眯眼四下扫视着自己的房间，悄悄地把腰里的打鬼棒抽了出来。

可是，我一看之下，整个房间一片平静，没有任何异样。这还真是见鬼了！

我皱着眉头走出房间，来到二楼楼梯边，向客厅里看了一眼，这才发现，玄阴子已经回去睡觉了，客厅的沙发上只剩下冷瞳一个人。而小丫头这个时候已经低垂着脑袋，在打瞌睡了。

我轻轻下楼，小心地将她横抱起来，想将她送回房间里去。

“哥哥，是我。”冷瞳却忽然如婴儿呓语一般，说了一句梦话。

“怎么了？冷瞳？”我看着怀里依旧闭着眼睛，睡得迷迷糊糊的冷瞳问道。

“唔。”听到我的声音，冷瞳这才悠悠地睁开眼睛，揉了揉小脸，有些疑惑地皱眉道：“咦，哥哥，你怎么在这里？我刚才还看到你坐在房间里抽烟啊。”

“嗯？”我有些奇怪地看着她道：“你不是打瞌睡了吗？怎么能看到我坐在房间里抽烟的啊？”

“我打瞌睡了吗？我记得我是走上了楼梯，进了你的房间，看着你的啊？当时我和你说话，你都没理我。”冷瞳也有些疑惑地看着我。

我已经明白了刚才是什么状况。看来，冷瞳具有非常强大的灵力，这使得她睡着之后，灵魂可以离开身体，进行活动。我猜，她之所以能够驱使那些腐尸，可能也是因为有这种强大的灵力。

而我也回想起来，在见到冷瞳之前，我就经常在梦中见到她的眼睛。难道说，冷瞳除了灵力强大之外，还有穿越时空、出现在别人梦中的能力吗？可是，她为什么偏偏挑上我了呢？

想到这里，我不觉很疑惑，将冷瞳放了下来，拉着她重新坐下，仔细地问她，在和我相遇之前，有没有在梦中见到过我。

冷瞳侧头想了一下，说道：“你的眼睛，我见过很多次，但是我一直看不清楚，所以后来每次睡着了，我总是会去看看那双眼睛，想要看看他到底是谁。我和你见面之后，第一次看到你的眼睛，就觉得很熟悉，觉得你就是我一直在找的人。”

“如此看来，真的是冥冥之中，都有注定了。”我不觉轻轻拉起冷瞳的小手，“冷瞳，你知道吗？你有很强的灵力，你睡着之后，灵魂可以离开身体进行活动的。”

“啊？有这个事情吗？我怎么不知道？”冷瞳不觉满心惊讶。

“有的，就像刚才你说你进入了我的房间，但是实际上，你并没有进去，你一直在沙发上打瞌睡。这个事情，我也是刚刚才发现的。所以，我想和你说的是，你的这种力量很厉害，但是也有危险，比如，遇到不熟悉情况的人，很有可能会对你的灵魂造成伤害，所以，以后你要多加练习，不到万不得已的情况，千万不要动用这种能力，知道吗？”我很耐心地解释道。

冷瞳乖巧地点了点头，然后撒娇让我抱她回去睡觉了。

第二天，我带着冷瞳又到处逛了一天，直到晚饭之后，我才带着她坐上车子，带齐装备，驱车赶往马凌山。

泰岳很会选时间，现在正好是阴历月底，入夜之后，天上有星无月，四野一片漆黑。

我开着车子先是走高速，然后拐下高速公路，沿着一条公路进入了灯火繁华的沭河市。在沭河市，我们没有停留，一路向南驶上了一条没有路灯的土路。

车灯光照亮前方的路面，留下两道白渣渣的光影。冷瞳透过车窗四下望去，只看到远处有点点星火，不觉有些心虚胆怯。

她虽然是从九阴鬼域出来的，但是，还真没见过这种如同黑墨一般的黑暗。小丫头解开了安全带，向我身边挨了过来，一言不发地用小手抓住了我的胳膊，紧紧地靠着我，好像怕我会突然消失了一般。

我微微一笑，单手开车，另一只手将她揽到臂弯，把她护了起来。

“哥哥，这里是哪儿？你要带我去哪里？”冷瞳抬起眼眸，有些担忧地问我。

“带你去山里，做点事情。放心吧，有我在，一切都没事的。今夜你还要帮我点忙。”我轻轻抚摸小丫头的肩头，柔声说道。

“嗯，要帮什么忙？”

“到时候，我要从你身上取一点血。不过你放心，不会把你弄疼的。”

“哦，那我们什么时候回去？”冷瞳担心地问道。

“如果事情顺利的话，大概天亮就可以回去了。”我深吸了一口气，“天黑了，路还长，要不你先睡一会儿吧。等到了地方，我再叫你。”

“嗯，好。”小丫头顺从地轻轻向我怀里靠了靠，舒展着柔软纤腰，趴在我的大腿上睡着了。

车子晃晃荡荡，过了一个小时，来到了马凌山疗养院门前。我轻轻关掉引擎，拔了钥匙，抄手揽着小丫头的纤腰，另外一手抓着她的手腕，将她扶坐起来，让她靠在椅背上。

我挪到了后排座位上，开始收拾装备。我尽量动作放轻，就是想让小丫头多睡一会儿，不想太早吵醒她。

可就在这时，小丫头醒了过来，她猛地揉了揉眼睛，左右一看，发现我不在，惊得一下子跳了起来，脑袋“咕咚”一声撞在了车顶盖上。

“呀——”一声尖叫，冷瞳捂着脑袋，缩身坐到了座位里，哭喊了起来："哥哥——"

"我在这里！"我连忙应了一声，伸手抓住冷瞳的手臂，沉声道："别怕，我在这里，没事的。这里是马凌山，我们要去找泰岳。你知道他的吧？"

"嗯。"冷瞳低头想了一下，从记忆中找到了关于泰岳的资料，这才舒了一口气道："我想起来了。"

"嗯，那就好。"我将背包背好，打开车门下车，又拉开了冷瞳的车门，将她从座位上抱了出来。

"哥哥，你知道吗？"冷瞳紧紧拉着我的手，跟着我沿着山路往上走，说道："我从你那里复制过来的记忆，好像正在慢慢消失，我现在越来越记不清你曾经遇到过的事情了。我能够记得的，就是一些现实世界的概念。所以，刚才你问我泰岳的事情，我记得不是很清晰了，只能想起一张模糊的面孔。"

"没关系，这可能就像录音磁带一样，虽然阴阳法阵强行将我的记忆复制到了你的脑子里，但是毕竟人脑细胞是不断死亡的，所以，这种记忆复制会慢慢消失。这也没有什么不好的，这些毕竟是我的记忆，你就算记着也没有什么太大帮助。"我领着冷瞳走上一条僻静幽深的小路。

第十二章 不死情缘

四野虫鸣不断，山风习习，树叶沙沙晃动，天气很是凉爽。

我拿着手电筒照路，一边走一边查看方位和路径。冷瞳还以为我迷路了，不觉有些担忧地攥着我的手，小脸上满是紧张的神情。

“放心吧，很快就到了。”我拨通了泰岳的号码。

“在哪儿了？”电话里传来泰岳那中气十足的声音。

“你在哪儿了？”我反问道。

“老地方。”泰岳说道。

“嗯，好吧，那先挂了，不过，你不准备下来迎接我一下？我可是带着一个小美女的，深更半夜，万一我走错路了，把她吓着可不好。”我笑道。

“那你等着，我马上就来接你们，本来我还想宰只鸡的，刚想生火，那等会儿下酒菜可就简便一些了，你可不要觉得委屈。”泰岳笑道。

“没关系，难不成我来你这里，是为了蹭吃喝的？”我挂了电话，领着冷瞳又向上攀登了一段距离。

没多久，一阵冷风扑面吹来，我们爬上了一个稀树林山头，就见到前面的树林里一道灯光闪动，泰岳的声音就传来了：“这边——”

我答应着走过去，泰岳也迎了上来。

“哟嗬，冷妹妹，这身打扮时髦啊。”泰岳拿手电筒上下照了一下，不禁夸道。

“好啦，跟我来吧，马上就到了。”泰岳转身向前走去。

我们沿着一条崎岖隐蔽的小山路，来到了一处林中空地。这里有一座黑色木屋，木屋前面有一小圈栅栏，栅栏围成的小院子里有圆形石桌和石凳，院子里长满了草，栅栏上爬满了牵牛花。山里露水很重，到处都是湿漉漉的。

“进来坐吧。”泰岳推开藤条小门，领着我们走进院子。

我发现石桌上已经摆好了酒壶和酒盅，还有几碟小菜，微微一笑，看了看冷瞳问道：“怎么样？饿了没有？咱们先吃夜宵吧。”

虽然是春夜，却如秋一般冷寂。天上的星被云层遮挡，世界彻底陷入了黑暗。牵牛花围绕成的荒草小院之中，一根蜡烛闪动着淡淡的光芒，在石桌上跳跃着。

我和泰岳对立而坐，抬眼看着这个眼神深邃、面容刚毅的男人，总觉得他并不属于这个世界。他仿佛从另外一个时空穿越到这里来，他的一切的一切都那么神秘，捉摸不透，也无从揣测。

我曾经觉得他可能是山神，可是又推翻了这个想法。因为，山神肯定是和河神一样的，都只是死鬼而已，不可能是有血有肉的。

泰岳是有血有肉的汉子，他活得洒脱，他性格刚烈，他受伤的时候也会疼痛，也会流血，他的身体是真实的。

“干！”泰岳端起酒杯，坚定地看着我。

“干！”我抬手和他一碰，仰头一饮而尽。

“吃菜。”泰岳拿起筷子，简单招呼一声，自顾自地闷头吃菜。

“泰岳大哥。”冷瞳坐在我旁边，怯生生地看着泰岳，关心地问道：

“你怎么好像不开心？”

“不是好像，他就是不开心。”我微笑一下，轻轻捏了捏冷瞳的小手，抬眼看着泰岳，含笑道：“确切地说，他这是紧张。”

“紧张什么？”冷瞳不解地问道。

“冷瞳妹子。”泰岳醉眼蒙眬，微微皱眉，问道：“你知道什么叫爱情吗？”

冷瞳有些无措地皱了皱眉头，不觉抬眼向我看过来。

“你这个问题，有些突兀了。”我讪笑道，“每个人对于爱情的理解都是不一样的。”

泰岳自顾自地端着酒杯痛饮，斜眼看了看我和冷瞳，忽然阴仄仄地笑道：“我就挺羡慕你们两个的。”

“我也挺羡慕你们的。”我紧跟一句道，又缓声道：“至少你们很早就知道彼此的存在，而我和冷瞳，才刚刚认识不到两个月。”

泰岳笑着点了点头，说道：“冷瞳妹子，大哥求你一个事情，不知道你能不能答应。”

“什么事情？”冷瞳好奇地问道。

“我要借你的鲜血一用。”泰岳满眼期待地说。

“要多少？”冷瞳歪头问道。

“九九八十一滴。”泰岳说道，“可能会有点疼，而且还是要新鲜的血液，不能事先抽出来，要一滴一滴地往下滴才行，随取随用。怎么样，你愿意吗？”

“小事。”冷瞳点头道。

“好，多谢了。”泰岳又看着我说道：“接下来的事情，就交给你了。我们先吃饱喝足，还有一点时间。”

“嗯，好。”我继续举杯与泰岳喝了起来。

杯盘凌乱，不知不觉一桌酒菜干光，我感觉脑子有点晕乎乎的，抬腕看了看时间，发现马上就要到阴时了，不觉说道：“可以开始了，在哪边？"

"在房间里，你自己带着冷瞳妹子去吧，我就不进去了。"泰岳大着舌头，趴在桌子上说道。

"好，那你先歇着吧。"我拉起冷瞳，拿起手电筒，和她一起向小木屋走去。

"哥哥，我们到底要做什么去？"冷瞳有些疑惑地问我。

"算是救人吧，到时候，你只要按照我说的去做就行了，其他的事情，你不用担心。"我轻轻捏了捏冷瞳的手。

进了木屋之后，我首先嗅到一股非常奇特的馨香气息。熟悉的香气，只是这一次是那么清晰，近在咫尺。

我抬起手电筒查看房间，发现木屋分成两间，我们现在所在的是外间。外面这一间看起来像是一间起居室，又像是堆放杂物的仓库。

靠着后墙的地方，摆放着一张单薄矮腿木床，上面铺着凉席和被褥，枕头上积了一层黑亮的油垢，显然是许久都没有洗过了。

除了床铺之外，屋子里其他地方杂乱地放着一些乱七八糟的东西。纸箱、塑料袋、木工工具、酒瓶、鞋子、衣服、桌椅板凳，很是混乱。梁上遍布蜘蛛网，有些蜘蛛网线从半空兜下来，被风一吹，还在不停地晃荡。因为这些杂乱不堪的东西，所以，在嗅到馨香的气息之后，随之而来的是一阵霉烂气味。

"这里应该是泰岳大哥住的地方。"冷瞳咬咬嘴唇，皱了皱眉头。

"不管他，我们进去。"我拉着冷瞳来到房间侧壁的一扇只有不到一米宽的小门前。小门通往内室，那里应该就是我今晚要去的地方。

站在这扇小门前，我的心潮有些澎湃。这扇小门后面，隐藏着我期待已久的真相。这个真相，曾经让我彻夜难眠，让我疑惑万分，我对它的期待，就像是对于宇宙空间的探索一般，充满了渴求的欲望。

曾经让我非常神往的真相即将揭开，我感到一阵紧张。在我心目中，一度如神女一般荷风轻摆的形象，不知道还会不会再次出现。

“吱呀——”一声轻响，窄小单薄的木门在我的推动下轻轻打开。

我站在门口，并没有走进去，而是抬起手电筒，隔着门框照了过去，想看看屋子里的状况。

我意外地发现，屋子里的状况与我的想象，竟然完全不一样。泰岳说他在养尸，所以，我一直以为，可能就像当初我遇到玉娇莲的妹妹那样，会看到一个青脸獠牙、长发披散、指爪卷曲、龇牙咧嘴的女尸，大睁着眼睛死死地盯着我。

可是，我只看到了一株绿莹莹的草叶。草叶从地上长起，细长柔软，晶莹如玉，如同一道道玉丝，一直延伸到门框上方，形成了一道绿色的墙壁，挡住了我的视线。

我一时间有些疑惑，下意识地伸手想去拨开那道绿草墙壁，却不想，一直安静地站在我身边的冷瞳抢先一步，上前一伸手抓住了几根草叶，扯到手中。

冷瞳仔细看了看手中的草叶，皱皱眉头，若有所思地说：“真的是草。”

“你以为它们是什么？”我问道。

冷瞳眨眼看了看我，说道：“刚才我感觉到一股很奇怪的气息，让我觉得这些草叶似乎在和我说话，但是，现在却发现这只是普通草叶，不知道是怎么回事。”

“等下你就知道了，不过，这些草叶不是普通草叶。在山林深处，有一种阴气滋根、精气发叶的植物，可以散发出清新的香气，而且可以驱邪避凶，是一种极为难得的宝贝。这些草叶就属于这一类，我给它取的名字叫玉丝千条。”我笑道。

“什么玉丝千条啊，我看就叫山香草好了。”冷瞳说道。

我有些好奇地问道：“你说你刚才感觉到这些草叶在和你说话，你能告诉我那是怎样的感觉吗？你为什么会有这种感觉？”

“在木门还没打开的时候，我似乎就看到了这些草叶，那时候，我看到它们在不停扭动着，就像是在对我们招手一样，好像还发出了沙沙的轻响。但是，门打开之后，它们却不动了，真是奇怪。”冷瞳看着那些草叶，很疑惑地说。

“你还感觉到了什么？你知不知道这草叶后面有些什么？”我有些期待地问道。

“没有了，暂时看不到，也感觉不到。好奇怪的感觉。”冷瞳说道。

“你先在这里等我一下，我先进去看看。”

冷瞳乖巧地点头，让我小心一点，自己坐在后面的一张椅子上，安静地看着我。

我下意识地觉得气氛有些诡异，感觉她的举动有些反常，不觉皱了皱眉头，然后才打着手电筒，轻轻地伸手拨开门后的草叶，侧身向里面挤过去。

这些草叶居然并不是只有单薄的一层，而是长满了整个房间！其实这间小屋子里，满满的都是这些草叶。我只好小心翼翼地扒动草叶，在里面寻找，想找到我要找的东西。

没多久，我的手指突然感觉到一点硬邦邦的触觉，连忙停下动作，抬起手电筒，隔着散乱的草叶向前照去。

一看之下，我不禁心里一紧。一束黑色的头发从草叶的缝隙里伸了出来，就挂在我的面前。

我伸手轻轻捏了捏那缕头发，然后顺着头发，轻轻将面前的草叶向两边拨开，很快就看到了一个黑发披散的人头，再往下看，是一具穿着一身白色衣裙的女尸。

女尸包裹在一层绿色草叶之中，双脚凌空，离地足足有一尺高，完全是靠那些草叶支撑起来的。女尸背对着我站着，两只手臂微微张开，手臂上的草叶道道缠缚，如同万千小蛇一般，将她向上拉去。

由于草叶的支撑力有限，我这么一拨动，女尸的头部就向我这边倒了过来。

"呼——沙——"一声轻响，女尸背对着我，一下子倒进了我的怀里。

我本能地伸手到她的肋下，一把将她护住。一片柔软的触觉传来，立刻惊得我全身一颤，差点跳了起来。我摸到的身体似乎是活人的。

我有些疑惑和惊愕了。就算再高明的养尸，养出来的肯定是僵尸，而不可能是这种像活人一样的肉尸。肉尸是一种极为诡异的尸变状态，肉尸其实并不是真正的尸体，而是和植物人差不多。

在古代，医疗水平落后，人们对植物人的状态不理解，所以就把这种状态说成肉尸。所谓肉尸，就是能吃能喝，只是不能行动，不能说话，和死人一样。

想到这里，我又开始纠结生与死的界限。不过，现在已经没有时间去考虑了，我急于看清楚怀里那个女尸的状况。

我一撤身，用拿着手电筒的手臂托住女尸的后脑，轻轻地将她平放到地上，接着用手电筒对着尸体的面部照过去，又吃了一惊。

女尸的面孔我看不清楚，只看到一层绿色草叶交错编织而成的绿色纱幔。我轻轻拉开女尸的领口，这才发现，女尸的整个身体都是被草叶层层缠裹起来的。这种感觉，就好像这只是一个草人。

联想到泰岳的说法，我猜测，可能是因为这些有"阴气滋根，精气发叶"效果的山香草叶能护佑尸体长鲜不腐，这个女人死了之后，正好倒在这片山香草叶之中，就一直被那些山香草保护了下来，不但保护女人新鲜如初，还让她免受伤害。

还有一种可能，那就是，这些山香草叶和这个女尸互相依存，互相保护，这具女尸就是山香草的根。是女尸滋养了那株山香草，而山香草也让女尸的长鲜不腐。

我现在唯一感到奇怪的是，既然这个女尸一直被这些山香草牢牢地缠缚着，凌空悬挂在这间狭小的木屋子里，那么，我之前见到的那个荷风轻摆的身影又是谁呢？曾经被三眼蛇纹狸猫抓伤的女人又是谁呢？

泰岳不可能还有别的女人，这一点是肯定的。当初他之所以可以把这个女尸带去青丝仙，而这个女尸又好几次给予我帮助，总是躲在大树后露出一角裙摆，想必是因为，那些山香草的生长是随着季节变动的。

冬天的时候，草叶枯萎，只剩下草根，所以女尸的躯体就轻松了，不再被那些草叶包裹，可以到处移动。想必她已经成为阴尸，可以在一些特殊的情况下，跟随养尸人走动。泰岳和别的养尸人不同，他爱上了自己所养的尸体，又或者，他正是因为爱上了她，才开始养尸。

泰岳说过，他说他和这个女尸很早以前就认识了，在同一个地方躺了很久。泰岳的话很玄乎，我不得不怀疑，如果泰岳真的和这个女尸在一起躺过很久，那么，泰岳会不会也是一具尸体？

如果泰岳也是一具尸体，那他又是怎么活过来的呢？这个事情，实在是太过诡异了。而且，泰岳的体内隐藏着一个黑色魔神，那个东西，会不会才是真正的泰岳？也就是说，其实真正的泰岳早就死了，现在支配他的躯体的，其实是一个非常霸道又厉害的阴魂。这个阴魂不但占据了他的身体，而且继承了他的记忆，然后在机缘巧合下，使得他的躯体完全复活过来，成了现在的泰岳。

迷雾重重，一个谜底尚未解开，新的谜题又出现了。

其实，对于新的谜题，我大可以直接去问泰岳，可是，我也知道，即便我问了，他也不会说。他似乎不愿意提及以前的事情，那段回忆看来并不开心。

我蹲在草丛之中，低头看着面前这个似乎是草人又似乎是尸体的诡异人形物体，轻轻闭眼，只依靠触觉，轻轻地从上到下将她捏摸了一遍，确定她全身都像活人一样柔软，而且带着肉质的弹性，这才放下心来，松了一口气。

我猜想，这具女尸在此前可能也一直是僵尸状态的，现在之所以会变成这个样子，应该是泰岳带回来的龙涎山髓起了作用。

龙涎山髓能柔骨化体，居然可以把僵尸变得如同活人一般，这也难怪泰岳如此迫切地想要得到它了，现在，我有些理解泰岳当初的做法了。如果我是他，可能会做得比他更过分吧。

我缓缓站起身，从背包里拿出了尸衣，盖到了女尸的身上。将女尸从头到脚妥善盖好之后，我这才思索着下一步的行动。毕竟我也是第一次操办这样的事情，我其实也不能确定到底能不能成功地将这个女尸救活。

人活在世间，躯体只是灵魂的容器，人死了，容器就坏了，灵魂随风而逝，使得躯体变成了一个没有用处的空容器。

我现在要做的事情，就是把一个已经倒空了的、废弃了很久的容器，再次充满灵魂，而且要妥善封口。还有一个更大的难点是，怎样让这个容器再次启动起来。

上一次机缘巧合之下，我和冷瞳借助雷电之力开启过阴阳法阵，也让我对阴阳法阵的施展条件有了新的认识。

现在我再照样复制一遍，应该没有什么问题。阴阳法阵需要阴阳之力，现在没有阴阳珠，替代品就是我和冷瞳的精血。我是阳，冷瞳是阴，我们以鲜血化眼，再结合阴阳尺的力量，将阴阳法阵开启，利用阴阳法阵的轮回之力，将这具女尸复活。

而今天，我们要开启阴阳法阵还缺少一个非常必要的外部条件，那就是巨大的能量！要到哪里去找雷电呢？

幸好，我是一个阴阳师，更是一个风水师。我从来不给人算命，但是并不是我不会算命。只要是这个世界里的东西，在五行之内、八卦之中，真没有算不准的。

今晚，来马凌山之前，我早就通过星象推算出来，午夜过后，四更半刻的时候，马凌山将会有天雷降临。而且我还算出了天雷具体的降落地点，甚至连降落几道天雷都已经了然于胸。

这个事情说起来神乎其神，实际上，所有熟悉五行八卦运理的人，大抵都能算到这一步，但是，却很少有人有勇气去算。因为，天机不可泄露，天机不可窥探，凡人窥探天机，必遭天谴。

我现在已经是窥探天机，所以，天谴已经悄然逼近，而且在劫难逃。

今晚我带了一件尸衣，一方面，它可以保护女尸还阳时，在天雷的劈击之下存活下来，另外一方面，则可以在我遭遇天谴的时候，帮我躲过一劫。

大体上在心里计划详细之后，我轻轻站起身，准备呼唤冷瞳进来和我一起忙活。

这时，我赫然觉察到，在我面前的草叶之中，似乎有一双眼睛正在静静地看着我。我先是一愣，随即释然了，知道那应该是冷瞳的灵魂出体了。

我正要和那双眼睛说点什么，突然，一阵阴冷的寒气从脚下瞬间升起，猛然弥漫开来，将我包裹起来。

而在那股寒气的弥漫之下，草叶中的那双眼眸也猛然一阵颤动，一闪而逝了。当那双眼眸消失之后，我就听到隔壁房间传来一声尖叫，接着是一阵桌椅倒塌的声响。很显然，冷瞳受到了不小的惊吓。

我不觉心中一阵焦急，连忙大喊道："冷瞳，别怕，我马上来了。"

我站起身，拿着手电筒就想离开房间，可是，一阵密集的"沙沙沙"声响传来。我定睛一看，这才发现，那些裹缠在我周围的草叶居然都如同触手一般颤抖起来。

"咕咕——"我低头向地上看去，发现地上躺着的那具女尸居然也颤抖了起来。

"簌簌簌，沙沙沙——"无数草叶如同受到惊吓一般，莫名颤抖着，很多已经向我的腿上缠爬过来，更多的则慢慢地挤到了我的周围，将我完全包裹起来。

我不明白这是怎么回事，但是由于担心冷瞳的状况，我不得不粗鲁地一把将面前的草叶扒开，然后侧身冲了出去。

那些草叶被我激怒了，如同水蛇一般扑了上来，瞬间将我全身裹得密不透风。

我满头满脸都是草叶，脖子都被勒得有点窒息，不禁闷哼一声，全身发力，奋力抗争着，又有些疑惑地琢磨道：我可是来帮忙让她复活的，她怎么会对我这样呢？难不成泰岳没有和她说好，她对我心存敌意？

这时，有一只手臂轻轻地按到我的肩上，一声低沉的笑声在我的背后响起来，一缕女人的黑色长发缓缓地在我的脸旁边蔓延开来，又将我包裹起来。

她来找我了，似乎有话要和我说。她的全身都贴在了我的背后。草叶挡住了手电筒，使得原本就不强的光线更暗了。

我惊疑地蹲在地上，心里有些紧张。我没有轻举妄动，要和阴魂对话，最不能做的事情就是大惊小怪。

对于活人来说，阴魂是很恐怖、很阴暗的东西。可是，对于阴魂来说，活人也是很恐怖的。阴魂有阴力，活人有阳气，阴力一旦遇到阳气，双方无法和平相处，一般来说，都要闹到一方被中和湮灭才会停止。

这也就是说，只要一个人的阳气足够强大，那么，一般的阴魂想要对他产生什么危害还是很难的。因为，阴魂还没能伤害到他，就已经被他的阳气杀死了。所以，活人想要与阴魂对话，最需要做的就是小心谨慎，冷静沉稳。

阴魂也怕活人来害自己。一些阴魂其实是为了自保，才会做出对活人不利的举动。而且阴魂这样做，其实冒着很大的风险，毕竟阴魂的阴力有限，想要伤害活人就得耗损自己的阴力。

外面冷瞳的情况如何，我已经无法顾及。不过，我也知道，虽然冷瞳刚才的叫声很惊慌，但是应该不会出现什么大问题。现在泰岳还在外面，如果真有什么意外，他也会及时支援的。

这个时候，我不能心急，要先把面前的事情摆平。

我感觉到，后脑勺上传来了一片冰凉的触感。我并没有回头，并不是因为我害怕，而是担心我转头之后，呼出的纯阳之气会伤到她的元气。

我静静地缩身坐在地上，任由草叶在我身上攀爬。我微微屏息，全身上下释放出淡淡的热力，将那些草叶一点点地驱逐开，然后低沉着嗓子，不紧不慢地念道：

"太古之初，天生元极，

元极生阴阳，阴阳生三界，

三界生四象，四象生五行，

五行生六合，六合生七星，

七星生八卦，八卦生九宫，

九九归一，一切归于元极。

生从元极来，还归元极去，

一切凡尘过往，皆为虚妄，

大梦一场，转生伦常——"

在我的热力和咒语的双重催动之下，那些紧紧裹缠在我身体周围的香草叶终于缓缓退散，而那只搭在我肩头的手也缓缓缩了回去。

我听到一阵阵窸窸窣窣的声响，抬头四下看去，发现四周的草叶向中心收缩过去，都卷曲了起来，一起凝聚在我的身后。

我按捺不住心中的好奇，轻轻喘了一口气，一边念着安魂咒，一边缓缓站直了身体，向前走了几步，来到小屋子门口，这才轻轻转身，抬起手电筒向屋子中央照过去。

我这才发现，填充在小屋子里的绿色草叶，这个时候竟然悉数蜷缩到了屋子中央，形成了一个直径足有两米的绿色圆球。圆球完全由绿色草叶组成，里面的草叶还在窸窸窣窣地抽动着，似乎还在继续卷缩和聚集。

我疑惑地看着它们一点点缩小，最后，那些草叶居然变薄变细，都变成了只有毛发一般粗细。再接着，毛发粗细的绿色草叶继续收缩和坍塌下去，竟然回缩到了那个女尸的身体之中。

这时，屋子中央的地面上，已经不再是一个被草叶包裹着的草人，而是一具穿着一身白色连衣裙的新鲜女尸。

一阵轻轻的脚步声响起，一只小手从我身后伸过来，一把抓住了我的手臂。

我被吓得全身一震，回头一看，冷瞳正抱着我的手臂，站在我的身侧，有些异样地看着地上那具女尸，喃喃低声道："她，刚才看到我了。"

"嘘——"我连忙轻轻打断了她的话，轻轻抽出手臂，靠近她的耳边，低声道："我的阳气可能会冲到她，你的九阴之体对她正好有裨益。你过去，把那件尸衣给她盖好。"

"嗯。"冷瞳点头应了一声，轻轻走到女尸旁边，蹲下身来，轻轻地帮女尸拉下了裙摆，抚平了衣衫，然后拿过掉落在地上的尸衣，非常细心地把那个女尸遮盖了起来。

冷瞳做这些事情的过程中非常平静，似乎并不害怕。而那个女尸也相当配合，一直静静地躺着，没有再发生什么异常状况。

我拿着手电筒，一边帮冷瞳照亮，一边细细地观察着女尸，这才看清楚她的面容。我不得不承认泰岳的好福气，这确实是一个非常美丽的女人。她并不妖娆，却端庄典雅。她睫毛很长，皮肤虽然青白，却很细腻。

"呼——"小丫头将尸衣盖好之后，这才轻喘一口气，起身低声问道："哥哥，现在好了吗？"

"可以了，再帮我把这块黑布也给她盖上。"我将丢在旁边的背包捡起来，拿出一块事先准备好的黑布，递到冷瞳手里。

冷瞳接过黑布，将女尸从头到脚盖好，问道："那接下来我们怎么办？"

我微微一笑，说道："别急，还有一些时间。我们先做一些准备。"

我对她招招手，让她站到我身边，然后从背包里取出一根蜡烛，点了起来。

"哥哥，你这是做什么？"冷瞳好奇地问道。

"这个叫做鬼吹灯，是一种活人与亡灵交流的仪式。我点亮蜡烛，将它立在亡灵身边，然后和亡灵商量一些事情，询问它的心意，如果它同意的话，蜡烛就会正常燃烧，如果它不同意的话，蜡烛就会被阴风吹灭。"我小心翼翼地将蜡烛立到了地上。

冷瞳跟我一起看着那摇曳的烛火，问道：“你直接问不就行了吗？”

“我直接问也是可以的，不过，没有个信号，我怎么知道她到底同不同意我的话呢？”我说道。

“这个我知道啊，哥哥，你告诉我，你要和姐姐说什么，我帮你问她。她现在不就躺在我们的面前吗？”冷瞳眨着眼睛说道。

“你没听明白我的意思，我要通过烛火的亮灭，来判断亡灵的意见。”我强调说。

“哎呀，哪有那么麻烦啊，算了，既然你不说，那我帮姐姐问你好了，姐姐让我问你，你到底有什么办法让她活过来。”见我絮絮叨叨的，冷瞳索性小手托腮，越俎代庖地对我问道。

“好啦，我正忙着呢，你就别捣乱了，你先到一边去安静待一会儿好吗？”我说道。

“呼——”我这句话刚说完，突然一阵阴风猛然吹了过来，吹得蜡烛火光连续晃了三晃，差点就灭掉了。

我不觉心里一惊，有些生气地一边伸手去遮挡烛火，一边对冷瞳说道：“你看看，烛火都要被你弄灭了？”

“你说什么？是我把你的烛火弄灭了吗？”我的耳边突然传来一阵低沉又凄冷的声音。

我不觉一怔，连忙抬眼向冷瞳看去，一看之下，惊得浑身都出了一层冷汗。

我赫然发现，蹲在我身边的冷瞳已经不知所踪，换成了一个长发披肩、一身白色连衣裙，媚眼如丝，嘴角带着诡异笑容的女人。

女人含笑看着我，两只眼眸定定地盯着我，良久粲然一笑道：“小兄弟，我们又见面了。”

我怔怔地点点头，应了一声：“是啊，姐姐，你好，前几次多谢你帮我，那些草叶我一直带在身边，非常感谢你的馈赠。”

“没什么，举手之劳罢了，何况，我当初之所以这么做，也是有目的的。我早就知道你不是普通人，我知道你能帮到我。”女人微微一笑，问我道：“刚才没把你吓到吧？”

“没有，我胆子很大，从来都不害怕。”我有些装模作样地说，接着皱着眉头，四下看着，故意装出疑惑的样子，低声自语道：“咦，奇了怪了，这小丫头怎么一下子就不见了？跑哪儿去了呢？”

“不用找了，她马上就回来。”女人有些落寞地说，“今晚的事情，就拜托你了。我相信你肯定可以做到的。方晓兄弟，姐姐先对你说一声谢谢。”

“不用谢。”我的话音刚落，感觉面前一阵黑风弥漫，我再次定睛一看，我面前的人又变成了冷瞳的样子。

“好强的灵力。”我心里感叹，释然地松了一口气，低头吹灭了蜡烛，上前拉起冷瞳，说道：“好了，我们正式开始程序就行了。”

冷瞳还一脸懵懂地看着我，不知道发生了什么事情。“你问好了？”冷瞳问道。

“你真的不知道刚才发生了什么事情？她刚才上了你的身，你难道没有感觉吗？”我有些好奇地问道。

“没有啊，我刚才好像打了个瞌睡。”冷瞳打了个哈欠。

我皱了皱眉头，觉得这个女尸的灵力居然可以控制冷瞳的心神，力量之大绝非一般，不禁心中隐隐有了一丝担忧，总觉得哪里有些不对劲，可是又说不上来。我只好放弃了这个疑问，专心忙活起来。

我们将外面房间的床铺桌椅都搬进了小房间中，又将女尸平放到床铺上。我看了一下时间，点了三支清香，又画了几张避雷符，四下贴好，才将阴阳尺都拿出来，将尺子头对头，端正地摆放到桌案上。

我取出一只黑色瓷碗，放到桌子上，取出一根银针，对着食指一扎，将一滴鲜血滴到了黑色瓷碗之中。

我转身看冷瞳，发现她正好奇地看着我，对她招了招手，说道：“我九滴，你一滴。”

冷瞳不禁有些担忧地看着我道："泰岳大哥说我要滴八十一滴，那你不就是要滴七百二十九滴血了么？是不是太多了？"

"没关系的，七百多滴也没有多少，最多两三百毫升，对身体没有影响的。"我微微一笑，安慰她道。

夜，很深沉，屋子外面很安静。天空一片肃杀的黑暗，地面风声飒飒。

篱笆小院里的那盏摇曳的烛光早已熄灭，泰岳也不知所踪。

我站在香案前，手里捏着银针，手指放在瓷碗上方，一滴滴地向瓷碗里滴血。九滴血滴完，那些血滴汇聚成了一层血色流质，我轻轻喘了一口气，转身对冷瞳点了点头。

冷瞳连忙走了上来，伸出雪白的小手，将食指放到瓷碗上方。我捏住她的葱指，银针在她的指肚上扎了一个小口，瞬时，红色血丝流出，在指肚上汇聚成一小团鲜红血滴。

我扭头看着冷瞳，发现她紧紧抿着小嘴，眉头微皱，似乎有些疼痛。我轻轻用银针拨动那个血滴落入黑色瓷碗。

"扑——"血滴入碗，与我先前滴进去的九滴血会合。

"簌——"一声轻响，我低头看碗中的鲜血，赫然发现，碗中的那些鲜血呈现出非常奇异的景象。我的鲜血竟然都以冷瞳的那滴鲜血为中心，凝结成了晶莹的雪花形状。

第十三章 天谴炼狱

这结晶状态的冰花持续了一会儿，就开始融合，最终所有血液汇聚到中心，与冷瞳的血滴完全融合在一起，将她血液之中的冷寒之力稀释了。

九阴之血果然不同凡响，它所蕴含的阴寒之力绝对不是普通人能够抵御的。我用九滴血才能够化解她一滴血的阴力。好在我的血量充足，不用担心自己会流血过多死掉。

瓷碗中的血液融合着，如同拥有生命的小蛇一般，形成了一道道曲线，最终完全融合在一起，血液的颜色变得有点幽蓝泛金了。

我心里一阵窃喜，知道这是已经处于阴阳平衡状态的精华之血，连忙从背包里取出注射器，将那些血液抽了起来，然后走到女尸身边，轻轻地将女尸的手腕拉过来，找准血脉，将精华之血注射了进去。

如果想要让尸体复活，最起码要有血液循环，所以，我就想到了这个办法。

精华之血注射完毕，我又滴出了九滴血，冷瞳也滴了一滴。然后就再次用注射器抽取精华之血注射。就这样一共注射了九次，注射到左右手腕、天灵、眉心、颈动、大椎、天枢、丹田、足心九个穴位。在这些身体重要的穴位都注射了精华之血，使得女尸能够启动生命之力。

我这才松了一口气，轻轻擦拭一下额头的汗水，将注射器丢掉，又将阴魂尺和阳魂尺拿了起来。

“还剩下最后一道工序了。”我将阴魂尺轻轻放到女尸的右手，让她握住，将阳魂尺放到她的左手，又招呼冷瞳过来，我们各自在阴魂尺和阳魂尺的嵌珠槽里滴了一滴鲜血。

我领着冷瞳退到香案后面，静静地等待异象产生。

但是，等了好半天，女尸没有任何变化。冷瞳不觉有些怀疑地拉着我的手，低声问道：“哥哥，怎么还没反应，你这个办法会不会没有效果？”

我有些心虚地说：“耐心等等吧，阴阳尺的力量不容小觑，现在应该已经产生作用了，只是我们看不出来罢了，等下有雷电落下就更好了。”

“真的会有天雷降落下来吗？”冷瞳有些疑惑地问。

“当然，我已经算好了，而且落下的地点就在我们脚下。”我很自信地说，转身从背包里掏出最后一件装备——蓄电池。

这个蓄电池并不是用来照明的，而是用来起搏的。我把连接正负极的电线插头拿了起来，小心翼翼地将负极的插头连接到阴魂尺上，将正极的电线插头连接到阳魂尺之上。我稍微退后几步，这才有些紧张地伸手按下蓄电池的开关。

一旦开关按下，蓄电池里的电流就会流进阳魂尺，经过女尸的身体，流进阴魂尺，再回到蓄电池之中。电流会极大地刺激阴魂尺和阳魂尺里所蕴含的灵魂力场，能把它们释放出来。

“啪嗒”一声，蓄电池开关按下了，一阵嗡嗡的低沉响声，蓄电池运转起来，开始对外输送电流。

阴魂尺和阳魂尺内部蕴含的强大灵魂力场释放出来，尺身上发出一层淡淡的青色光芒。一直静静躺着的女尸似乎轻轻地动了一下，胸口微微起伏着，似乎在呼吸。

蓄电池的电流持续释放着，阴阳尺的光芒大盛，熠熠生辉，最终连成一片，完全将女尸笼罩了起来。

由于女尸蒙着黑布和尸衣，所以我看不清女尸的状况。女尸的身体缓缓地向上拱起，似乎在痛苦地挣扎着。随即，女尸忽然松垮下来，传来“咕——咯咯咯——”一阵声响。

我心里一紧，因为，那个声音是从女尸的嗓子里发出来的，听起来好像是有人紧紧掐着她的脖子，使得她说不出话来。

“呼——”一阵阴冷的黑风猛地将蒙在女尸身上的黑布和尸衣吹翻开了一大块。

“啊——”冷瞳不觉发出了尖叫。

“不要怕，这是血变！”我连忙将她搂进怀中，不让她去看那女尸的状况。

“哥哥，真的没事吗？这样子好吓人。”冷瞳缩在我的怀中，有些紧张地问道。

“没事的，这是正常状况。”我定定地看着床上躺着的女尸。

女尸的上半身露出来了，已经面目全非了。女尸的脸上布满血色印痕，如同一条条红色小蛇，在女尸的皮下扭动着。而且，女尸的全身应该也都爬满了这种血色小蛇，有的深入到了皮肉之中，有的四下游走。

我松了一口气，这个场景是我早就预料到的。那些钻腾缠绕的血色小蛇，正是我注入的精华之血。

阴阳尺的灵魂力场具有强大的疗伤之力。现在，女尸正在接纳这些精华之血，为接下来的生命重启做准备。我相信，只要力量足够，要不了多久，女尸坏死的器官将会修复到原本鲜活的状态，如同新生婴儿的内脏一般，重新获得生机。

女尸皮下的血色小蛇一点点变细，一点点融入女尸的躯体之中，女尸脸上的气色渐渐泛红，喉结开始轻动，渐渐恢复了生命迹象，我心中很是激动自得。

我马上就要成功了！

“呼呼呼——”阴阳尺强大的灵魂力场围绕女尸，形成了巨大的太极光影图案，飞速旋转起来，对女尸的身体进行着修复。四周的空气也跟着扯动起来，形成了一股龙卷风。

“呼呼呼——”强力的龙卷风一开始还只是局限于小屋子里，很快就已经扩大到屋子的外围，开始席卷整个山林。龙卷飓风的力量越来越强，最终变成了一道粗大的黑云风柱！

在这强大的风力之下，小木屋如同碎纸片一般被一扫而空，飞散到黑暗如墨的苍穹之中。

我们紧紧地相拥着，置身在狂风呼啸、沙尘漫天、落叶乱飞的荒山野岭之中。我们处于龙卷飓风的中心，所以，并没有被飓风吹卷起来。

我们周围就是一层黑色的风障，一时间，感觉整个世界都在旋转，气氛紧张凝重。

“哥哥，这是怎么回事?”冷瞳有些惊慌地问我。

“没事的，等等就好了，阴阳双尺力量强悍，这一次又是大规模释放，引起一些异象是很正常的。”

这时，女尸的胸口有规律地起伏着，已经恢复了生命状态。

我心中一阵激动。突然，一声炸耳巨响猛然传来，一道刺目的闪电划破苍穹，刺劈了下来。

“哥哥，闪电来了！”冷瞳惊呼。

“不对，快躲起来！”我想到了什么事情，不觉一把抓住冷瞳的小手，转身和她一起钻到了女尸的床下。

“咔嚓”一声震响，一道刺目的闪电在距离我们不远的地方劈下，把一棵粗大的柳树劈成了两半。

“哥哥！”冷瞳看到了那道妖异的闪电之力，不禁惊得浑身瑟瑟发抖，死命地抓着我的胳膊。

坏了，我千算万算，把自己给算漏了。现在的闪电，已经不是普通的闪电了，而是雷劫！它们要惩罚我，我这次不但逆天改命，还逆天而行，将死人复活，这种罪过引起的雷劫，会在女尸真正复活的第一时间，就将我劈死！

天机不可泄露，生命不能重来。想要救回一条人命，就必须要付出一条人命，轮回之道，无人能够撼动！但是，我却明知故犯，欲与亘古不变的天道相争。五雷轰顶，我在劫难逃了！

“咔嚓——咔嚓——”一道道闪电厉声劈下，一点点地向我靠近。

狂风呼啸，龙卷通天，山林万树摧枯拉朽一般断裂，白茬断桩如利剑一般，直指天空。

我的头顶上，金蓝相间的光芒还在急速闪动着。阴阳法阵已经顺利开启，只差一点点时间，女尸将会完全复活。

这一刻，我的心海之中巨浪滔天，翻腾不止。没有人会不珍惜自己的生命，我不怕死，但并不意味着，我会用自己的生命去换别人的生命。

我在犹豫，我在挣扎，我在艰难地抉择着。

这个时候，只要我一伸手，就可以关掉蓄电池的开关，也可以将阴阳双尺抽回来，从而终止阴阳法阵的运转。如果女尸没有复活，我就不会再遭到天谴，那些闪电就会远离我。

到底该怎么办？是中断法阵，保全自己，还是继续逆天而行，坚持到底，牺牲自己？

“咔嚓，咔嚓——”木屋被吹飞之后的残破地基被击打出了两口大坑，闪电带起的碎泥飞到了我们身上。

我紧咬着牙，两只拳头捏得咯咯响，紧张得连思考的能力都没有了。

最后一刻，我果断下定了决心：坚持到底，绝不放弃！

“冷瞳，脱！”我一把抓住冷瞳的衣衫，猛烈撕扯着。

“哥哥，你做什么?!”冷瞳被我的狰狞惊呆了。

“如果你还想再见到我，那你就脱衣服！”我没有时间解释了。

普通女人的天眼避污之力，只有一成，而冷瞳是九阴之体，所以，她至少有九成。这是不幸中的万幸。现在，我只能将一切希望都寄托在冷瞳身上了，希望她能够帮我挡住夺命的天雷！

我粗暴地将冷瞳身上的衣衫扯下来，将她剥了个精光，抓住她的手臂，看着她的眼睛，满脸希冀地说：“现在，我全靠你了，你一定要帮我顶住！”

“哥哥，不要说了，你放心吧，我一定会顶住的！”冷瞳果断地从床底出去，赤身坐到床边。

“咔嚓——”一道闪电险而又险地掠过头顶，震得我耳朵轰鸣。

闪电过后，我抬眼去看，冷瞳坚定不移地坐在床上，她肯定也非常惊恐，却没有动摇。我不觉松了一口气，心有余悸地抹了抹额头的冷汗，连忙从床底下钻了出来，开始忙活起来。

时间不多了，女尸差不多要完全复活了，我必须采取一些措施。

冷瞳全身一丝不挂，蓝发在风中飘扬，闪着幽蓝的光亮。她给我争取了宝贵的时间。

我关掉了蓄电池，笼罩在女尸周身的阴阳法阵也瞬即消失。但是，天雷并没有退去。

我收起阴阳尺，揭掉了女尸身上蒙着的黑布，又把尸衣扯了下来，披到自己身上。

然后，我俯身撕扯女尸的衣衫，如同先前撕扯冷瞳的衣衫那般粗暴。

“嫂子，对不起了，先借你的身体一用！”我在心中大喊着，三两下已经将女尸剥光了。

“咔嚓——”一道闪电近在咫尺劈下，将地上的泥土掀起了一片。

在闪电的照耀下，我这才看清楚，此时躺在床上的女尸肌肤鲜嫩如婴儿一般，全身素白光滑，胴体丰盈细腻。

“咔嚓！咔嚓！”闪电连番劈下，声势摧天裂地，四周更是狂风呼啸，寒气逼人。

冷瞳天生体寒，但是在这狂风之中，也被冻得瑟瑟发抖。小丫头紧咬嘴唇，没有一点儿退缩的意思。

“再坚持一时三刻，如果能够躲过去，那么我们就成功了！”我大喊道。

“你快躲起来！”冷瞳皱眉喊道。

“妹子，谢谢你！”我忍不住紧紧地抱了她一下，转身想要再钻到床底下。

就在我转身的一刹那，猛然看到床上躺着的女人身体上泛起了一抹绿色光芒。我不觉一愣，仔细一看，居然是一颗绿莹莹的珠子。

“凝香珠?!”我才想起来，原本这个女人的身体中是长着一棵山香草的，后来山香草缩到了体内。我以为山香草已经完全和这个女人融合在一起了，原来是凝结成了一颗晶莹翠绿的丹珠。

山香草本来就已经是阴力滋润之下才能够生长出来的灵物，现在结成了丹珠，那效力可想而知是多么强悍了。山香草的作用原本是醒神、辟邪、解毒，现在估计就成了鬼神难近、可解百毒的宝贝了。

我不假思索地伸手就去拿凝香珠。没有想到，一道黑影突然出现在我面前，一只大手，快我一步，将那颗凝香珠抓进了手心。

我不觉一惊，抬眼看时，发现来人是泰岳。这个混蛋，恰恰在这个关头出现了，而且还将我想据为己有的宝贝给抢了。

“你!”我愤怒地咬牙看着他。

“少废话，先保住你自己的命再说吧!”泰岳抄手从床上将女人抱了起来，转身飞奔而去，很快就消失在茫茫夜色中。

见到泰岳飞奔而去的身影，我真是有些后悔自己冒了这么大的风险去帮他救人了。我真是瞎了眼了，竟然连续两次上了这个混蛋的当!

“该死!”我愤恨无奈地紧攥拳头，心中问候着泰岳的祖宗十八代之后，才恨恨地再次钻到床下。

“咔嚓!”我刚刚钻到床下，闪电居然加大了力度，而且更靠近了我们，几乎就是直对着床劈击下来了。

“咔嚓!”一道闪电击中了木板床，木板床瞬间黑烟冒起，燃起了熊熊大火。

“啊——”帮我挡着天雷的冷瞳终于尖叫出声，从木板床上跌下来。

又一道闪电瞬息而至，将木板床击得片片粉碎，木屑四下纷飞。我立刻完全暴露在旷野之中。

我除了那一身被劲风撕扯得有些碎乱的尸衣之外，已经没有任何可以对抗天雷、可以逃避劫难的东西了。强风迎面吹来，我缩身坐在地上，扯着身上的尸衣，绝望地向天上望去，心中只剩下了无奈的叹息。看来，这一劫是躲不过……

我干脆放下了希望，深吸一口气，低下头，静静地等待着五雷轰顶的天谴。

这时，我的眼前突然闪过一片素白光芒。被雷电掀飞出去的冷瞳，此刻竟然跑了回来。

“躺下！”冷瞳一把将我推倒在地，接着一下骑坐在我的胸口之上，身体后仰，两只小手撑在我的肩窝，蓝发飘在我的眼前，就这样挡着我的身体。

我的心中猛然一震。冷瞳为了我，居然甘愿冒这么大的险。我这次的罪孽太大了，区区天眼避污根本就挡不住天雷劈击。

“咔嚓，咔嚓！”果然，冷瞳刚在我身上坐下，数道雷电追命一般劈击下来，将四周的土地几乎都翻耕了。

就在我们的头顶上，数道巨大的闪电已经汇聚到了一起，看样子几乎可以劈翻整个山头了。这是想要一击毙命，将我和冷瞳一起消灭掉了！

“不要！你快走开！”我再也无法安然躺在地上，我躲不过这一劫了，不能连累了冷瞳。

我猛地挺起身体，一把将冷瞳推翻出去，接着跳了起来，只身去迎接那巨大无匹的天雷闪电。

“咔嚓！”巨大的闪电光柱如同从天而降的降妖之剑，直刺我的胸前，闪电光芒笼罩住了我的身体。

一瞬间，我感觉不到身体了，眼前只有一片闪烁的白光。整个世界都安静下来，一切都消失了。

此时，我已经有死亡的觉悟了。我还有些不甘心，九阴鬼域的未解之谜，崩血之症的解除方法，西伦古海的未尽之行。

但是，方大同就要消失了，所有的故事就要终结了。

我落到了地上。我竟然睁开了眼睛，看到了一片“绿天”。

一大片透着光亮的绿色，翠绿晶莹的绿色，悬立在离地一丈高的半空，如同一张巨大的荷叶挡在我的上方。

我满心惊疑地举目四顾，这才看清楚状况。原来，这不是荷叶，也不是擎天巨伞，而是一颗巨大的绿光闪烁的圆球。

这个圆球似乎是中空、由草叶编成的，它闪着翡翠一般的光芒，在风中抖动旋转着，就在我还没有回过神来的时候，只听“呼啦”一声，圆球的上方猛然迸发出一片刺目的焰火，瞬间吞噬了整颗圆球，变成了一团炽热的火球。

“快闪开！”一个声嘶力竭的尖叫声从远处传来。

我扭头望去，距离我不到十米远的地方，一个黑发如瀑、全身一丝不挂的女人正在挥手对我大叫着。

“闪开？”我苦笑一下，全身一软，闭上了眼睛，准备迎接天火的洗礼。

闪电已经让我全身都烧得一片焦黑了，我看到自己身体的皮肉已经有一大半都熟透了。这种情况下，我怎么可能还能行动？

“哥哥！”就在我已经完全放弃的时候，一个清灵的声音在我耳边响起，我觉得自己的手臂被扯断了一般，一股钻心刺痛传来。我睁眼一看，冷瞳跑到我的身边，想将我救出去。

但是，冷瞳的力气太小了，她拉着我的手臂想把我拽起来。一拽之下，非但没有把我拉起来，反而把我小臂上的一层熟透的血肉撸了下去。

“哧”一声轻响，血肉一撸到底，皮肉外翻，露出了一条白骨森森的手骨。

“啊！”冷瞳惊得发疯般大叫，昏死了过去。

就在巨大的火球还差半尺就落到我们头顶的时候，突然侧面一阵风卷来，我感觉身体如同断了一般，有人拦腰把我抱了起来，飞速离开了大火球的陨落范围。

“山香草也是生命，以命换命，总算给我留下了一线生机。”我立刻明白了是怎么回事。

在最后一刻，泰岳一手抱起我，一手拉着冷瞳，而那个替代我承受了闪电之力的绿色巨球，正是那颗山香草凝聚而成的凝香珠。

泰岳将凝香珠抢走的时候，我还恨过他，没想到，他带着凝香珠回来救了我一命。而那颗凝香珠，在天雷轰击之下，彻底灰飞烟灭了。

山香草凝聚成了丹珠，就如同一颗种子，可以在适当的环境和条件下重新生根发芽，生长起来。但是，现在它补偿了本应由我来还给苍天的生命。

随着山香草的逝去，闪电没有了，狂风停止了，一片狼藉的山顶密林恢复了宁静。

由于伤势太重，我早已不省人事，昏死过去。

当我醒来的时候，是躺在一间设备齐全的豪华病房里，我的身上插满了管子，就好像我是一部机器一般，正在艰难地运行着。我的周身绑缚厚厚一层纱布，像个木乃伊。

我侧头向外看去，发现病房的玻璃门外，挤满了张牙舞爪的人影。我现在觉得有些丢脸，虽然这一次完成了一个壮举，却落了个全身焦煳。

“啪嗒——”一声轻响，病房门被推开了，一张张熟悉的面孔接连涌了进来。

最先扑过来的是冷瞳，小丫头吓坏了，她走到床边的时候，全身无法抑制地发抖，泪水从脸颊上滑落下来。她紧紧地捂着小嘴，一句话都没能说出来。

我知悉她的心声，不觉对她眯了眯眼睛，想给她一个安慰的微笑，可是我的脸上缠着纱布，使得表情有些莫名其妙。

紧跟着进来的是泰岳。这家伙脸上没有多少表情，脸有些僵硬，似乎对我的死活并不是很关心。但是，他走到病床前时，竟然单膝跪到地上，怔怔地看着我说：“兄弟，此恩永世难报！”

我越过他的身影，在他的背后看到了一个脸色白净、身材窈窕、端庄秀丽的女人。女人也在看着我，她有些紧张，一双手不知所措地捏在一起，怔怔地愣了半天之后，才断断续续地对我说：“谢，谢谢你，方晓兄弟。”女人也学着泰岳的样子跪了下去。

我不禁想和他们说话，这猛然扯动了脸上的伤口，疼得我全身都抽抽了。无奈之下，我只好勉强抬起裹满纱布的手臂，对他们挥了挥。

泰岳和女人对望了一眼，一起站了起来，又对我说了一大堆感谢的话，然后泰岳轻轻挽着女人的手，退了出去。

“呜呜，嘤嘤——”冷瞳站在我的床边，还在不停抽泣着。

我不禁一阵心疼感动，只好忍着疼痛，伸手碰了碰她的手臂，“呜呜”地哼了几声。

冷瞳这才平复了下来，搬了一张椅子，在床边坐下，想多陪伴我一会儿。

这时，医生护士也知道我醒过来了，他们毫不客气地把冷瞳赶了出去，然后把我推进手术室进行手术。

我不觉有些生气，忍不住“呜呜呜”叫了几声。医生自然没有理会我，接下来，他们给我动了手术。

在动手术之前，他们给我打了麻醉剂，但是，麻醉剂对我来说根本就没有作用。我不得不忍着剧痛，一直熬到手术结束。

他们给我做的是一小块皮肤的植皮手术，如果他们是做大手术的话，我可能会活活疼死。我不禁想到，我现在几乎全身皮肤都烧伤了，必须换上新皮肤，难道我就要这么强忍着一次又一次的剧痛吗？

我不敢想象那种漫长的痛苦，与其忍受这种无尽的折磨，我还不如直接死了爽当。

我的恢复能力虽然强，但那是以血肉和内脏并没有遭到质的损伤为前提的。现在我周身都被烤焦了，我的恢复能力再强，也不可能自行生长出新鲜的血肉和皮肤，想要恢复的话，必须借助外力。只有通过植皮手术，我才能重新变成一个“人”。

这一刻，我真的绝望了，我害怕了。没想到，我百毒不侵的体质，最后却变成了一把双刃剑，成为带给我无尽痛苦的根源。

看来，这是上天对我的又一次惩罚。天谴，到了这个时候，压根儿就没有过去。

我虽然捡回了性命，却也因此遭遇漫长的折磨和痛苦，这可比一下子将我杀死难受多了。

天谴的最高级别——无尽炼狱，那是逆反了天道、作恶多端、屠害人间的妖魔精怪才会遭受的顶级天谴，现在却降临到我的身上。看来，注定的事情，果然是无法逃脱的。

这个时候，我是多么希望自己是可以被麻醉剂这种药物作用的，那样的话，我就可以美美睡觉，醒来就会发现皮肤恢复如初了。

不过，这是不可能的，我有所得，就必有所失，现在也只能认命了。

我的病房里人来人往，非常繁忙。

冷瞳、泰岳和那个刚刚复活的女人，是他们把我送到医院的，他们怎么也不愿离开，而且，其他人要想来看我，必须得经过他们的允许。

我已经知道那个陌生的女人叫明香。这些日子以来，她跟随着泰岳进出病房，偶尔说一两句话，已经和我熟悉了。明香沉静端庄，有一种超凡脱俗的气质，仿佛山间的白海棠。

我在沭河市最好医院的最好病房里，给我治病的医生也都是烧伤科专家，还有从外地请过来的。不过，这些专家面对着我几乎全身都烧得半生不熟的烂肉时，也是一筹莫展。普通人在这种情况下早就死了，现在的我已经是一个医学奇迹了。

而且，我马上就要转院了，之所以没有立刻离开这里，其实只是因为，对于把我转到南城还是转到北城，有截然相反的对立意见。

主张把我转回南城的人，以林士学、二子和泰岳为首。他们认为我的伤势太重，不适宜长途奔波，虽然南城的医疗水平比不上北城，但是以林士学的能力，可以给我请到最好的医学专家。

主张把我转回北城的人，就是玉娇莲和薛宝琴等人了。玉娇莲那边，陈邪和胖和尚都来了，简直是来和林士学抢我回去的。

这两派人争执得脸红脖子粗，谁也不让谁。而还有一些没有参加争执的中立分子，就是冷瞳、玄阴子和李明香。最后，冷瞳表现出了很强的能力，在她的一力安排下，我被转到了南城最好的医院——中大医院。

进入中大医院之后，正式治疗过程就展开了，我也开始了漫长的炼狱。治疗期间，冷瞳等人一直在病房守护着我。

后来我才知道，那些给我换的皮，是以我自己的皮肤细胞为基础，在实验室里大量培养出来的。国内还没有这么成熟的技术，所以都是在国外实验室培养好之后再空运回来的。

一直在国内外来回奔波，为我这个事情忙碌的就是徐彤。师门里的资产都被倒腾光了，好在玉娇莲会经营，又让产业活了起来。

我卧病在床的时候，冷瞳会给我读报纸，和我一起看电视，她非常喜爱这个喧嚣的城市，每天都会给我讲很多她觉得新奇的事情。

除了照顾我之外，冷瞳还经常去看望姥爷。她说，姥爷的身体每况愈下，情况不太好。卢朝天教授也来看过我几次，也说了姥爷的情况，如果再耽搁下去，恐怕就没救了。

现在我如果想要救回姥爷，就要打破时空，使得姥爷的血肉不再被那个时空吸收过去，再休息疗养才能恢复。我觉得不能再耽搁了，必须尽快启程，前往西伦古海，找到那部神秘机器，用它来消除雷鸣电网，清除九阴鬼墟。

我遭了很多罪，等到身体康复出院时，已经过去一年时间了。

这一年来，阴阳师门的产业在玉娇莲的经营管理下蒸蒸日上，海外市场得到了拓展，资产翻了好几番，现在我的身家很丰厚了。而徐彤成了陈氏集团的顶梁柱，两位大美女成了我的左右手。

林士学在这一年里又高升了，成了副省长，出人头地指日可待。薛宝琴和林士学结婚以后，开始退居幕后，而林士学在她的支持下风生水起。

玄阴子最近经常去看姥爷，坐在姥爷床边说一大堆话。玄阴子的崩血之症也变得严重了，所以，他也希望我早点康复，好想办法帮他消除崩血之症。

二子和胡子在这一年里，也各自完成了一件大事。

二子结婚了，女方是薛宝琴介绍给他的，是个名媛，长得很漂亮，结婚之后没多久就怀孕了。这可把二子乐呵得脸都开花了，每次来看我都笑眯眯地吹牛说他肯定会添个儿子，以后会像林士学那样当大官。

胡子呢，则彻底离开了那两个黑白老怪，搬到城里来跟着我混了。他说两个老头儿越活越有劲头，决定各自回师门去了。

泰岳后来就很少来看我了，但是每次来都会带一些野味给我。

冷瞳本该去上学的，可是这丫头不想离开我，不想让我一个人寂寞，所以，她一直陪着我，她的课程就由我来亲自传授了。

冷瞳十四岁了，长高了不少，由于营养好，人也胖了一点儿，肤色更加水灵通透。冷瞳进入了青春期，几乎是一天一个样，腰是腰胸是胸的。她开始爱美了，很喜欢照镜子，也喜欢买漂亮的衣服。

每次看到冷瞳，我心里都很甜蜜，感觉就像是看着自己一手带大的妹妹一般。这个时候，我已经基本认定冷瞳就是我的唯一。我们就这样亲亲密密地相处着，日子过得平静而美好。

我养了一年伤，吃饱了睡，睡饱了吃，人胖了不少，个头也长高了。能下床之后，我便加紧锻炼身体，因为我知道，不久的将来，就要面对不可预料的危险，这样的身体素质可不行。

第十四章 活石像

我出院回到紫金别墅后，一边每天锻炼身体，一边着手安排接下来的行程。

要跟我一起出发的人员已经定下来了。首先，自然是冷瞳和胡子。胡子带着鬼猴二白，这段时间在城里早就憋坏了，巴不得出去转悠。还有就是泰岳和李明香，他们是为了报答我的恩情。本来我的意思是让泰岳好好在家待着陪老婆，不要和我一起出去冒险，结果这家伙眉头一横，把媳妇也带过来了，非要和我一起去。见他这么坚持，而且他的实力很强，我也乐得有他们加入，能增加胜算。

玄阴子最近身体状况不好，不过还能行动，而且他确实想给我帮忙，也算是给自己救命，所以，他坚持要和我一起去。二子结婚了，被媳妇管得死死的，还在林士学的安排下当了区长，工作很忙，这一次就不能和我一起去探险了。

玉娇莲早就给我的探险队准备了顶级考古装备，因为路途遥远，这些装备放在了乌齐市。她还从科学院请来了一位专门研究西部文化的考古专家，给我们的队伍当向导。考古的审批当然就由薛宝琴搞定了。

现在万事俱备，我也已经恢复了体力，如同下山猛虎一般，急着要一展身手了。于是，我一声令下，大家就出发去探索那充满未知之谜的西伦古海了。

我们从南城直飞乌齐市。我一下飞机就看到，玉娇莲带着人在等我们。

“哎呀，这位就是冷瞳小妹妹吧，快让姐姐看看。”玉娇莲看到冷瞳，很开心地拉着她的手，嘘寒问暖。

冷瞳自然听我说起过玉娇莲，她上下打量着玉娇莲，粲然一笑道：“娇莲姐姐，你真好看。”

我招呼众人道：“大家都上车吧，准备出发啦。胡子，你把二白看好，别让它乱跑了。”

“放心吧，就算你丢了，它也丢不了。”胡子笑道。

从乌齐市开始，就只能靠我们自己开车前进了。西部地区气候干燥，地广人稀，没有去过沙漠的人，根本无法想象赤地千里、黄沙漫天的荒凉。

我们的车队从乌齐市出发时是早上七点，太阳从地平线上费力地往上爬。虽然在市区，可是到处都是尘沙飞扬。我双手掌着方向盘，死死地踩住油门，任凭车子如同凶狂的猛兽一般，在宽阔空荡的公路上飞驰。

我们出了市区，沿着国道前往哈密市，除了路两侧的耐寒胡杨之外，四野罕见绿色。到处都是土黄色，虽然不是沙漠，大地却已经严重沙化，连绵不断的山头，典型的风化地貌。

风很大，沙尘掩盖了公路沥青的颜色，公路也是土黄色的，车子行驶时就如同火箭弹，拖着长长的尘烟尾巴。

一路上很少见到人家，只是偶尔在小山窝里见到一两座孤零零的低矮民房，房子也土里土气的，屋檐几乎低到了地上，窗户根本就是一个黑色出风口，一眼望去，如同埋在沙堆里的骷髅眼眶一般凄凉。

又开了一段时间，总算偶尔看到山上长着稀疏的树，有些草皮覆盖，上面爬满牛羊。

继续往前走，路两边林立着冒着浓浓黑烟的烟囱，烟囱下是一排用红砖垒建而成的围墙，围墙里好像是厂区。想必是西部大开发，一些投资者来这里挖矿开的厂。

我们的车队一共有三辆越野车，我开的是第一辆车子，同车的是冷瞳、玄阴子和那个请来的考古专家。

考古专家叫吴农谷，六十岁左右，经常来西伦古海附近考察，对当地情况极为熟悉。他高高瘦瘦的，勾着头，刀条脸，穿一身中山装，一看就是老学究。

第二辆车上是泰岳夫妻俩。最后一辆车子是胡子开的。胡子本来不会开车，我临行前才把他教会了。这并不是因为胡子天赋高，完全是因为，在这个人烟稀少的地方，驾驶汽车并不困难。

我们的装备分装在三辆车上，几乎把车厢都填满了。一路上，我们遇到了几次哨卡，都顺利地放行了。

我们花了大半天时间，到达了哈密市。

当地人很热情的，我们吃拉面的时候，一个哈吉老爹过来游说了好几次，想让我们去他开的小旅馆住一晚上。他告诉我们，海里有狼，还有怪兽，沙漠巨蜥之类的，总之很不安全。

哈吉老爹所说的“海”，指的就是西伦古海，虽然说这海里只有沙子没有水，但是当地人叫习惯了，依旧把那个地方叫做海。

对于“海”，当地人是很有感情的，他们说，当年海里还有水的时候，这儿是一片绿洲，牛羊成群，繁花似锦，但是这么多年下来，由于过度放牧和人口的增加，水源的破坏越来越严重，最后海变成了一片沙漠。西伦古海，这个曾经有“沙漠明珠”之称的内陆海水，就融入了广袤的塔干拉玛沙漠之中了。

塔干拉玛沙漠处于塔里木盆地东侧，地势平坦，这里就是戈壁和黄沙。戈壁滩上遗留着河流当年流过的痕迹，有些地方还有一些贴着地皮生长的细小蓟草，沙丘上有一撮撮荆棘，据说那是寻找水源的风向标。

我们没有久待，向西伦古海开拔了。我们进入戈壁滩时，已经是下午太阳快落山了。幸好吴教授认识路，他说在沙漠深处有一个可以宿营的地方，我们赶到那里就可以停下来休息。

太阳很快就西沉了，大地笼罩着一层灰色，风吹得更猛了，沙石乱飞。

“会不会有沙尘暴？”胡子在对讲机里问我。

“北城才有沙尘暴，这里叫沙暴！”我笑道。

“听说沙暴很凶残的，咱们要不要先停下来，等风沙过去了再走？我听着这风声有点鬼叫的感觉，愣是瘆人。”胡子说道。

“对啊，还有多久才能赶到营地？吴教授，那个地方到底是什么情况？”泰岳的声音也传来。

“是个小镇。”吴教授有些感叹道，“全镇只有两百号人，都是盐碱矿上的工人和家属。这个小镇就叫古海镇，那里的人口流动比较大。”

“古海镇？那边有没有水源？”胡子有些疑惑地问道，“生活条件怎么样？”

“没有水，什么都没有，沙漠中心地带，条件能好到哪里？住房都是木板小屋或者窝洞，食物和饮水都是从外面运进去的。那边有个部队驻扎，定期补给食物和饮水，镇上的人也是靠部队的补给。”吴教授继续介绍道，“那个地方可以上网，不过都是无线的，通讯还算方便，手机有信号，固定电话也可以打。”

“好吧，方晓同志，你听到了吧？是不是很激动很振奋？”胡子在对讲机里调侃道。

大漠夜色苍茫，到处都是样子差不多的沙丘和风化峭壁。在这样的地方，如果不熟识环境，是很容易迷路的。

从哈密前往古海镇，已经没有公路了，只有被风沙掩埋了大半的模糊不清的土路。吴教授说，这些土路都是驻地部队和矿上的工程队一点点踩出来的。这条路十天半个月难得走一次，这个地方三四百公里内渺无人烟。

“等下咱们要是在路上看到行人，是不是就证明那个人不是人，是鬼怪?”胡子开着玩笑道。

“差不多吧，就算不是鬼怪，那也肯定不是凡人。”吴教授难得笑了一次。

“说不定是神仙呢。”泰岳嬉笑道。

大家用对讲机说笑着，气氛略微轻松了一些。三辆车子拉着烟尘，在荒凉的沙漠古道上一路开着，直到深夜时分，都还没有到达吴教授说的那个古海镇。

天色很黑，有些云层，星月不明，光线暗淡，再加上风沙有些大，我们循迹而行的沙道越来越模糊，最后都快辨别不出来了。

到处都是连绵不断的沙丘，我心里顿生紧张，意识到，这样走下去很有可能会迷路。指北针已经派不上用场了，因为，就算能够辨清楚方向，但是距离太远，还是有可能会走错方向，说不定会误入死地。

我关掉了对讲机，问吴教授大概还要多久才能够到达古海镇。

吴教授显然明白我的担忧，不觉微笑一下，安慰道：“放心吧，很快了，还有几十公里就到了，最多也就一两个小时吧。你不用担心，这条路我走过很多次，从来都没有出过问题。因为，这条路是笔直的，是正南正北的路，我们现在一路向南开，绝对没有问题的，不信你看这张地图。”吴教授打开了地图，又拿出了指北针，用手电筒照着，对我解释了一番。

我发现那并不是一张标准地图，而是手绘的粗糙地图，地图的范围基本就是整个西伦古海。想必，这张地图是吴教授根据自己多年的经验自行绘制的。

在莽莽的沙漠之中，最缺少的东西其实不是水源，而是地标，也就是说，想要绘制一张沙漠地图其实是非常难的。因为，在沙漠里到处看起来都一样，想要标明某个地点的所在，只能使用经纬度，而不能使用地标作为参考物。

让我感到奇怪的是，吴教授的手绘地图上，却标了好几个地标。最中心的地标当然是古海镇，在古海镇周围又有几个地标。这些地标都有名字，叫双生石像、老人峰、部队驻地、鸡皮荆棘层、小河墓地、古族遗址等。

我不禁好奇地问："这是你自己手绘的吧？应该没得卖，对不对？"

"有是有，只是没有这么详细，市面上卖的那些，只有几个有人居住的地标，然后用几条线连接了一下，让人知道怎么在这几个地方之间走。他们不会把没有人居住的地标画出来，就是不想让探险者迷失方向，以为那个地标有人，结果过去之后，却发现那里什么都没有，只能活活饿死、渴死。"吴教授用手指着哈密前往古海镇的路线，"你看，这条路多笔直？所以，我们不可能走错的。按照指北针的指示，我们现在的方向是对的，加快速度吧。"

我这才放下心来，加速向前开去。

现在是春夏之交，但是这个塔干拉玛沙漠的春天却迟迟还没有到来的意思，绿草的新芽只是冒出一点点。白天的气温还可以，到了晚上气温骤降，几乎到了零度，再加上呼啸的大风，我们坐在车厢里感到寒气逼人。

我裹了一件大衣，吴教授和玄阴子也把自己厚厚地包了起来。只有冷瞳，依旧是一身单衣，安静地坐在我旁边，没有觉得冷的意思，也没有困倦的样子。

到现在为止，冷瞳还不知道我此行的目的。当然，不光是她，泰岳、胡子和玄阴子，都不知道我们此行的具体目的到底是什么。最终的目的地，只有我一个人知道。

出发之前，我只是说，在西伦古海可以找到消除九阴鬼域的远古神器，但是东西具体在哪里，我没有具体地说明。以玄阴子的精明，他应该知道我不会无的放矢，没事跑到沙漠里来探险，他也不会这么傻乎乎地跟着我来受罪。

我之所以没有把所有信息都告诉他们，其实是因为，我自己也不是很确定那些信息的真实性。深入西伦古海的一路上，我一直在心里打着嘀咕，总是一点儿莫名担心。

凌晨一点时，汽车油量基本耗尽，我们终于在地平线上看到了一点亮光。

古海镇终于到了。进镇子的时候，我们在镇子边上遇到了哨卡。

吴教授和驻地部队的领导有交情，所以我们受到了礼遇，他们带着我们去了部队的营房，好吃好住地安顿下来。

开了一天车，我们实在是有些累了，四个男人挤着一间房子，冷瞳和李明香住另一个小房间，吃饱喝足之后就睡下了。

第二天一大早，我们被军号声惊醒，和战士们一起用完早餐，就一起出了营地大门，准备探探四周的环境。

红日东升了，而且非常幸运的是没有什么风，虽然到处都是黄沙，可是天气很好。我们看到了这个小镇的全貌，心中不觉有些恻然。

整个镇子面积不到两平方公里，还包括了部队营房和一座矿厂。镇子上用来居住的地方，就只有半个足球场大的地方。而居住的地方，都是临时搭建起来的木板房和在戈壁岩石上挖出来的窝窟。

住在这些房屋里的都是工厂的工人，大多是当地居民。想必也只有当地的人，才能够经受得住这么艰苦的环境。吃完早饭之后，工人们上工去了，整个镇子就变得很安静荒凉。镇子四周是连绵不断的沙漠。

我点起烟，从镇子的一头走到另外一头，烟还没抽完。我们回到驻地营房，开始商量接下来的行程。

大家很好奇，我到底要带他们去哪里，做什么。我的视线落到吴教授身上，有些欲言又止。吴教授明白了我的意思，不觉讪笑一下，点了一根烟，起身出去溜达了。

吴教授走后，我这才把计划和盘托出。

“也就是说，我们接下来要去的地方，就是小河墓地？”胡子问道。

“对。”我点头道，“吴教授曾经去过小河墓地，有他带路，我们可以很快就到达目的地。”

“嗯，那么，到了那里之后，又要怎么办？你也说了，当年那座诡异的墓地已经被深埋了，现在想必早就融入漫漫黄沙之中无法辨认了。更何况，就算我们找到了，也还要挖开厚厚的沙层。”玄阴子有些疑惑地问道。

“这个只能靠运气了。我听说那个目的地上方，是一处小戈壁山峰，相信地方应该是很容易认出来的。唯一困难的是怎么挖开厚厚的沙层，我们没有重型挖土机，到时候可能要费点力气。”我有些盲目乐观地说道。

“那好吧，我们早点出发，不要再耽误时间啦。”玄阴子咂嘴道。

“还有一件事情。”我有些犹豫地说道。

“有什么问题，你说吧，大家都已经到这里了，还有什么不能说的?”玄阴子说道。

“墓地那边的情况可能不太平常。”我皱眉道。

“怎么个不平常法?”大家好奇地问道。

我把卢朝天给我的资料上的信息，给大家大概说了一下。

“哈哈，这下好了，又新奇又刺激，我喜欢!”没有想到，大家居然一脸兴奋，胡子更是两眼放光。

我在心里叹了一口气，知道他们是怪事见多了，根本就见怪不怪了，也不好说什么，只是提醒他们小心行事，就出去找吴教授商议行程了。

到了营房外面，我在部队领导的办公室里找到了吴教授。

“教授，有个事情，需要你帮帮忙。”我拉着吴教授往一处荒凉的沙丘上走，给他点了一根烟：“我们要去一趟小河墓地。”我也点了一根烟，抽了一口，抬头看着他问道：“你能帮忙领路吗?”

“领路是可以的。”吴教授皱了皱眉头，意味深长地看着我说道：“不过，我可要先警告你，那个地方，可不太平。”

“这个我知道，不过，我们确实有急事要去，只好麻烦你了。”我心里明白，这个吴农谷就是被玉娇莲用钱砸过来的，他和我们之间就是非常直白的交易关系，他是绝对不会拒绝的。

“那好吧，我们收拾一下就可以出发了，今天风不大，天气很好，赶得快的话，下午应该能到了。”吴教授皱眉问道，“你们要在那个地方待多久?”

“这个不太清楚，可能要待一段时间。”我含糊地说。

“那这样吧，我把你们送到了就回来了，就不陪你们了。你也知道，我的身体不太好，不能长时间奔波。”吴教授装模作样地咳嗽了几声。

见到他这么谨慎小心，我在心里叹了一口气，点头道：“嗯，那就这么说定了。不过，你离开之后，可不要直接就回去，最好能在这个镇子等我们几天。万一我们出了意外，也好帮我们传个话出去。”

“这是自然的，到时候电台联系吧，超过七天没有消息，你们食物和水都用光了还没有回来，我就给娇娇打电话，让她来处理。”吴教授说道。

“嗯，好。”我点了点头，心里很佩服玉娇莲的能力。

我回去把玄阴子等人叫了出来，大家检查了装备，给车子加满了油，就再次冲进了茫茫沙海。

“小河墓地离这里比较远，沿途有两处地标——双生石像和鸡皮荆棘层，我们只要找到这两个地方，就可以找到小河墓地。”吴教授指着地图说道。

“嗯，这一路上有没有流沙或者其他东西？”我问道。

“不知道，沙漠里环境多变，整个沙丘都可以移动，而且这里有很多生命体，未知的东西很多。我虽然经常来这里考古，也没有完全把这些谜题搞清楚。不过，我们开着车子，不用太担心，只要车子不陷到沙坑里，其他都好办。”吴教授说道。

“那要是陷到了沙坑里呢？”我皱眉问道。

“那就用绳子牵引，拖出来就是了，如果实在太深了，就只有放弃了。”吴教授皱眉道，“其他的都不用担心，唯一比较邪乎的地方，就是鸡皮荆棘层。那儿是出了名的死亡禁地，很少有人敢过去了。希望这次咱们能够一切顺利吧，我可不想这么一大把年纪了，还葬身在这里。”

我心里有些不悦，心想怎么突然说出这么不吉利的话了。

我听说，沙漠里有狼、有野骆驼、有飞得很高远的雄鹰，遗憾的是，我们一路上都没有看到。

在我们到达第一个地标的时候，才发生了一件非常诡异的事情。

按照吴农谷的说法，双生石像是两座远古时期遗留下来的古迹。两座石像都是由黑色岩石雕刻而成的，形象是一男一女互相挽着手，都有几米高，它们是一对恋人，在莽莽沙海之中看着世事变迁、沧海桑田。

“这对石像的来历很奇怪，到现在还找不到它们所属的文化。根据碳十四的检测结果，它们出现已经超过三十万年了，是史前文明。我猜测，在这片沙漠之上，在人类文明出现之前，曾经有过高度文明的文化。”吴农谷感叹道，“我是研究科学的，但是，说实话，这个世界上真的有很多科学无法解释的现象。”

“呵呵，这不是很正常吗？科学探索是无止境的，就是要不停发展的嘛。”我嬉笑道。

吴农谷不觉好奇地看了看我，含笑道：“我听娇娇说，你今年才十八岁，高中都没有上完。不过，你的见识确实与众不同。”

快到中午的时候，灼灼烈日曝晒下，我终于在漫漫黄沙的地平线上看到了一个小黑点。

“到了，就是那里，我已经有七年没来过这里了。”吴农谷不觉有些兴奋地说道。

我向那个小黑点行驶过去，翻过几个沙丘，来到一处戈壁滩上，看到了两个石像。石像的躯体很匀称，但是，石像不是站立的，而是弓腰低头，手臂也向下伸着。

我不觉有些好奇，正问问吴农谷，一转头就看到他居然大张了嘴巴，怔怔地看着那对石像，似乎非常震惊。

“停，停，停！”吴农谷双手颤抖地一把抓住了方向盘。我猛踩刹车，车子停了下来。

石像上落满沙尘，却让人感到一种蠢蠢欲动的气息，就好像那两座石像马上就要活过来。

后面胡子和泰岳的车也停了下来，对讲机里传来他们的声音，问我发生了什么事情。在他们看来，那两座石像虽然姿势怪异，却也不足为奇。

“没什么事，吴教授要考察一下那两座石像。”我正拿着对讲机回答，吴农谷已经推开车门，疯狂地向两座石像跑过去。

我和冷瞳、玄阴子互相对望一眼，觉得事情有些怪异，就也下了车，跟在吴农谷的身后，来到两座石像下方。

当我们走近时，这才看清楚，两座石像的雕刻工艺非常精湛，只是姿势确实很怪异。那个女性的石像半蹲在地上，她的一只手臂捂在膝盖上，似乎膝盖中了箭一般。男性石像也是微微弓腰，手臂向她的膝盖伸过去，似乎想查看她的伤势。

“哥哥，这两个石像的样子好奇怪啊，那个女的是不是受伤了？”冷瞳拉着我的手，有些好奇地问道。

“应该是吧。”我点头笑道。

“我看不是，你看吴教授，都快疯了呢。”玄阴子一边抽着烟，一边慢悠悠地说。

吴农谷正站在女性石像腿边，满脸怪异地看着女性石像的手掌和膝盖，似乎有什么事情想不通。

“到底咋啦？”胡子领着鬼猴二白跑了过来。

“不知道，教授好像发现什么问题。”我指了指正在观察石像的吴农谷。

“这两个石像确实有点问题。”泰岳领着李明香走过来，略有所思道。

“这就是石像，能有什么问题？”胡子不屑地说。

“咱们还是别在这儿争了，上去问问吴教授吧。”我领着大家一起向石像走过去。

到了石像下面，大伙儿不觉都上去摸着石像，满心好奇。

吴农谷满脸不敢置信的神情，喃喃自语道：“奇了，真是奇了，太不可思议了，这两个石像是活的！”

“什么石像是活的？教授，你什么意思？”我问道。

“他的意思，就是这两座石像也是生命。”泰岳笑道。

“你不要打岔，教授你说，到底是怎么回事？有没有危险？”我皱眉问道。

“危险倒是没有的，只是这个事情太不可思议了。”吴农谷热切地拉了我过去，指着女性石像的膝盖，说道：“你有没有看到那个地方，那个膝盖上面的小坑，看到了吗？”

“是有个小坑，痕迹好像还很新，这是怎么回事？不会是你凿的吧？但是这小坑遮挡在手掌下面，是怎么凿出来的呢？”我好奇地问道。

“正是我凿的，那是七年前，我路过这里，从这个石像的膝盖上凿了一些碎石下来，要带回去做碳十四化验的。现在我包里还有一些样品呢。”吴农谷紧紧皱着眉头，深吸了一口气，抬眼看看四周，又看了看石像，才说道：“在七年前，这个石像确实是站立的，当时它们绝对不是这个姿势。”

“啥？你的意思是说这石像会动喽？”胡子诧异地凑了过来。

大家都围了过来，开始询问究竟。

“你们不要怀疑我，我说的都是真的。”吴农谷有些无奈地说。

“我倒是没有怀疑你，大千世界，无奇不有。这石像说不定就是活的，只是我们无法理解它的生命状态罢了。”泰岳说道。

“扯淡！石像是活的？那这些沙子是不是也是活的？”胡子不服气地说。

泰岳只是淡淡一笑，没有再说话。

“泰岳说得很有道理。”吴农谷说道。

“有什么道理？教授，你说说吧，这石像是成精了？再说，它现在怎么就不动了呢？”胡子说道。

“我给你们看个东西。”吴农谷掏出一个皮夹，在里面翻找了一会儿，拿出一张照片，递给胡子道：“你看看吧，这是七年前我拍的。”

胡子接过照片一看，愣在当场，眼睛眨巴了几下，怔怔地看了看大家，把照片翻过来面向大家，满心惊愕地说：“这，这石像，好像真的动过。”

我们凑上前一起看着照片，然后面面相觑。

“我也不知道是怎么回事，所以才觉得不可思议。”吴农谷收回照片，向车子走去。

“这可不得了哇，我们一路上还没见过精怪呢，现在算是碰上了。”胡子兀自惊奇道。

“你们让一下，我再拍几张照片，这是一个重大发现。”吴农谷拿着相机，再次出现在我们面前。

我们都散了开去，却各自心里打着嘀咕。

“咔嚓，咔嚓——”吴农谷收起相机，对我们招了招手，让我们继续出发。

“这就走了啊？”胡子有些不甘心地问。

“不走还能做什么呢？这可不是一时半会儿就能解决的。要研究的话，估计得花很长时间，我这次回去之后，就组织一个研究小组，过来专门研究这对石像。”吴农谷眯眼看了看石像，这才进了车子。

大家也都上了车子，继续前进。

“哥哥，那石像真的是活的吧？”冷瞳还是有些疑惑地问我。

“这个我也不知道。”我有些尴尬地说。

“笨蛋，这个事情有什么不知道的？真是没悟性。”玄阴子不屑地说了我一句。

“你知道？那你说说是怎么回事吧。”我忍不住说道。

“嘿嘿，那我就献丑了。”玄阴子得意地说，“事情应该是这样的。石像确实是活的，但是，它们的生命形态是我们无法理解的。它们也会疼，膝盖上那个小坑就是它们被挖疼了，然后伸手去护住伤口。这个事情是一目了然的嘛。”

“你说得也对。”我皱眉沉思道，“也就是说，那对石像以一种我们无法理解的状态活着，它们的时空概念和我们不一样。我们觉得一万年时间非常漫长，但是对于它们来说却是很短，它们的动作对于我们来说非常缓慢，用了七年的时间还没能把手掌摸到膝盖上。它们的生命非常接近原始物质状态，对吗？”

“对，我也是这样想的。”吴农谷不觉说道。

“那你们有没有想过，那两个石像是没有神经系统的，它们是无法感知身体上的伤痛的？那它们又是怎么知道自己腿上被人挖掉了一块的呢？我觉得，它们一开始绝对不是活的，现在之所以呈现出这种未知的生命状态，说不定是因为什么特殊原因。”我深思道。

玄阴子若有所思，低声问道：“那你觉得，有没有什么问题的？对我们会不会有什么影响？”

“这个我也不知道，现在只能走一步看一步了，”我心情有些沉重。

“哥哥，你们在讨论什么？怎么我听不懂你们的话？”冷瞳大睁着眼睛看我们，有些疑惑地问道。

“没什么，你放心吧，一点小事情而已。”我微微一笑，伸手握了握她的手，问道：“怎么样，这里有些干燥吧？你是不是不太适应？如果不舒服的话，你就多喝点水。”

“没有啊，我觉得还可以啊，就是风景单调一点而已，但是比起我原来住的地方，还是好多了，至少这里有阳光。”冷瞳笑道。

我不禁心里一动，感到一阵怜惜，拉过她的手，轻捏了几下，低声道：“你放心吧，哥哥会一直好好照顾你的。”

“嗯，哥哥，你真好。”小丫头开心地说。

“方晓，要小心了，快要进死亡禁区了，这里流沙很多。”吴农谷有些担忧的声音提醒道。

“放心吧，我会小心的，你注意看路。”我专心致志地开着车，同时仔细观察着前方沙地。

这时，我发现四周的环境发生了变化。变化不是很明显，只是一种感觉。这里的沙子并不是随风移动的，而是比较紧实，不容易被吹动，很少被移动过。

这个沙丘看起来就好像鸡皮一般，表面明显发黑，上面布满了一道道细小而扭曲的印痕。沙丘上是根根散落的白骨，有人类骨骼，也有不知名的野兽骨骼，还堆积了许多零落的杂草和干枯荆棘，中间缠满了黑色毛发，还稀落地生长着一些低矮丑陋的荆棘灌木。

所谓的鸡皮荆棘层，原来就是指这种怪异的沙丘。这里似乎从来都没有风，而且好像还下过雨。按道理来说，这里原本应该是一片绿洲才对，但是不知道为什么，这里却还是非常干旱，并没有积水。

仔细一想，我也就明白了。这里的沙丘表面看似硬实，内里却极为疏松，即便有少量降雨，也要向下渗透，所以很难形成积水。可以想象，这些沙丘下面因为有雨水的渗透，肯定已经是千疮百孔，陷坑极多。

我刚开了百米左右，一片白骨赫然出现在一个沙丘后面。车子突然一震，后轮一空，整个车子向侧而翻了过去。这时，我正沿着一座沙丘的半腰向前行驶，车子本身就是倾斜的，现在又陷到沙坑里，因此，整个车子不可避免地失去了平衡。

我们还没有反应过来，就已经跟着车子翻腾起来。本以为车子可能会沿着倾斜的沙丘一路滚到底部，却不想，车子侧立起来后，就停下不动了。

我连忙熄灭了引擎，因为，如果车轮继续转动，带动流沙向下坍塌的话，那么我们就要真的连人带车葬身沙海了。

“方晓，你们怎么样了?!”

没多久，泰岳的声音就从外面传来。

“还不算太糟，你们赶紧准备牵引绳，把车子拖出去。”我打开了侧面的车窗，对泰岳大喊道。

“好的，你们坚持一下，不要乱动。我们马上把车子拖出来。”泰岳这才放下心来，和胡子一起扛了绳子过来，走到沙坑边上，小心翼翼地把绳子系到我们车子的前部。

他们小心地开着车子，挂上牵引绳，把我们的车子往前拖去。

“嘎吱——”牵引绳发出一阵磨牙般的声响。

“扑通——”车子向前滑行了不到一米，在沙堆上拱起了一大堆沙子时，车尾却突然脱力，猛地倾坠下去。

“啊——”我们不禁惊呼起来，以为这一次要掉下去了。

庆幸的是，牵引的力量很大，我们的车子只是向后坠了一点儿，就又被缓缓地拉出沙坑，最后侧立在一堆沙土上。

由于车子很重，虽然脱离了陷坑，车身却依旧有大半陷在沙土中。好在这里的沙基已经比较紧实了，车子不会再往下陷了，我们这才放下心来。

泰岳停下车，跑到我们的车子旁边，让我们先出来。

“等一下，我把牵引绳挂到侧板上，再拖一下，就可以让轮子都落到地上了。”泰岳说着，将牵引绳挂牵好，又跑去开车。

“好了，没事了，大家休息一下吧，喝点水。”我们几个人走到一边，看着泰岳忙活。

“你们还真是好运气，就这么一个沙坑，就让你们给踩上了。”胡子说笑道。

“滚，我是牺牲自己给你们探路，你还这么多废话!”

“那个沙坑下面，说不定有什么宝贝呢!”胡子说着，走到沙坑旁边，伸头向里看了一眼。他忽然脸色凝重起来，手拼命地向我招着，似乎发现了什么重大情况。

“这味道好臭啊。”冷瞳皱起了眉头。

我也发现了异常，此时空气中飘荡着一股刺鼻的臭味，臭味的来源正是刚才陷进去的沙坑。

“快，你们快来看，这是什么?!”胡子总算能说出话来了。

我快步走过去，冷瞳等人也一起跟上来，我们一齐伸头向着沙坑里看去。一看之下，我们不禁都惊得全身暴起一层鸡皮疙瘩。

沙坑里果然有东西，而且有很多东西，却不是宝贝，而是虫子，非常巨大的虫子!

沙坑出现了一个直径约一米的黑色洞口，洞口四周还有很多沙子向下流去。在这些流动的沙子下面，有些东西正在不停蠕动。全身长满黑色刺毛、个头足有拳头那么大、黑黄相间如同马蜂一般的虫子，“咯咯咯”地发出一阵铁棍敲打头盖骨的声响，背上的透明翅膀急速扇动，猛然飞了起来!

第十五章 差点死了第二次

“快闪开！这是长毛蜘蛛鹰，咬一口都要疼死的！”吴教授已经脱下了外套，将头部蒙住，对我们大喊起来：“把头脸蒙住，不要露出皮肤，这种东西很多，快回到车上！”他转身向胡子的车子跑去。

我们大惊失色，连忙一起跟着他跑开。这时，沙坑里已经发生了巨变。

“吡嗒嗒——”

“簌簌簌——”

随着一阵瘆人的骨节敲打声，一只只拳头大的长毛蜘蛛鹰如同袭击敌军阵地的战斗机群一般升空了。

我们根本不敢回头，更不敢停留，狂奔着冲进越野车，关门摇窗。

“呜呜呜——”虫翅振动声传来，漫天的黑色云团袭来。

“吴教授，正常的马蜂怎么可能这么大呢？这里是不是受过核辐射，这些东西产生了变异？”我们缩身在越野车里，看着车窗外那些漫天飞舞的巨大昆虫。

“这些并不是基因变异的马蜂，它们就是正常的马蜂，它们叫长脚蜘蛛鹰，是这片沙漠的特有品种。”吴农谷解释道，“它们平时很少出来，只有在食物相对丰富的情况下，它们才会集体出动。它们的食物主要是沙漠蜘蛛。在紧急情况下，像今天这种巢穴被袭击和破坏的情况下，它们就不只吃蜘蛛了，只要是活物，它们都会攻击。”

“这么凶残？它们到底是鸟还是昆虫？你不是说鹰吗？”胡子好奇地问道。

“蜘蛛鹰只是它们的名字，它们不是鸟类，就是蜂类，是世界上现存的蜂类之中个头最大的。成年雌蜂可以长到二十厘米，体重可以达到一斤。你们看到它们身上那些又黑又长的刚毛了吗？这就是它们最厉害的地方，这些刚毛像尖刺一样，可以轻易扎进人的皮肉，毒性不比豪猪刺差。”吴农谷点了一根烟，抽了一口，眯眼道：“不过，咱们现在不用害怕，它们钻不透玻璃车窗。”

突然，一声尖叫从侧面传来。我们向外面一看，都是心里一沉。出大事了！

泰岳刚才由于正在帮我们拖车，就没有和我们在一起，他可能没有听清楚吴农谷的警告，现在，他和李明香居然走出了车子，暴露在那些长脚蜘蛛鹰的攻击之下。李明香此时似乎被叮咬了一口，痛苦地叫出了声。

沙丘半腰处，那口沙坑之中，此时就像有一股黑色烟柱向外冒着。这个烟柱全部是由那些凶猛的长毛蜘蛛鹰组成的。

李明香，这个刚刚从死亡的黑暗世界回到人间的女人，一直很安静地跟在泰岳身边。她的年纪可能超过我们所有人的年龄总和，可是现在她的皮肉却比我们娇嫩得多。她滚倒在地，双手捂着脸，发出惨叫。我的心一下提到了嗓子眼，这个我费了那么大劲才救回来的女人，马上又要面临死亡了。

我下意识地一把推开车门，就像一个艺术家想去保护自己创作的艺术品，疯狂地向李明香冲去。

“呼呼呼——”我刚冲出车子，就感到一团毛茸茸的东西带着风声从耳边飞过，落到了我的后脑勺上，在后脖颈上咬了一口。

登时，我全身所有神经都抽搐了，剧痛猛烈传来，我一下子跳了起来，然后就抱着后脖颈滚倒在地，撕心裂肺地号叫起来。

“啊——啊——啊——”我来回翻滚了好几秒钟，才熬过那阵疼痛劲头，然后一把抽出阴魂尺，猛地爆发出一片清湛湛的阴尺气场，将那些长毛大马蜂都震飞开去。

我深吸了一口气，艰难地从地上爬起来，向身后一看，发现其他人并没有跟着我跑出来，这才松了一口气。我又向李明香那边看去，只见泰岳已经扯着一大块帆布，将李明香包裹起来，扛着她向车子飞奔而去。

我清楚地看到，数个长毛蜘蛛鹰在泰岳的手腕和脸上叮咬了好几下。让我敬佩的是，泰岳竟然只是闷哼一声，还能坚持向前跑。我可是被咬得满地乱滚、又喊又叫的，眼泪都快流出来了。到底是什么样的人，竟然可以生生忍住这样的剧痛？难道他真的不是人类吗？

“喂，方晓，你快回来吧！”后面的越野车子里传来吴农谷的喊声。

我扭头对他摇了摇头道：“你们等等，我去看看他们的情况，那些鬼东西不能把我怎么样。”

我走到泰岳的车前，敲了敲车窗。而泰岳正在紧张地查看李明香的情况，似乎没有听到。

我没有再打扰他，反正我待在外面也没有问题，所以，我就放松下来，趴在车窗上看着他们。

泰岳刚开始背对着我，挡住了李明香的脸，当他挪了一下身体，我看清李明香的脸时，赫然发现她整张脸都肿了起来，简直像发面的馒头一样。

更令我震惊的是，我看到泰岳在流泪。从泰岳眼睛里流出来的泪水，居然是血红色的。那些红色的泪水如同小虫子一般，在泰岳的脸上蠕动着向下滑，显得狰狞和恶心，我几乎觉得他像是诈尸状态了。

“泰岳，你——”我失声地叫了出来。

“啊！”突然一声野兽般的怒吼传了出来，车门猛地朝我脸上撞了过来，把我满头满脸地砸飞了出去。

我还没能骂出声来，就感觉到整张脸都麻木了，我向后倒飞出去，跌到沙地里，好半天都没能缓过气来。

“啊！”又一声撕心裂肺的怒吼声传来，我努力看过去，赫然看到泰岳双手攥拳冲出车子，然后双手朝天一举，猛地一弓腰，一股氤氲黑气就从他背上飞蹿出来，瞬间就弥漫在车子附近，如同黑云一般遮挡住毒辣的日光，也将空中飞蹿的长脚蜘蛛鹰都笼罩了起来。

“簌簌簌——”一阵落雨般的声音传来，不到两秒钟，那片如同大鹏展翅般的黑色烟云又收了回去。泰岳一言不发地转身又进了车子。

我再看向四周时，赫然看到，所有长脚蜘蛛鹰都像烤焦的蚂蚱一般跌落在地了。

只是一招，两秒钟不到，那么多巨大的长毛大马蜂，全都死了！泰岳，他不是战神，他简直就是死神！

我的阴魂尺杀人无敌，但是跟他比起来，真是小巫见大巫，差太远了，我今天算是彻底服了泰岳了。

泰岳太神秘了，他百毒不侵，他不怕鬼怪，他实力强悍，体内还寄居着一个魔鬼一般的凶神。他看似冷血木讷，但是为了他的女人，他绝对会插兄弟两刀。他不是一个仗义的家伙，但是，在明知道事情很危险的情况下，他多次陪我出生入死，救我于危难之中。

我真的不知道该怎样评价泰岳，当然，在他们的心里，对我也是一样无法评价吧。我也自私过，也冷酷过，也曾经想要背叛他们。

今天，泰岳真的是被激怒了。这个世界上，如果还有什么可以打动泰岳，还有什么可以激怒泰岳，就只有李明香了。我无法理解泰岳和她之间的爱有多深，即便像我和冷瞳这样一起从地狱里逃出来，我们之间的感情也无法和他们的相提并论。

泰岳转身回到车里时，我看到他脸上带着血丝，那是他的泪水，已经干了。他抬手用袖子轻轻一扫，就把那些血丝都擦掉了。

我被那扇车门砸撞得不轻，牙齿都快掉下来了，鼻子也流血了。我被砸懵了，这家伙是直接一脚把车门踹飞出来的。

我缓过劲来之后，一翻身从地上跳起来，满脸怒气地向泰岳的车子走过去，准备好好给他来一下子。当我来到没有车门的车子边上时，却看到了泰岳满是哀求神情的脸。

“帮我救救她。”这个刚毅如铁的男人，怀里抱着他心爱的女人，正在求我，他似乎完全没有注意到，他刚才怎么误伤了我。

“你他妈的。”我拿着尺子，咬牙指着他，憋了大半天，心一软，说道：“还愣着做什么，快点去叫吴教授过来，我先看看她的情况，你什么都不懂，就这么一直抱着她有用吗?!”

我有些生闷气地一把将他从车子里抓出来，推搡出去，然后自己坐进去，仔细检查李明香的情况。我这才发现，李明香不光是脸上被咬了一口，身上也被叮咬了好几处。

我连忙给她把了脉，发现她只是昏迷了过去，但是气息微弱，可能有生命危险，毕竟她不像我和泰岳那样可以对抗剧毒。

幸好吴农谷是沙漠专家，他知道解毒的办法，用清水洗涤伤口后涂上蜂蜜，再服用一些解毒药，就可以缓解一下伤势了。而且，他说不会毁容。我们这才放下心来，一起帮忙处理伤口。

就在我们正忙活的时候，一群体大毛长的凶恶野狼，循着我们的气息，从另外一个沙丘的后面缓缓攀了上来，向我们围拢过来。

“好大的狗狗啊，不对，好像是狼。哥哥，你快看，好多野狼！”冷瞳第一时间看到了那群野狼，开心地拍起了手。

我看着那些野狼，眉头都拧到了一块儿。真是屋漏偏逢连夜雨，祸不单行，这些野狼来得真不是时候。

“咯咯咯——哒哒哒——”我们的背后再次传来了一阵昆虫拍击翅膀的声响。

我们回头一看，就在刚才那些长脚蜘蛛鹰爬出来的沙坑边上，此时赫然趴着一只足有一条野狼那么大的浑身金毛闪亮的长毛蜘蛛鹰！

“都不要出声，不要乱动！”吴农谷有非常丰富的沙漠生存经验，他对沙漠中的生物习性非常了解。

前有沙漠饿狼群，后有体积增大数十倍的巨大金毛大马蜂，我们已经紧张得不会动了。

“大家慢慢转身，各自上车，动作要轻，都按照我说的做!”吴农谷阴沉的目光从镜片后面射出来，死死地盯着不远处那群饿狼，他微微张开双臂，向侧面移动过去，他的动作辐度很小，身体很平稳。

我们立刻有样学样，跟着他一起慢慢向车子蹭过去。

“泰岳，你的车门坏了，赶紧找东西挡起来，实在不行就和我们换车，我来开你的车。”我拉着冷瞳，对泰岳说道。

“不用。”泰岳头都没有抬，只是心疼地看着昏迷不醒的李明香，“咕咚”一声，将车门拉上了。

远处“吼吼”几声狼嚎声响起，那些一直逡巡着的饿狼终于忍耐不住了，一起发力向我们冲了过来。

“快，快跑!”吴农谷大惊失色，转身疯也似的向车子奔去。

我和胡子对望一眼，嘴角勾起一抹冷笑。说实在的，我们并没有把这群干瘦的饿狼放在眼里。

“你们先回车子里去，这里交给我和胡子。”我把阴魂尺捏在手里，将玄阴子和冷瞳护到身后。

“嘿，那你小心点啊。”玄阴子微微一笑，向车子走去，把冷瞳领了过去。

“哥哥，你要小心啊！它们的样子好凶啊！”冷瞳一边走一边满心担忧地对我喊道。

“放心吧！”我侧脸对她微微一笑。

“别他妈的分心了，来了!”狼群已经奔袭到离我们不到五米，胡子大吼一声，抡起工兵铲猛冲出去，只一铲就将一头凶猛的大灰狼砍飞出去。

“呜哇——嘎嘎——”跟在胡子身边的鬼猴二白咧嘴龇出了锋利的犬齿，全身毛发直竖，凶戾地向狼群冲去，瞬间就扑倒了一头灰狼，在地上扭打起来。

我也冷喝一声，阴魂尺一指，揉身冲入狼群之中。不过数秒钟时间，原本还一片安静的沙漠，已经是沙尘飞舞、狼嚎阵阵了。

胡子最喜欢干的事情就是打架，现在面对这群饿狼，他打得那叫一个欢。而鬼猴二白已经是戾气逼人、凶猛异常，那些饿狼根本就不是它的对手，所以，它也是如鱼得水，在狼群里上蹿下跳，打得不亦乐乎。

我的阴魂尺就更不是吃素的了。所以，战斗的结果也就没有悬念了。

战斗只进行了几分钟，那群饿狼就全部被我们撂倒了。取得胜利的我们满心得意，拍打着身上的沙尘，正准备返回车子里，身后突然传来一阵“嗡嗡——”的声音。

我心中一凛，立刻想起了刚才趴在沙坑边上的巨型长毛蜘蛛鹰。

当我转过身来，正看到一道金光扑面飞来，快若闪电。我下意识地抬起阴魂尺向前捅去，那道金光却非常刁钻地绕过了我的阴魂尺，瞬间到了我的背后，紧接着，我就感到后心似乎被匕首猛地捅了一下，我瞬间闭气，全身都在那股钻心挖肺的剧痛之下僵硬了。

我只是轻咳了一声，就全身一软，“扑通”一声趴倒在沙地上。

“啊——”我抽搐哆嗦了几下之后，这才缓过气来，咬牙发出了惨叫。

疼，太他妈的疼了，我全身的神经像被拧紧了一般，疼得无以复加，汗水瞬间湿透了衣衫。

“胡子——”我有气无力地趴在地上，脸贴着滚烫的沙地，向胡子望了过去，却看到那只巨型长毛蜘蛛鹰已经掠过了胡子的胸口，也将胡子放倒在地了。

“扑——扑——”胡子的情况比我还糟，他两眼翻白，口吐白沫，全身抽搐着。

“胡子！”我咬牙低叫一声，想向他爬去，这才发现，我全身都麻木了，根本就动不了。

我急得满头大汗，我知道，巨型长毛蜘蛛鹰肯定不会只咬我们一下就完事的，它将我们蛰咬倒地之后，肯定还要慢慢享用我们的肉汁。如果现在没有人能够来解救我们，过不了多久，那道金光就会又落到我们身上，开始它的饕餮大餐。

可是，现在又有谁可以来救我们呢？玄阴子、冷瞳和吴农谷肯定是不可能的，他们现在就算出来，也肯定是送死。

现在唯一能指望的人，就是泰岳了。可是他现在又躲在车子里陪着李明香，可没有心思来操心我们。

“泰岳！”我使出了全身力气，大喊了一声。

“嘎嘎嘎——”二白的叫声传来，我侧头一看，二白居然正在与巨型长毛蜘蛛鹰周旋着。

长毛蜘蛛鹰行动如此迅速，连我和胡子都被一招秒杀了，鬼猴二白却能躲过它的致命一击，这可真是有点奇了。

我再仔细一看，这才发现，此时鬼猴二白全身的毛发居然变成暗红色的了，它的白色眉毛也微微有些发红！

我心中一惊，随即一阵狂喜，知道鬼猴二白的真正力量终于要展现出来了。

《青灯鬼话》上记载：“古有白眉鬼猴，戾气异常，历经千百年，可化为厉鬼之态，世称赤鬣鬼。”

鬼猴二白在这个紧要关头，爆发出了潜能，要进化成赤鬣鬼了！

这是我绝没有想到的。二白的年龄只有几岁，它怎么可能进化到赤鬣鬼呢？但是，它此刻就是机缘巧合，奇迹般地进化了。

成为赤鬣鬼之后，二白的力量和速度瞬间提升了十几倍，身影快如风，如果不是它偶尔停下来调戏那只巨型长毛蜘蛛鹰，我都看不清楚它的模样了。

“二白，杀了它！”缓过气来之后，胡子也恢复了知觉，对二白发出了命令。

二白一边飞奔一边向我们这边望了望，脸上竟然是很无奈的神情，意思似乎是说，巨型长毛蜘蛛鹰实在是太厉害了，它也不敢惹。

我不觉叹了一口气，强撑起身体，深吸了几口气，想尽快恢复行动能力。可是，我挣扎了半天，身体依旧是一点知觉都没有，脑子却开始变得昏沉，昏昏欲睡。

我心里明白，巨型长毛蜘蛛鹰注入我体内的毒液已经开始发作了。虽说我有很强的抗毒能力，但是长毛蜘蛛鹰的毒性太强了，我和胡子都撑不住了。

这时，越野车的车门打开了，一个柔弱的身影向我跑了过来。冷瞳在车子里待不住了。

正在追逐二白的长毛蜘蛛鹰发现了新目标，于是“呼”一下向她冲了过去。

“小心！”我趴在地上，急得全身都绷紧了。

“啊——”我的声音还没有落下，巨型长毛蜘蛛鹰已经飞临到冷瞳身侧，向她身上落下去。

冷瞳还没有被咬到，就已经惊得尖叫一声。我不禁心里一沉，冷瞳虽然体质特异，却不能抗毒，她如果被巨型长毛蜘蛛鹰叮咬，就不可能生还了。

“该死！”我牙齿咬得咯咯响，不忍去看那悲惨的情景。

在这千钧一发的时刻，一道火红身影从冷瞳身侧飞扑出来。二白绕到了冷瞳身后，两只利爪猛地飞砸到巨型长毛蜘蛛鹰的腰上。

“扑”一声闷响，巨型长毛蜘蛛鹰被二白一击之后，翻身跌落，滚了几下才再次振翅飞起来。

由于吃了一次亏，巨型长毛蜘蛛鹰不敢再向冷瞳和鬼猴二白进攻，改变了方向，向我飞过来。

“来得好，鬼东西！”我拼尽力气，一把抓紧阴魂尺，一下咬破舌尖，一口鲜血喷到阴魂尺上，同时利用舌尖咬破之时的剧痛刺激恢复的一点知觉，猛地跃起，迎头向巨型长毛蜘蛛鹰飞扑过去，尺子如同长剑一般，猛地扎进它的脑袋里。

“嗡嗡嗡——”巨型长毛蜘蛛鹰被我一尺子戳中，双翅猛烈震动起来，布满黄黑条纹的屁股拼命向前弯曲着，想用尾端匕首一般的蜂刺扎我。

但是，我的尺子在吸取它的生命力，所以，巨型长毛蜘蛛鹰挣扎了几秒之后，就完全失去了活动能力，“啪嗒”一下跌到地上，再也没有声息了。

巨型长毛蜘蛛鹰终于死翘翘了，我这才长出了一口气，身体歪倒在地上。

“哥哥——”我听到了冷瞳的呼唤，她的小脸出现在我的面前。

“哥哥，你怎样了？”冷瞳费力地把我扶坐起来，流着眼泪问道。

“没事，我死不了，你放心吧。”我苦笑道。

“呜呜呜，你吓死我了。”冷瞳还是忍不住哭泣道。

“他们都没事吧？”我有气无力地问道。

“方晓，我们都没事，你放心吧。我，我有个事情想和你商量一下。”吴农谷的声音传来，我抬头一看，吴农谷和玄阴子一起走了过来。

“什么事情，你说。”我有些疑惑地问道。

“呵呵，还能有啥事？他要走了呗。”玄阴子抢着笑嘻嘻地说。

这个沙漠如同潘多拉魔盒，打开了它，不知道接下来还要遇到多少危险。我们还沉浸在劫后余生的庆幸中，显然这个时候有人比我们更加清醒警觉。

吴农谷不愿意再陪我们继续走下去了。不过，接下来，又有两个人要离开我们，这就让我有些心冷了。

泰岳要带着李明香走了。当我听到泰岳说出这个请求时，我没有挽留。李明香受伤较重，急需专业护理，他不想让李明香冒险，所以，他必须马上把她送到医院去。他的选择是明智的，也是无奈的。

“这三辆车，我们就开走胡子那辆车好了。”吴农谷略显惭愧地说，“具体的行动路线，我已经在地图上画好了，你们可以参照上面的路线走。”

“教授，谢谢。你放心吧，你能把我们送到这里，已经很不容易了。”我有些艰难地说，看了一下冷瞳和玄阴子，皱眉道：“你们不如也一起回去吧，前面太危险了。我和胡子行动反而更利索些。”

“哎嗬。”玄阴子冷笑一声，一边点烟，一边眯眼道：“小子，听你这话的意思，好像我们都赶不上你，就你牛，是不是？”玄阴子有些愠恼。

“不是这个意思。”我说道。

“既然不是，那就闭嘴吧。你看你那半死不活的样子，还好意思说别人，我看啊，拖后腿的人就是你，你别以为我老人家没用了，说句大言不惭的话，动起手来，你小子根本就不是我的对手。真是有眼不识泰山，臭小子!”玄阴子抢白了我几句，回身看了看柔弱的冷瞳，有些犹豫地说：“小冷倒是不适合跟着我们。”

“我只跟着哥哥，我哪儿也不去。”冷瞳非常坚决地说，上来扶我站起来往车里走，说道：“我可能比你们弱，但是，我不会给哥哥添麻烦，你们放心好了。我和哥哥绝不分开，死也要死在一起。”

“冷瞳。”我有些犯难地说，“现在不是意气用事的时候，刚才的情况你也看到了，这片沙漠很诡异，再往前走还不知道会有什么危险。让你离开，是为了你好。”

“哥哥，你不要说了，我不会走的。”冷瞳很认真地说。

我也非常认真地看着她的眼眸，感触到了一股意念，就没有再劝她离开，点头道：“好，好妹子，我们继续前进吧!”

冷瞳点了点头，把我扶进车里。泰岳也已经把胡子搬到了另一辆车上。

“等下我们还是开着我那辆车回去吧，那辆车的车门被我砸坏了，你们开着不安全。”泰岳将胡子安置好，关上车门，招手和吴农谷往自己的车子走去。

“车厢里的东西，我给你们分一部分。”泰岳打开后备厢，把淡水和干粮搬了出来，往我们的车里塞。

看着泰岳的举动，我们都没有说话，玄阴子带着猴子坐在胡子的车里。泰岳忙完之后，才走到我的车窗外，皱着眉头，有些犹豫地看着我，问道：“方晓，我想问你一个事情。”

“什么事情，说吧。”我有气无力地说道。

“你是不是觉得我这个时候回去，有点不仗义?”泰岳问道。

“没有，我很理解你的心情。”我淡笑道。

“以后总有一天，你会更加理解我的心情，以前你还没有和我一样的感情和想法，但是，我相信从现在开始，你会越来越明白我的想法。”泰岳大有深意地看了一眼坐在我旁边的冷瞳，淡笑道：“冷瞳妹子，好好保重。”

“泰岳大哥，你放心吧，我会小心的，你和明香姐姐也要保重啊，我们回去再见。”冷瞳乖巧地说。

“嗯，你要好好照顾方晓。”泰岳对冷瞳说着，却在看着我：“他不怕死，但是，他害怕你会死。你要知道，你只要照顾好自己，他就放心了。”

“好了，好兄弟，咱们有空再见吧，希望你这次能有收获。”泰岳点了一根烟塞到我嘴里，这才转身和吴农谷一起坐进车子，掉头离开了。

荒漠上立刻冷清了下来。我靠坐在椅背上，身体因为蜂毒的侵蚀感到阵阵剧痛，有些昏昏欲睡。

我知道，我需要好好睡一觉才能恢复力气。但是，我也知道，现在不是睡觉的时候，我们的车子周围还遍布着长毛蜘蛛鹰和野狼的尸体。在食物极度匮乏的沙漠里，这些尸体很快会吸引大批饥饿的掠食者，现在已经有几只秃鹫开始围绕着那些狼尸了。我们必须赶紧离开这块是非之地。

可是，现在我和胡子都没有能力开车，而且胡子早就睡着了，他可比我省心多了。现在只有玄阴子和冷瞳可以开车。沙漠里到处都是路，只要懂得基本驾驶技术，基本上就可以前进了，何况冷瞳灵性天成，开车简直就是手到擒来。

就这样，我们的车队在天黑之前继续赶路。我们不能再耽误时间了，一旦天黑下来，只会更加麻烦。

为了安全起见，我们用非常结实的绳子将两辆车连在了一起，这样一来，如果其中一辆车子陷进沙坑里，另外一辆车就可以拖出来，不至于陷入太深。

再次出发的时候，开始刮风了。风流过沙丘的时候，发出一阵阵“呜呜”声。我和胡子各自躺在副驾驶座位上休息。

这一觉我睡得很深沉，却非常诡异。迷蒙之中，感觉我的前方是一处无尽黑暗空虚的空间，如同无底深渊一样，似乎要把我们吞噬。我的梦境每一次都会向我提示一些事情，所以，这个梦让我有些疑惑，也有些担忧，总觉得前路之上充满恐怖和危险。

不过，睡觉的时候，我的身体得到了休息，精力恢复了，体内的毒性也基本消解了。我醒过来的时候，发现天已经完全黑了，外面似乎起了沙暴。

我蜷缩在座椅里，一边打哈欠，一边揉眼睛，看着车灯在苍茫的沙地上投下一片昏黄的光线，问冷瞳道："几点了，我睡了多久了？"

"大约四五个小时吧。"冷瞳很专注地开着车，没有侧头看我。我发现她的脸色有些凝重，似乎遇到了什么事情。

"怎么了？"我一边点烟，一边有些疑惑地问道。

"有些情况。"冷瞳看了看窗外，低声道："爷爷他们也发现了。"

"哦？"我不觉有些好奇地坐直身体，拿起对讲机，对玄阴子问道："有什么情况吗？"

"嘿嘿，你自己等着看吧，刚才我们只看到一些影子，具体情况现在还不太清楚。不过，这段路程肯定不太平，我刚和小冷说了，咱们一鼓作气，从这个地头开出去。"

"胡子死了没？"我问道。

"滚你奶奶的，你死了我还没死呢！"对讲机里传来胡子的声音，"老子早就醒了。"

"那好吧，你注意保护老爷子，别让他被猛鬼拖走了。"我笑道，又想起了一个事情，连忙问道："天都黑了，你们有没有走对方向？"

"放心吧，有地图和指北针，我们早就校对过了，方向没错的。"玄阴子说道。

"是啊，不会错的。"玄阴子的话音刚落，对讲机里突然传来一个尖细的声音。那似乎是一个女人的声音，又好像是一个男人捏着嗓子装出来的声音，听着怪瘆人的。

我和冷瞳不禁一愣，对望了一眼。

“肯定是胡子在搞鬼，这混蛋!”我笑了一下，按下通话键，说道：“胡子，你这个混蛋，大半夜的，别他娘的没正经，装鬼吓人，小心我把你扔到沙漠里喂狼。”

“你他娘的别吓放屁，刚才明明是你在搞鬼，怎么反过来说我?”对讲机里立刻传来胡子愤怒的声音。

“怎么可能?”我连忙争辩道，“明明是你——”

冷瞳对我“嘘”了一声，伸手关掉对讲机，用眼神示意了一下窗外。

我好奇地向车窗外一看，赫然看到，在我们的车门外站着一个人。我趴到车窗玻璃上仔细看，那是一个长发披散的女人。

那个女人离车窗大约四五米远，身影正好落在玄阴子的车灯光线之外。她在黑暗中静静地看着我，似乎想和我说什么话。

“停车，快停车，外面那个女人——”我们的车一直向前行驶着，外面那个女人却跟着车子一起前进，保持着同样的距离。

猛然想到这个事情，我心里一沉，意识到情况不妙，连忙回身坐直，疑问地看向冷瞳，发现冷瞳没事人一样开着车子，说道：“她已经跟着我们很长时间了。”

“看来这儿确实不太平，咱们现在到哪儿了?”我掏出地图正要看，却只听“咕咚”一声震响，似乎有个巨大的东西从天而降，砸到了我们的车顶上!

第十六章 荒漠怪影

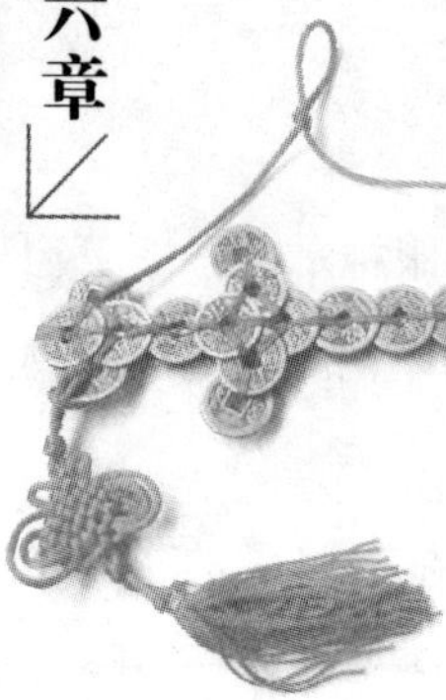

冷瞳猛然急刹车，车子在沙地上打了一个转才停下来，我差点儿被甩到车门上。

我惊魂甫定地看向冷瞳，她也是满脸疑惑。

“大同，小心了，你们车顶上有东西！”胡子的车子紧跟在我们的车后面，他们的车顶光照着我们的车子，所以看得很清楚。

我愣了一下，一把抓住冷瞳的手，拉着她矮身缩到座位下面，低声道：“不要出声，不要动。”

“咯啦啦——”我们缩身下来没几秒钟，车顶盖传来一阵铁齿摩擦的声响，接着又是“咕咚！咕咚！”两声震响，一个巨大的黑影从车顶上飞跳下来，落到车子前方。

借着车灯昏黄的光线，我这才看清，那居然是一只磨盘大小、全身黑铁般闪亮的蝎子！

“咯嗒嗒——”大蝎子敲打着锯齿一般的口器，摇晃着黑色长尾毒钩，在我们的车子前方的沙地上转圈爬动着，似乎在寻找猎物。

“嘭！”一道火线划破夜空，直奔蝎子而去，一下子穿透大蝎子的黑色硬壳，打断了它的一条腿。

大蝎子中枪后立刻负痛窜逃，很快隐没在苍茫大漠之中。

“他娘的，这都是什么怪东西?”胡子扛着猎枪，带着二白来到我们车外。

原来，刚才发现我们车子上有东西之后，他们跟着停了车，胡子抄起猎枪悄悄赶过来，给大蝎子来了一枪，这才化解了一场危机。

“你们没事吧?”胡子拉开车门问道。

“没事，其实刚才你不过来，我也可以搞定它。”我有些逞强地说。

“放心吧，你有的是机会，这一路上还不知道会遇到多少怪事呢。”胡子嘿嘿一笑，挥了挥手，转身回去。

我们又前行了十几公里之后，终于到达了一片地表比较硬实的戈壁滩。

我们又累又渴，于是找了一个避风的地方，将车子并排停下，下车在沙地上点起一堆火，简单地吃了些东西，然后回到车上休息。

没多久，再次起了大风，风沙噼里啪啦地刮着车玻璃，风里还夹杂着一阵阵鬼怪怒号声。

我裹着大衣，将冷瞳半搂在臂弯里。将睡未睡的当口，一阵婴儿哭声隐隐约约地传进耳中。

刚开始听到时，我还以为是沙漠里独特的风声，但是，那哭声越来越清晰，我和冷瞳不觉都惊醒了，面面相觑，然后向车窗外望去。

此时车灯都已经灭了，车内外都黑压压一片，什么都看不到。我们只能看到远处深灰色的天空下，有起起伏伏的沙丘轮廓。

“哥哥，这是什么声音?”冷瞳有些担忧地低声问道。

“应该是婴儿的哭声，可是，这大漠深处怎么可能有婴儿呢?何况现在还有这么大的风沙，这个事情很怪，我们不能被它迷惑了。”我低声说道，拿起对讲机，按下对话键，对讲机里发出一阵“沙沙”的声响。

“别按了，我听到了，小孩的哭声。”胡子似笑非笑地说，“老爷子说了，不用管它，都是迷惑人的把戏。”

“要是真的有小孩，怎么说？”我疑虑地问道。

“屁，就算真有小孩，和你有关系吗？都这个时候了，你还想着当英雄啊？”胡子对我的话很是不屑。

“好吧，还有两三个小时天就亮了，我们休息一下吧。”我放下了对讲机。

没想到，车窗外突然出现了一点亮光。我和冷瞳都是一愣，连忙趴在车窗上往外看去。看了半天，才确认那亮光是从距离我们大约两三公里的地方发出来的，而光亮所在的地方，正是婴儿的哭声传来的方向。

那点亮光微微地晃动，忽明忽暗，似乎是有人正在打着手电筒，还不时用手遮挡一样。而那闪烁的灯光，正是国际通用的求救信号“SOS”！

我不觉心里一阵焦急，连忙对冷瞳说道：“确实是有情况，那灯光是求救信号，有人遇到危险了，我们得赶紧过去看看。”

冷瞳立刻启动了车子。

“你们要做什么？”我们的车灯骤然打开，胡子自然发现了。

“那边有灯光，是求救信号，我们要过去看看。”我拿起对讲机喊道。

“你傻啊，那是敌人设下的陷阱，故意骗你们过去送死的！”胡子不屑道。

“敌人，什么敌人？”我有些好笑地问，“如果那里真的有人正在等待救援，我们这么拖延时间，把他给害死了，你就不会内疚吗？”

“你小子就是个烂好人，跟你说了，这沙漠里只有鬼，没有人，你还不信。”胡子对我的话显然不信服。

“好了，不管有没有人，过去看一下不会死的，我们开车过去，应该不会有事的，你们就在这里等着我们好了。”

冷瞳手一扭方向盘，脚一踩油门，车子已经打着弯，向那个求救信号驶过去。

车子开出几十米之后，我通过后视镜见到胡子的车子也跟了上来，不觉有些好笑地问道：“不是让你们在原地等着吗？怎么你们也跟上来了？”

“屁，你忘记车子是用绳子绑在一起的啦？你们往前开，我们能停下来吗?”胡子有些无奈地说。

“哈哈，好啦，你就不要嘴硬了，我知道你是担心我，好兄弟嘛，没什么不好意思的。”我有些得意地说。

“知道还屁话多，你就会找麻烦，这大半夜的，我们好好睡一觉多好?就算那里有人，他自己愿意跑到沙漠深处来送死，和你又有什么关系?”胡子对我一阵数落。

“那是不是如果我们遇险了，你也希望别人像你一样，对我们不管不顾?在这种地方，人和人之间更应该互相帮助才对。”我语重心长地胡子说道。

“嘭嘭!”呜呜作响的风声之中，突然传来了清晰的枪声。

我们看到，就在车子的正前方，有两道火光一闪而逝。我们都沉默了下来，意识到情况不妙，前面确实有人，而且还带着武器，却不知道是敌是友。

为了更清楚地看到那个求救信号灯，我们特地关掉了车灯，却发现前方已经是一片黑暗，求救信号消失了，而且那隐隐约约的婴儿哭声也听不到了。

四野只有风声，情况极为诡异，我们一时间无所适从。

在原地停了一会儿，没有再发现有动静，我们等得有些心焦，最后还是胡子忍不住了，大骂道:“他妈的，到底是什么情况?大同，继续前进，看个究竟再说。没有遇上就算了，现在遇上了，不弄个清楚，这心里跟蚂蚁爬似的。”

我们继续翻过一座沙丘，猛然见到前面的沙地上有一片殷红的血色，还有一堆碎骨乱肉。

冷瞳连忙停车，惊骇地看着那片血肉淋漓的情景，怔怔地抓着我的手臂问道:“哥哥，这是什么?”

“没事的，别担心，可能是那些探险者遇到狼群了，先前的枪声很有可能是他们在打狼。”我推开车门，拉紧大衣的领口，让冷瞳待在车子里别出来，然后一手阴魂尺、一手手电筒，顶着大风向前走去。

“什么情况?”胡子领着二白跟了上来。

“估计是遇到狼群了，他们可能也是探险队。”我走上前去四下照照，发现地上的血肉很碎乱，沙地上有些模糊混乱的脚印。

“不对啊，这脚印不太对劲啊。”胡子大声说道，“这里有些是人的脚印，其他小一点的脚印却不是狼的，这种脚印的前面分叉，是带爪子的东西。”

“还有，你看这些血肉和骨头，明显是被咬碎的。如果是饿狼群的话，这些碎肉肯定都被吃掉了，不会剩下的。现在这些碎肉都被丢在这里，这说明什么?”胡子皱眉道。

“难道说那些动物只是把人给咬死咬碎，却不吃人肉?”我疑惑道。

“对啊，就是这样，这些动物肯定不是普通的动物。”胡子往远处照了照，突然低喝一声，一抓我的胳膊道：“快看，真正的狼群来了!”

我抬头往前一看，不远处的沙丘边上，一片绿莹莹的三角眼冒出来，发出一阵阵狼嚎。我不禁心里一紧，知道它们是嗅到血腥味赶过来的。

那么，这些被咬碎的血肉骨头的确不是狼群干的。那又是什么呢?

“快看，这里还有一个!”胡子弯腰在沙地上刨了几下，从地下拽出了一个黑乎乎的东西。

我们低头一看，不觉惊得目瞪口呆，那东西是一具全身血肉模糊的尸体，似乎被活活剥了皮。

“快上车吧，咱们还是别管这些屁事了，这太不对头啊!”胡子很紧张，拽着我往回跑。

就在这时，刚才还徘徊在不远处沙丘旁的几十头饿狼，居然一起朝着一个方向飞奔而去。

我拿手电筒向狼群照去，赫然发现，有一个滑溜溜的黑色怪物正在追逐狼群。

“嘶——”尖厉的叫声传来，那个追逐狼群的怪东西被手电筒一照，顿然一停，抬起细长的头颅向我这边看过来。

我才看清那个东西是一个脑袋三角形、两眼血红透亮、尖牙龇在嘴外的怪物。怪物头顶有一束粗粗的毛发，头脸和身上都覆盖着反光的细密鳞片，很像蜥蜴，但是仔细一看，又发它是用两只脚走路的，而且没有尾巴。

蜥蜴人！

我立刻想起了资料上的介绍，心里一震，正要收回手电筒的灯光，和胡子一起撤退，就在这个时候，一条又粗又黑、如同巨蟒一般的东西猛然从沙丘后伸了出来，一下子缠住了那个蜥蜴人，裹着它隐没到黑暗之中。

"嘶嘶——叽呀——"蜥蜴人在黑暗中只发出了两声惨叫，就没有声音了。

荒芜的沙漠之中，居然一下子冒出这么多诡异生物。我觉得，那些绿眼森森的饿狼才是正常的动物。

这里有很多巨大变异的怪物。想必，当年核爆的时候，拥有敏锐嗅觉的狼群预感到了危险，从而远遁避祸了，所以才没有因为核爆的辐射而产生变异。而其他怪物，则是对危险的感知能力较弱，或者行动比较缓慢，所以滞留在核爆的影响范围之内，从而产生了这些诡异的变异。

我们现在只有一个想法：此地不宜久留。

这时，突然有一种恐怖的气息笼罩住了我们，无数带着腥臭气息的黑色触手，从四面八方向我们伸过来。

"咕咚咚——"大地在震动，在我们的脚下，似乎隐藏着巨大的怪物。

"快跑！"我们在手电筒光线中猛然见到从沙地里伸出粗如手臂的黑色腕足，胡子立刻大叫起来，头也不回地撒腿飞奔，一下就跳回了车上。

我的反应也不慢，一个飞跃就回到车子旁边，拉开车门就钻了进去。

"快，倒车，离开这里！"我对冷瞳大喊道。

冷瞳也意识到事态的严重性，一踩油门，方向盘急打。可是，无数黑色腕足从四面八方包围过来，瞬间就把我们两辆车子都给捆住了。

那些黑色腕足力气很大，捆住车子之后，居然把车子举离了地面，车轮空转着。

这一下，我们都傻眼了。

“哥哥！”冷瞳惊得尖叫起来。

“镇定！”我拽出一支双管猎枪，对着缠在车窗外的一条黑色腕足猛地一枪轰击。

“嘭！”玻璃碎了，黑色腕足被打断了，喷出一股黑色腥臭汁液，溅在车窗上。

“咯吱吱——”这条黑色腕足被击中的瞬间，缠着我们车子的所有腕足像受到电击一般，猛地一抽，差点将我们的车子挤扁了。

“嘭嘭嘭——”我抓住机会，猎枪对着其他黑色腕足一阵猛烈轰击，打烂了不少。

那些黑色腕足吃疼后退了，渐渐松开了我们的车子。

“哼！”见到那些黑色腕足就这么几下子，我心中一阵冷笑，扔下猎枪，掏出阴魂尺，推开车门就冲了出去。

“再让你尝尝鲜！”这时，我们的车子已经着地了。我冲出去之后，立刻展开攻击，阴魂尺如同利剑一般，绽放一片寒光，向那些正在抽离的腕足一一点去。

那些黑色腕足看似巨大恐怖，却撑不住阴魂尺的几下点击。不过几分钟时间，我上蹿下跳，将几十条黑色腕足都切击下来，掉在沙地上，失去了行动能力。

胡子那边也是枪花四闪，胡子和玄阴子一人一支双管猎枪，也打断了几十条黑色腕足。

“咕咕咕咕——”这个怪物在我们的凌厉攻势之下，断足伤重，几乎变成了一摊烂肉，发出了低沉的叫声。

辨明了那个叫声来自前方不远的沙丘下方后，我和胡子对望一眼，一齐飞跃而出，向前猛冲，想看一看它到底是什么样子。

突然有一道刺眼的光芒从前方照过来，我们一下子睁不开眼睛了。

“小心！”我本能地大叫一声，连忙就地滚倒，迅速向侧面翻去，躲到了一个小沙堆后面。

刺目的光芒一闪而逝，待到我再次抬头时，只是看到一大团肉乎乎的东西，悬浮在我们前方距离地面大约十几米高的空中。

我抬起手电筒一照，不禁惊得头皮发麻，那就像大地生疮长出来的脓包一般，太恶心了。

“这，这他妈的——”胡子站在沙地上，直愣愣地看着前方，他心中的惊骇当然是和我一样。

“这是什么?”胡子怔怔地扭头对我问道。

“我也不知道。”我看清了那是一团巨大的椭圆形黑色肉球，高度足有十几米，直径有四五米，全身长满了手臂一般粗大的腕足，腕足中间鼓鼓囊囊地挤满乳白脓包一般的肉状凸起，臭气熏天。

最让我们吃惊的是，肉球朝向我们这一边的中间位置，有一个直径一米的圆形凸起，正散发出微红光芒，就像那块肉状凸起里有一把手电筒一样。

我们同时联想到了什么。刚才那刺目的光芒，想必就是来自肉头内部的手电筒，也就是说，就在几秒钟之前，那个肉头吞下了一个手电筒。当然，它不会只是吞下了手电筒，肯定也吞下了拿着手电筒的人。

而那个人，很有可能就是刚才向我们发出求救信号的人。

“怎么办?”胡子眉头一皱，满脸凝重地看着我。

“上去干掉它!”我咬牙道。

这时，黑色肉球上面，缓缓睁开了两只鱼白色的眼睛，眼睛的直径有两米，紧跟着，一个黑色大口也张了开来，一大团乌黑恶臭的黑水迎面向我和胡子头上喷来。我们一下子就浸在恶臭黑水之中，变成了黑乎乎的泥人。

这种漆黑汁液有很强的腐蚀性，我们身上立刻感到一阵灼烧的痛楚，如同被火烤着一般。我和胡子都是喝过仙酒的人，所以，内服的毒药对我们都是无效的，但是，对于这种外在的毒药，我们却没有抵抗力。我们一起滚倒在地，痛苦地大叫起来。

我们唯一感到庆幸的是，那些腐蚀性的黑色汁液似乎不是很稳定，风一吹之后，很快失去了腐蚀力，我们很快挣扎着爬起来，跌跌撞撞地往后逃去。

“嘭嘭嘭——”胡子一面跑一面用被腐蚀得青紫的手指扣动扳机，对着那团怪肉放了几枪。

“呜哇哇——”大肉球被子弹击中之后，巨大的嘴巴里居然发出了人类婴儿的哭声。

我们瘆得头皮都发麻了，敢情我们之前听到的婴儿叫声，就是这个怪物发出来的。也就是说，这个怪物早就在这里了，在我们来到之前，这里发生过非常惨烈的搏斗。

胡子由于手被灼伤了，枪就握不稳了，当然失去了准头。他本来想打怪物的眼睛，却只打断了几根黑色腕足。

这非但没能缓解我们的困境，反而让那个怪物更加狂暴了，它猛地向上拔高了数丈，无数腕足招摇着，黑压压地向我们压了过来。

我和胡子伤势很重，这使得我们的速度大大降低了。眼看着我们就要被那些腕足缠住了，突然“轰隆”一声巨响传来，一大团火光暴起，血肉碎片漫天洒了下来。

我们猛地抬头一看，这才发现，玄阴子已经站到了汽车顶上，向那个怪物扔出了一颗手榴弹。

我心想，幸亏玉娇莲给我们准备的装备够齐全，不然我们可就惨了。

但是，一颗手榴弹只炸掉了那个怪物的一小半，虽然它受了伤，却还是号叫着继续向我们冲过来。

我们绝不能让那个怪物冲过来，不然的话，我们的车子肯定会被它弄坏，就再也不可能逃掉了。

可是，我和胡子浑身灼伤，每跑一步都很痛苦，根本就不能在肉球怪追上我们之前跑回车上。

眼看我们就要被大怪物压倒的时候，空中再次炸响，这一次，两发子弹准确地命中了肉球怪的两只眼睛。

“呜哇哇——”肉球怪发出了更大的惨叫声，全身剧烈颤抖着，开始挖陷沙地，向沙下钻去。

我们抬头一看，在车顶上，站着一个纤细的身影。

车顶上的身影飘动着一头蓝色长发，如同风中的精灵。

冷瞳双手握着一杆猎枪，枪托顶在肩窝。她第一次用枪，居然弹无虚发。

“好样的，小冷！”胡子兴奋地大叫，“再给它几枪！”

冷瞳一言不发，再次连扣扳机，弹无虚发，全部都打进了肉球怪的大口之中。

“扑扑——”

“咕咕——”

肉球怪的嘴巴里冒起阵阵青烟，向外喷射出一股股恶臭的黑色汁液。肉球怪似乎也意识到，它现在面对的这群人是它无法战胜的，它拼命地拨动浑身的黑色腕足，向沙下钻去。

它这么一钻，带动了本来就有些虚浮的沙地，开始大块塌陷下去，沙地上立刻形成了一个巨大的沙土漩涡，无数沙石向陷坑中滚落，连带着我们脚下的地面也震动着，向下陷去。

我和胡子再也不敢耽误，拼命地跑回车上。但是，巨大的沙漠陷坑已经形成，我们处于漏斗状陷坑的倾斜面上，想要逃出去谈何容易。肉球怪不知死活，在它逃离的时候，却给我们造成了大麻烦。

天色有些亮了，东方天际出现了一抹鱼肚白，头顶的云层已经可以看得很清楚。黎明的第一线曙光出现的时刻，却也是我们坠入深渊的开始。我们连人带车，跟着滚滚流沙，陷进了巨大的漏斗状沙坑中。

沙坑的底部，正是那个巨大恶心的肉球怪钻出来黑色大洞。洞口如同一个通往异世界的虫洞一般，正在吸收着掉入的一切。

“啊——”车子沿着倾斜的沙面一路向下滑去，我们都大叫起来。

我们推开了车门，从车子里跳了出去，趴在倾斜的沙面上想爬上去。可是，即便我们用尽全力，却压根儿没有着力点，越是用力，滑落得越快。

“冷瞳，抓紧我！”掉进沙坑洞口的时刻，我只来得及伸手紧紧拉住冷瞳，将她死死地抱在怀中，然后只觉得脚下一空，耳边生风，和满头满脸的沙土一起坠进了黑洞中。

"沙沙，扑扑扑——"

"呼呼——"

下坠的过程中，除了耳边呼呼的风声，我还依稀听到下面传来物体坠落到沙堆上的声响。听起来似乎这个黑洞并不是很深，而且地下是柔软的沙土，我们大概不会摔死。

果然，几秒钟之后，我们就"扑通"一下，猛地砸进沙地之中。

沙地上落下了一些颗粒比较粗的沙子和石头，而且我为了不让冷瞳受伤，将她翻到了我的上方，所以，砸进沙堆里的时候，我的脊背和后脑重重地撞在了一些小石块上面。

先前我已经被那个肉球怪的腐蚀性汁液搞得全身都是灼伤，现在再被这些石块重创，我感觉一阵剧痛。

"啊——"我猛一咬牙，也不管身体痛得不听使唤了，爆发出全身力气，猛地一推冷瞳，让她沿着沙丘向下滚去。

我知道，要不了几秒钟，我们的两辆汽车就会从头上砸下来。如果我们还待在原地，那么我们就要被砸成肉饼。而我已经没有力气抱着冷瞳一起滚下去了，只能把她推开。

我躺在沙地上，满头满脸立刻落满沙土，呼吸都困难了，呛得肺都要炸了。我无力绝望地放弃了挣扎，就等死了。

"哥哥！"冷瞳的声音近在咫尺，这丫头竟然没有滚下去，她到底想做什么？我急得脑门冒汗。

就在我快要被沙土埋起来时，一只小手用力地伸进沙土之中，猛地抓住我的手臂，生拖硬拽地把我从沙土里拽出去，然后抱着我，沿着沙丘斜面向下滚去。

在最紧要的关头，冷瞳没有抛弃我独自逃生，这小丫头肯定也知道，汽车马上就要掉下来了，留在原地是非常危险的，但她还是救了我。

"嘭——轰——"简直是千钧一发，我们刚刚滚开，就听到一声巨响，一辆汽车从天而降，砸在沙丘上，溅起一大片黄沙烟尘。

"哥哥，哥哥，你怎么样了?!"

我们已经滚到了角落里，算是安全了。冷瞳把我翻过来，不停地拍着我的脸，焦急地对我大声喊着。

"咳咳——"我总算缓过气来，气顺了一些，虽然脑子有些震荡，但是感觉还是好了一些。我艰难地吐了一口气，费力地扭头向身旁的沙丘看去，说道："快去看看他们怎么样了。"

"咳咳，放心吧，我没事!"就在这时，沙丘另一侧传来胡子沙哑的声音。

"太好了，胡子哥哥也没事。"冷瞳不禁狂喜。

"老家伙怎样了?"我有些担忧地问。

"哎，老了，身手不行了，被石头刮破了皮。"我脚后方的黑暗之中，传来一个苍老的声音，紧接着，玄阴子带着鬼猴二白走了出来。这老家伙真不知道是什么下来的，身上竟然连灰尘都不见，真够镇定悠闲的。

见到大家都平安了，我这才放下心来，苦笑一下，闭上了眼睛，想休息一下。可是，我们的头顶一黑，一个大家伙凌空落了下来。

"快闪开，车子下来了!"胡子大喊道。

"嘭——咯喳喳——"又落下来的这辆车重重地砸到刚才落下的那辆车子上。

两辆车相隔二十来米，自由落体之后猛然相撞，诚然有一层沙土作为缓冲，还是把所有玻璃都震碎了。

"扑通——"相撞之后，后一辆车子摇摇欲坠地倾斜了，倒在沙面上，陷了进去，只滑动了几米就停了下来。

两辆车子从洞口落下，那个洞口扩大了一些，直径有五六米了。这样一来，洞底的光线变亮了不少。

我抬眼四下望去，这才发现，四壁都是风化的岩石石壁，这里是一处天然岩洞。

胡子忽然大叫道："这他妈的是什么?是虫子的窝吧?"

"你发现什么了?"隔着一人多高的沙丘，又有下落的沙子遮挡，我看不清胡子那边的情况，但是隐隐有些不安，这个坑洞里很有可能隐藏着一些恐怖的东西。

就在我们旁边一处崎岖的石壁上，我隐约见到了数十个灰白色蚕茧一般的东西，每一个都有水桶大。而石壁下堆积着一大堆白花花的东西，是巨大的虫子退下的皮和白骨。在那堆白色的东西后面，有一个模糊的兽头图案。

看清这些情况之后，我无力地抓着冷瞳的手，对她说了声“小心”，就无力地闭上眼睛，想先恢复体力。

“大家小心了，这边还有一个大洞，里面都是那种黑色汁液，刚才那玩意儿还没有死，它躲到洞里去了！”胡子又报了新情报。

他的声音刚刚落下，只听到“唔呀呀——”一阵婴儿叫声，那些粘在峭壁的灰白色巨大虫蛹里，突然有一只里伸出了一个西瓜大小的虫子脑袋，接着身体出来了，满是章鱼一般的白色腕足。

坑洞之中，此刻也迎来了黎明的曙光。我们清楚地看到，很多只粗大的白色肉头接连从虫茧里爬了出来，沿着石壁蠕动着滑下来，向我们包围过来。

那些怪头虫一边爬动，一边张开宽阔的满是锯齿状牙齿的嘴巴，发出婴儿一般的叫声，整个坑洞里怪叫声此起彼伏。

我勉强恢复了一点体力，见到那些蠕动着的怪头虫，心中着急，不敢再躺在地上，只好挣扎着爬起来，和冷瞳、玄阴子一起退到角落，紧张地看着那些越来越近的怪东西，准备着随时出手反击。

“嘭嘭——”胡子端着猎枪，从沙丘的另外一侧杀过来，打飞了好几条怪头虫。

“你们怎么样?”胡子来到我们身边，回身举枪，警惕地看着那些怪头虫。

“我们没事。你这样把它们惹疯了，它们一起冲上来，我们根本就没法招架。”我有些责备胡子的莽撞，接着发现它们并没有被胡子的攻击惹怒，这才松了一口气。

“没事的，打他娘的就是了。”胡子全然不把我的话当一回事。这些怪头虫行动缓慢，而且我们有的是子弹。

这时，那些怪头虫竟然“簌簌簌——”一阵爬动，然后不约而同地集中到一起，缠绕成一团。

一开始我们以为它们是想搞群体攻击。可是，那些怪头虫缠绕成的肉球居然变光滑了，最终合体成了一个表面光滑柔亮的大肉球，然后缓缓地继续变形。

先是表面起了一些粗大的乳白色纹路，接着整个球体慢慢拉长，末端延伸出无数粗大的黑色腕足，顶端则冒起了一些乳白色肉头凸起，睁开了灰白色眼珠子，继而出现了锯齿状的大嘴巴，最后，大肉球的背上居然缓缓地张开了两对树脂色的翅膀。

“扑嗒嗒——”肉球怪的两对翅膀张开之后，立刻一阵扑扇，掀起一阵飞扬的尘土，接着张开阔嘴，长身向上一冲，瞬间变成了一条高达两丈、粗如磨盘，顶上布满肉头，身上满是黑色腕足的大虫。

“呜哇哇——”大虫对我们发出尖厉的嘶叫，翅膀猛扇，下半身着地，蛇一般向我们冲过来。

“打！”我们早已准备妥当，四根猎枪一起对准大虫的脑袋，一阵射击。

“嘭嘭嘭——”一声声震响，枪管冒烟，全都命中了大虫，几乎将它的头都打烂了。

而大虫在如此猛烈的火力攻击之下，自然无法再向我们发动攻击了。它拖曳着满身污秽汁水，扇动着翅膀，没头没脑地在坑洞里飞蹿起来，不时发出婴儿的叫声。

这时，坑洞另一侧的黑色大洞里传来了回音。先前被我们打伤的那个肉球怪从洞口中缓缓蠕动出来，腕足一缠，将那条长着翅膀的大虫拖进洞中，掩到了自己身后。

“啊，这只长翅膀的怪虫子，是那个肉球怪的孩子，它还想保护孩子呢。”胡子失笑道。

“这谁都看得出来。”我皱眉道，“现在我们先要想办法从这里出去才行，这两条怪虫子就由它们去好了，少惹麻烦为妙。”

“我看不惹麻烦不行了，你看这坑洞这么深，我们怎么出得去？咱们还是要和这两条虫子干一架的，不信你就看着好了。”胡子嘿嘿笑道。

我知道他说得没错。确实，要想从头顶的出口出去是不可能的，石壁太陡峭，而洞口的沙土也太松了，根本就没有着力点。所以，我们想要出去的话，只能从那两条大虫藏身的那个洞穴往前走，寻找别的出口。

我不觉叹了一口气道：“准备好弹药吧，看来是躲不过了。”

“正好，我还没打爽呢，好不容易遇到这么给劲的怪物，不好好耍一番都觉得可惜。”胡子有些兴奋地跑到沙堆上，拉开车门，把里面的东西一股脑儿掏出来，招手喊道：“来吧，一起动手，能带的都带上，这一走进去，可就不知道什么时候才能出去了，说不定最后要吃那些虫子才能活下去呢，你们可要做好心理准备啊。”胡子说笑道。

我们一起将车子从沙堆上推翻下来，将里面的东西都取了出来，每个人身上都背着一个大包，冷瞳也穿了一套厚实衣服，戴了帽子。胡子给鬼猴二白也背了一个小包，装了一些水果和干果，都是二白爱吃的东西。

我们又分发了武器。双管猎枪只能单发，打完子弹就要重新装弹。这种枪虽然射击速度有限，但是打出来的子弹却是呈片状的，只要枪法还可以，隔着几十米远也能打中目标。除了几支双管猎枪之外，还有两把黑五星手枪和一把八一杠自动步枪。这三个大杀器，玄阴子和冷瞳一人分了一把手枪，胡子抢了八一杠。

“你不是有两把尺子嘛，那玩意儿比这些东西好使，就别跟我们抢了。”胡子占了便宜还卖乖。

“咱们进洞把那两个怪物干掉，然后沿着山洞往前走，说不定就能找到出口了。这种大山洞，不会只有一个出口。”胡子将探照灯戴到额前。

“你说得轻巧，那两个怪物可不好对付，再说了，里面说不定会新的危险。”我没有胡子那么盲目乐观。

“管他呢，咱们什么没见过？鬼都不怕，还怕这个？”胡子笑道。

我又想起了卢朝天给我的那份资料，到现在为止，我们还没有遇到过真正超出我们理解范围的生命体，它们都消失了吗？

第十七章

第三类接触

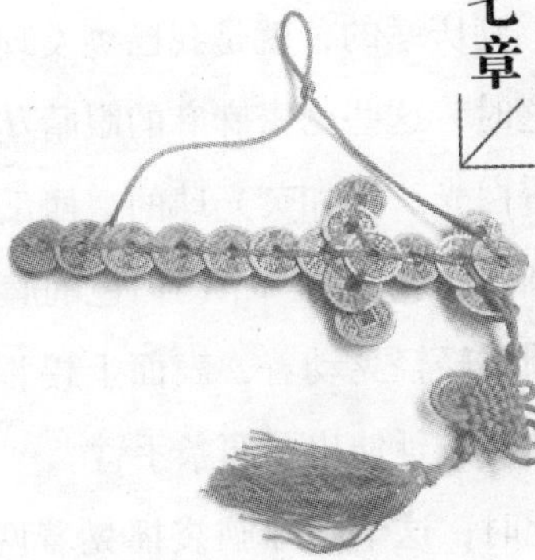

我们来到了大洞口，借着头顶上的光线，隐约可以看到，我们所在的地方是一处竖直坑洞。

坑洞四壁底端是坚硬的岩石，往上一点，则是沉积岩和土层，最顶端则是松散的沙子，像是一碰就会垮塌下来。洞口宽约一丈，高约两丈，呈半椭圆形，还算结实。

站在洞口前，我们闻到了一股刺鼻恶臭，应该就是那两只大肉虫留下的。脚下的沙地里散落了很多白骨，其中不乏人类的骨头。我们不是第一批到达这里的人类，先前到达的那些人都已经葬身虫口了。

一阵怪异的冷风从洞口吹出来，我感到浑身冷飕飕的，似乎被冰凉的蛇周身缠绕了起来，非常不舒服。我一压头顶的探照灯，照向大洞口，微微眯眼看过去。

一看之下，我惊得汗毛直竖，鸡皮疙瘩起了一身。黑色的洞口中，正有无数条肉白色、粗细如小孩手臂的触手伸出来！

每一条触手的顶端都分出一大团细小的触角，每个触角的顶端又有眼睛样的东西。这些“眼睛”和“触角”都在缓缓晃动着，似乎在探测着四周的情况，犹如亡魂在窥探着我们。这些东西离我们不到一米远，是肉眼无法看到的。

但是，它们绝不是以前我见过的那种亡魂，这种生命体不是由我们所知的任何物质构成的，它的构成与阴魂相似，由一种未知的场力构成。我唯一感到庆幸的，就是我已经发现了这些东西的存在。

这时，这些密密麻麻的眼睛丛中，突然分出了一条缝隙，一个全身微微泛着白光、犹如荧光球的、西瓜大小的圆球伸了出来。

圆球的底端有一个肉白色的脖子样的东西，与隐藏在山洞中的本体相连。圆球轻轻晃动着，表面上慢慢出现了两只眼睛，然后是鼻头、嘴巴，最后向左右延伸出了两条手臂。

此时，这个圆球脑袋摇晃着两条手臂，睁着一双大眼睛，动着嘴巴，似乎正在对我们说话。我仔细观察它，发现它并没有要攻击我们的意思，似乎是想和我们交流，但是，我根本就听不到它到底在说什么。

紧挨着我站着的冷瞳皱着眉头，微微闭眼，侧耳专注地倾听着。

“冷瞳，你在听什么?”我心里隐隐意识到了什么。

“有声音，你们都没有听到吗?”冷瞳好奇地看着我们问道。

“没有声音啊，你听到了什么?”胡子和玄阴子都疑惑地看着冷瞳。

“好像是在对我们说话，声音很低沉，我只听明白了一些，意思好像是说，它们知道我们是这个世界的主宰者，希望我们不要和它们产生冲突，尽快离开这里。这里是它们的领地，希望我们尊重它们。”冷瞳有些犹豫地说道。

“啊?到底是怎么回事?”胡子和玄阴子都愣了，他们既听不到也看不到。

我皱着眉，一拉冷瞳，又对胡子他们招招手，我们一起退到了距离洞口十来米远的地方，这才说道：“确实有东西，也确实在说话。不过，我只能看到，却听不到，而冷瞳是能听到，但是看不到。”

“我明白了，你这是在骂我们又聋又瞎。”胡子耸耸肩膀道，“那你看到的是个什么东西?”

“很奇怪的东西。”我满脸困惑地把那个生命体的形象描述了一下，问道：“你们说现在怎么办？我们根本没有和它们对抗的经验，贸然进攻的话，说不定会吃亏。而且，现在它们已经发出了警告。”

“这个嘛，”玄阴子皱眉沉吟道，“我看还是按照它们说的去做吧。”

“那我们怎么出去？”胡子问道。

“这个——”玄阴子抬头看了看上面的出口，“想办法原路返回吧。”

“你觉得可能吗？”胡子郁闷地说。

“我倒是有一个办法。”冷瞳沉吟道，“其实，我们可以请求那个东西帮忙的。”

“可以吗？”大家惊奇地望着她，觉得这个主意太大胆了，却又似乎可行。

“不知道，只能试试看了。”冷瞳抬眼看了看黑黑的大洞口，“那两条大虫应该是由它管着的，它应该能命令它们。刚才你们也看到了，那条大虫子可以从这个洞口钻到上面去，所以，我们可以请求它让那条大虫子驮着我们出去。你们觉得这个主意怎么样？”

“嘿嘿，嘿嘿。”胡子有些尴尬地笑道，“那个虫子那么恶心，我们坐在它身上出去？”

“这个主意不错，我们可以试一下。现在的问题是，怎么样才能和它交流，让它听懂我们的话。”我皱眉道。

“这个我可以试一试。”冷瞳主动请缨道。

我们不知道冷瞳这么做会不会有危险。因此，我们三个人都荷枪实弹地跟在她的身后，随时准备应对突发的危险。胡子和玄阴子一左一右，端着双管猎枪瞄准山洞，我则打着探照灯，眯眼注意它的动静。

冷瞳倒是很放松，她微微闭眼，静静地站在那一大片“眼睛”面前。

我清楚地看到，那个圆球一点点地向她移动，然后落到了冷瞳的眉心上，最后居然全部都进入到冷瞳的额头中。

乍一被那个圆球接触，冷瞳就像老僧入定一般，一动不动地站着，持续了几分钟，直到圆球自行退回之后，才缓缓睁开紫色的眼眸，转身看着我们，微皱眉头道：“它答应了，帮我们把汽车弄上去都不成问题。”

“不错嘛，看来对我们没有恶意啊。”胡子有些好奇地问，“那你有没有问问它，它到底是个什么玩意儿？”

“不知道。就好像别人问你，你到底是个什么玩意儿，你说得出来吗？”冷瞳问道。

“我当然说得出来，我是人啊，这还不简单？”胡子不屑道。

“那么，人又是什么东西？”冷瞳追问道。

“这个嘛——”胡子摸了摸脑袋，嘟囔道：“好吧，那它有名字吗？”

“它自称叽哩刺唔，它们是一种游弋在宇宙之中的高等生命体，拥有很高级的智能。它们很久之前就已经学会与我们进行交流了，这一次算我们幸运，没有惹怒它们，不然的话，单单是灵魂力的攻击，就可以让我们瞬间精神崩溃，变成疯子了。”冷瞳说道，“我们还是把车子收拾好，坐进去，等着它帮我们回到地面上吧。”

“既然都说好了，那还等什么，快行动吧，我再也不想待在这个鬼地方了。不过嘛，它是不是吹牛啊，什么用灵魂力攻击我们，谁强谁弱还不一定呢。”胡子显然不太相信，还有些跃跃欲试。

“好了，胡子，咱们和它们井水不犯河水，没必要死磕，赶紧上车，办正事要紧。”我招呼着大家来到汽车旁边，发现有一辆无法启动了，另一辆还能用，就一起坐了进去。

过了几分钟，我们听到一阵“沙沙簌簌”的声音，有些好奇地扭头向洞口的方向看去，不觉都心虚地吸了一口冷气。先前那个肉虫怪又出来了。

那只肉虫怪此时浑身是伤，情状有些狼狈，但是看着还是很恶心。我们都不敢再看了，收回了眼神。

不过，我多留了一个心眼，眯眼看了看它，赫然发现它的躯体此时被那种白色触手包裹着，也就是说，现在大肉虫完全由那个未知生命体控制着，就是一个傀儡。

我不禁有些好奇，已经完全相信了冷瞳的话，知道那个未知生命体确实拥有很强的精神力量，可以控制其他生物的意志。但是，我不太明白，既然那个未知生命体以场力形式存在着，又为什么要躲藏在这个山洞里，和这些大肉虫居住在一起呢？它们既然可以在宇宙中游弋，为什么不离开我们的世界，寻找更好的生存场所呢？

这些疑问，在那个大肉虫用腕足把我们的车子托举起来时，我找到了答案。

我在大肉虫的额头后面，见到了一个人形、如干尸一般的东西，油黄色的皮肤斑驳，骨棱分明，头颅上只有一双空洞的大黑眼。那个东西紧紧吸附在大肉虫上，几乎完全陷进了大肉虫的褶皱中。那些的触手，都是从那个地方发散出来的，也就是说，那个人形寄生的油黄色东西，就是那种未知生命体的本体。

我猜测，这种未知生命体确实拥有很强精神力量，可是它们不能够完全脱离物质而存在，它们的本体寄生在其他生物体之上。说不定，那些大肉虫原本只是普通虫子，之所以变得如此怪异，就是因为基因被那些未知生命体改造了。

汽车在大肉虫腕足的托举下，一点点地向上升起。重见天日的感觉真好，当阳光从东天照到我们身上的时候，我都有些睁不开眼睛。我们大口贪婪地呼吸着清晨的空气。

大肉虫非常讲信用，不但将我们送出洞口，还帮我们离开了漏斗状的沙坑，把汽车平稳地放到沙坑旁边的沙地上，然后大肉虫就很快缩回洞里去了。

我们有些恍惚地下车，站在沙坑旁边，很难相信在沙漠的底下还隐藏着这么奇特的生命体。我们有些兴奋，又有些纠结。兴奋是因为我们碰到了埋藏在沙漠中的秘密，纠结的是，昨天晚上那个向我们发出求助信号的人，已经葬身在这里了。

我们四个人和一只猴子挤在一辆车里，在沙漠中奔驰上百公里之后，终于在地平线上见到了一些黑色。

我的心情有些激动，终于找到了废弃的古城遗址。

古城遗址只有一些分辨不出模样的墙根地基。在沙土掩埋下起伏着，偶尔有些地方深陷下去，成了黑色的洞坑，边上有些散落的枯枝和白骨，好像有什么野兽住在里面。

沙漠里的野兽很多是昼伏夜出的，所以，我们在日头偏西的时候到达这里时，四处一片静谧。

我拿着指北针，对照吴农谷的地图，绕过古城遗址又前进了一段，一个隔断沙漠的巨大裂谷出现在面前。

将车子停稳之后，我们沿着裂谷边上的流沙小路一路下到谷底，这才发现，两边的峭壁上都是蜂窝状洞口，每一个洞口都是一处墓葬，这就是传说中的“小河沟千人墓葬群”！

我们分成两队，沿着裂谷向左右探查，很快就在裂谷的一段发现了一个被沙土掩埋的避风口。

我们几个人用工兵铲轮流挖掘，终于在太阳落山之后，一铲子碰出了火花。再费力地竖直向下挖了两米深，一扇尘封的石门赫然出现在我们面前。

第一眼见到石门的时候，我一下子就被上面雕刻的“独眼”吸引住了。没错，这就是我在资料照片上见过的那个石门。就在这个石门的后面，藏着那台神秘的机器。

天黑了，大风呼啸，漫天沙尘飞舞。我们躲在避风湾里，用煤油点起篝火，围坐着吃喝一顿，取出睡袋，紧挨着岩壁睡觉。

晚上第一班岗是冷瞳站的，到了十点钟换我起来。我陪着玄阴子喝了一点小酒，正睡得死沉，起来之后迷迷糊糊的，在快要熄灭的火堆边上哈欠连天地点了一根烟，一边抽着一边拿探照灯四下照着。

我查看了一圈，新挖出来的墓门也仔细研究了一番，没有发现什么异常，这才放下心来，坐到火堆边上打瞌睡。

迷迷糊糊之中，我隐隐约约听到一阵阵笑声。我全身一激灵，酒瞬间醒了大半，找着声音的来源，将探照灯照过去，微微眯眼向那个地方斜瞅过去。

在我们右前方的一处峭壁上，有一个洞口略大的洞穴，正隐隐散发出一层黑气。虽然经历了不知道多少岁月，而且还是裸露在地面的浅层墓葬，却还有一些无法散去的怨气。

我微微皱了皱眉头，抽出打鬼棒握在手里，向那个洞口走过去。我走了几步之后，笑声变成了哭声。再走几步，可能是脚踢到碎石发出了声响，声音戛然而止，洞口的黑气也一下子缩进洞里了。

“咦，看来是个胆小鬼。”我皱皱眉头，没有再向前走，毕竟对方并没有伤害我们的能力，也就没必要去惹麻烦了。

没想到，我刚一回头，猛然见到一个毛茸茸的脑袋扑面向我冲过来。

“哎呀!”我猝不及防，一边向后撤脚，一边挥起打鬼棒向那个毛头砸过去。“咕咚”一声，那个毛头脑袋被我砸飞了。

“叽呀!”我抬头一看，这才发现，向我扑来的是鬼猴二白。

这畜生大半夜装神弄鬼吓唬人!我气得浑身冒火，踏前一步，伸手就要去抓二白的尾巴，让它老实一点。

这时，二白突然发出一阵阴沉的磨牙冷笑声，我眯眼去看，赫然发现此时趴在我面前的，是一个满身污血，披头散发的黑面恶汉。

“咯嗒嗒!”在探照灯光的照射下，那个恶汉的身上发出一阵敲击之声，接着四足着地，脊背一拱，猛地向前一蹿，再次向我扑来。

“找死!”我的打鬼棒闪电出击，正中他的面门，将他戳了回去。

“扑通!”恶汉跌落在地，几个翻滚之后，飞也似的向侧面逃去，几秒钟就消失了。

“也就这点本事而已。”我有些自得地暗笑一下，随即一怔。

不对，我怎么能把它放跑呢?它现在可是上了二白的身了，这么一跑，那二白不是也要失踪了吗?

我不觉心里有些焦急，连忙朝胡子的睡袋上踢了一脚，喊了一声：“出事了，起来守着!”然后发足狂奔，向着二白逃跑的方向追了过去。

山谷里沙石混乱，地形崎岖，二白身体轻盈，沿着峭壁的侧斜面上蹿下跳的，脚印并不是很清晰。

我一路追踪下去，还是跟丢了。当我停下来仔细观察环境的时候，才发现我走进了一处非常隐秘的狭窄裂缝之中。

裂缝不到两米宽，两边岩壁竖直向上，也不知道到底有多深，一眼望不到头，脚下的地面布满碎石和白骨，还有一些毛发。虽然没有风，却阴气逼人、异常寒冷，让我顿生坠入古墓深处的感觉。

这是什么地方？心下好奇，我微微皱眉，把探照灯戴到头上，一手打鬼棒一手阴魂尺，小心翼翼地向着裂缝底部探了过去。

走了不到五十米，前方猛然有一个黑影显现，是一个非常高大的人类背影。那个人距离我大约五六十米，目测至少有两米高，肩膀有一米宽，堵住了大半个通道。

我一愣，没敢继续向前走，沉声问道："什么人？"

我问了好几次，那个身影都没有回答。我靠近那个身影仔细一看，那是一个石像，用青色的石头雕刻而成的。

我松了一口气，侧身从石人的侧面蹭过去，绕到石人的前面之后，我吁了一口气，想瞧瞧石人的面部是什么样子。

一看之下，我不觉心里一惊。石人的雕工并不是很精细，身上连衣褶子都没有，面部是阔嘴大鼻头，相貌凶恶。最奇特的是，石人的脸上只有一只眼睛，在鼻梁之上、额头之下，处于中间位置。这一只眼睛很大，几乎抵得上一般人的两只眼睛，格外醒目。石人的一只手按在胸口，似乎手里还抓着什么东西。

我有些好奇，向石人的手里看去，发现手心之中居然是一颗眼珠子一般的小石球！我一时之间想不到以眼睛形象为图腾崇拜的民族，难道说，曾经生活在这个地方的人们，是一个非常隐秘的民族，未被外人所知？

带着心中的疑问，我继续向前走去，当来到裂缝底部时，看到了一个石门，与我们在外面看到的石门一模一样，也雕着一只眼睛！

就在我不知该怎么办时，那个石门居然缓缓地动了一下，发出一阵"咯啦啦"的声响。

我一惊，抬起打鬼棒顶着其中一扇石门，用力一顶，石门打开了。

我本能地后退一步，并没有急于走进去。一般来说，这种尘封了多年的石门会释放出极为阴毒的气体，普通人说不定会立即毙命。虽然我不怕毒气，可是毕竟可能感到不适，所以我还是小心为上。

我等了几分钟，觉得毒气释放得差不多了，才弯腰低头地走进石门。我第一眼看到的，不是机关，也不是镇墓石雕，更不是棺材和尸体，却是一个长着灰色长毛的脑袋，两只黑亮发光的眼睛盯着我，差一点儿嘴对嘴地碰到一起。

“叽呀!”我还没有反应过来，二白已经发出一声尖叫，掉头向墓穴深处逃去。看来，那个上了它身的阴魂就是待在这个墓穴的。

我放松下来，左右看了看，发现这是一条干燥的砌石甬道，两侧石壁上是一些斑驳脱落的浮雕壁画。头顶的石壁上则画着一颗接一颗的眼珠子，站在墓道里，似乎一直有人在注视着我一般，感觉非常不自在。

我微微眯眼打量墓道，发现墓道深处虽然阴气浓重、黑影烁烁，但并不是非常凶煞。看灭，知道由于墓门松动，早就走了风，阴魂煞气并没有真正形成，并非是大凶之地。我不再担忧，抬脚踏步就沿着墓道走去。

我不时看到二白的身影一闪而逝，却一直没能追上它。我向前走了几百米，感觉甬道已经深入山体深处了，却依旧看到头。我犹豫了，觉得这么孤军深入不是明智之举，最好还是先出去和大家会合，再来探索这个地方。

可是，我刚回头就发现，在我身后不到十米远，居然就是我进入墓道时的那扇石门!

我进入墓道之后已经走了几百米，一路上根本没有见到石门。难道说，当我在墓道里行进的时候，那扇墓门一直跟在我的后面吗?墓门是活的?!

我走到墓门仔细查看，这的确就是我刚才进来时的那道门!我拉开石门，向墓门外一看，立刻呆住了。墓门的后面，居然不是山谷裂缝，而是看不见尽头的墓道了!

我有些急了，抬脚穿过墓门，进入了墓道之中，向前疾奔出上百米，依然看不见墓道尽头。

我心里一沉，停下脚步，缓缓转身。果然不出所料，在我身后不到十米远的地方，又是刚才那扇墓门。

这个墓道里肯定设置了一种极为诡异的机关，这个机关可以迷惑心神，或者改变时空，使得进来的人被困死在这里，再也出不去。

我我果断掏出双管猎枪，推弹上膛，对着墓门一枪打过去。

“嘭!”子弹穿过了墓门，没入了门背后的黑色空间之中。我突然感觉后背上一阵火辣辣的痛，一片钢珠和沙粒打进了皮肉之中。

“扑——”我全身一震，猛然跪倒在地，一口黑血喷吐出来。

这个墓道居然是一个封闭的时空怪圈，我明明朝着前方打枪，子弹却打到了我的后背!

我该怎么办？我第一次遇到这种怪异状况，而且还是独自一个人，难道这一次真的要被困死在这里吗?

“呼呼——”我双手撑地，双管猎枪丢在一边，深吸了几口气之后，这才恢复了一点气力，扶着石墙坐了下来，有些绝望地看着墓道和墓门。

我坐了半天，修复了伤口，四周环境依旧没有任何改变。我强行按捺住恐慌，开始分析当前的状况。

我眯眼看看墓道前后，发现并没有特殊的阴力场，也就是说，现在的状况并不是见鬼了。这条墓道应该是环形的，墓门既是起点，也是终点。想要找出口的话，得回到墓门上面才行。

我又仔细观察独眼墓门，果然发现墓门上的图案有古怪之处。内外两面的图案是不一样的，朝外一面的眼睛在两扇墓门的中间一分为二，是睁开的。内侧一面的眼睛是闭着的，就好像睡着了一般。

我隐隐觉得，这个墓门的机关，很有可能与这两只眼睛有关。我拿探照灯照着墓门，继续皱眉查看着。

突然，我觉得在两扇石门的缝隙中，似乎看到了一张人脸!

我全身一个激灵，慌忙起身，绕到墓门后一看，却是空空如也。

我有些气馁地坐下来。可是，刚坐下，又看到了一张模糊的人脸出现在墓门后面。那似乎是一张尖下巴的女人脸，细长的眼睛正从门缝里盯着我，脸上带着嘲弄又怜悯的笑容。

我再次站起身，走到门后，又是什么都没有。

“我不甘心，这绝不可能！”心中一阵愤怒，我抄起双管猎枪，对着旁边的墙壁猛地放了一枪。

“嘭！”子弹打到石墙上。我过去仔细一看，墓道是在山体之中开凿出来的，根本无法击穿。

我又举起猎枪，对着墓道顶上那些眼睛逐个射击，打坏了不少，却还是没能改变墓道的格局。

我看到的那张人脸，是一种怎样的生命状态呢？我再次走到墓门前，盘膝而坐，微微眯眼向门缝里看过去，这才发现，原来并非只有一张脸，而是有无数张脸，她们如同云雾一般，又像拥挤的泡沫，鼓鼓囊囊地堆积在那里。

那些人脸的组成方式，和先前大肉虫的巢窠中遇到的那种未知生命体类似。也就是说，现在我面对的东西，也是一种未知生命体，而这种未知生命体绑缚在了这道墓门上，成为了墓门及墓道空间的控制者，它在这里的任务，就是有人侵入墓道之后，扭曲墓道的时空，将入侵者困死在墓道里。

墓门上的未知生命体，其实成了人类墓穴的守护者，是一种离奇的镇墓兽。如果不是我这种拥有阴眼的人，就无法发现它的存在。

我缓缓起身，很慢地向墓门后走过去，而那些漂浮的人脸在我走动的时候，收缩进了墓门一侧的一个细小孔洞中。

我这才注意到，墓门两侧有一些细如筷子一般的孔洞。看你们还往哪里跑？我不禁笑了起来，把腰间的黑火药羊皮袋拿出来，往每个孔洞里倒了一些黑火药，接着点起一支烟，用烟头挨个点着了孔洞中的火药。

“嗤嗤吡——”一阵火花闪耀，烟气涌动，空气中瞬间弥漫着浓烈的火药味，墙上的孔洞被烧得发黑泛黄。但是，那些缩进孔洞的未知生命体没有再出来，而墓道也没有什么变化。

我泄气地坐了下来，一边抽着烟，一边斜眼瞅着墓门，忽然在墓门的侧棱面上看到了一些印迹和纹路。

我过去仔细一辨认，那是几个简单的符号。其中有两个箭头平行，一个向里指，一个向外指。向外指的箭头末端，是一只睁开的眼睛，向里指的箭头末端，则是一只闭合的眼睛。

我猛然悟到了什么。对于任何一扇门来说，只有两种状态，就是开和关。既然门的状态只有两种，而这道石门是用来控制机关的，那么，会不会是，石门打开，机关就打开，石门关闭，机关也就关闭了?!

有哪个盗墓的人，会在进入墓道之后把墓门给关上呢？那样的话，不就是把自己给关到墓道里了么？当初设这个墓穴机关的人，利用了人的思维定式，让我不得不佩服。

我深吸了一口气，怀着激动又紧张的心情，两手推着石门，缓缓地把墓门给关上了。这是我最后的救命稻草，如果这一招还不能奏效的话，那我真的就要在这里等死了。

“咯啦啦——”厚重的石门完全关闭了。

我心情有些忐忑地闭上眼睛，接着又缓缓睁开眼睛。我的心登时一沉！

因为，我并没有看到天光，依旧身处黑暗之中。可是，我随即发现，我现在是站在石门内部一侧，所以仍在墓道里。

我抱着最后一丝希望，缓缓转身，打着探照灯向身后一探，终于松了一口气。

果然，我的背后已经变了样子。我的背后是一个潮湿阴暗的洞穴。洞穴并不是很宽，也就一人来高，一米多宽，长度只有十几米，底部是一扇满是铜绿的大门。

在这十几米长的狭窄甬道的地面上，散落着好几具骷髅。这些骷髅的姿势，无一不是双手抱膝地蜷缩着。

我可以想象得出来，他们死去的时候，应该是经历了漫长的孤独和饥饿，都没能参透这个墓道的机关。

我有些感叹地深吸一口气，小心地绕过那些骷髅，来到铜绿的大门前。大门似乎是纯铜打造的，浮雕着兽头和云彩的图案，想必当初是金碧辉煌的。

“咯吱吱——”我用打鬼棒在上面划了一下，剥落下一些绿色铜锈，发现大门锈蚀得厉害，整个门似乎都被氧化透了，一脚就能踹开。

但是我没有去踹门，因为，这门后的世界并不是我要去的地方，我误入这条墓道，只不过是想找回二白而已，而不是想来盗墓。

想到二白，我又觉得有些不对劲。在我进入墓道的时候，还见到了二白，现在我已经破解了机关，为什么还是找不到二白呢？

我在狭窄的甬道中来回找寻，还是没有找到它的踪迹，却在甬道一头看到了一个让我心痛的情景。两具纤瘦小巧的骷髅紧紧地抱在一起，蜷缩在墙角，那应该是两个小孩子。这么小的孩子，想必不是来盗墓的。

我又来到石门前，将石门拉开，走出之后，又将石门关上。

我猛然感到一阵短暂的眩晕感，就好像坐着旋转木马时突然加速，被甩到了另外一个地方。

待到眩晕感过去之后，我重新睁开眼睛，发现四周已经是一片光亮。

原来我在墓道里转悠的时间太久了，此时天色已经大亮，日头早已经升到了头顶。

我站的地方，正是那条峡谷裂缝，一回头望去，就看到了那个独眼石人的雕像。

我走出了峡谷裂缝。没走几步就听到一阵脚步声，我抬头一看，是胡子他们。

“哥哥，你跑到哪里去了？怎么我们一直找不到你？”冷瞳担心地问我。

“没什么，遇到了一点怪事，你们都没事吧？”我问道。

“我们当然没事，你跑的时候踢了我一脚，当时我犯困，还以为你在跟我开玩笑，就没起来，结果到天亮才发现你不见了。当时我那个悔啊，冷瞳妹子把我骂了大半天了。幸好你自己回来了。”胡子走上来，对着我的衣服嗅了嗅："土腥气，还有霉烂气，你小子又钻到古墓里去了吧？到底遇到什么事情了？"

我皱眉道："遇到一个很怪的古墓，不过我不是故意去钻的，我是去追二白的。到现在还没追到呢，不知道跑到哪里去了。"

他们都愣了，疑惑地看着我："你不会是撞邪了吧？"

"什么意思？"我也一愣。

"二白一直和我们在一起啊，你追个什么劲？"胡子不解地问道。

"不可能，我亲眼看到它跑了的。"我非常坚定地说。

胡子转身打了声呼哨，二白的身影很快就向我们跑了过来。我懊恼地蹲下身，点了一根烟，皱眉沉思起来。

第十八章　魂安之处

“大同，到底怎么了?”玄阴子神情有些凝重地问我。

“咱们一边吃饭一边说，我折腾了大半夜，饿了。”

吃饭的时候，我将夜里遇到的事情给他们讲了，他们也大为不解。

胡子耸肩道：“这事是挺离奇的，我还是第一次听说这种机关。不过嘛，这事和咱们没有什么关系，现在咱们只要进这个门就行了。”胡子指了指昨天挖出来的那堵独眼石门，“咱们只要干正事就行了。”

“可是，我总觉得这里面透着邪气。我遇到的那个古墓入口，和咱们要进的这堵石门是一样的。我觉得这两个墓门的内部应该是差不多的。我们进入这堵石门之后，说不定也会遇到那座古墓的情况。”我皱眉道。

“那不是更好吗？你已经找到了破解机关的办法。再说了，你不是说这堵石门有人进去过吗，那咱们就一定能出来啊。我用个炸药包把这石门给爆开，进去把东西拿出来就结了。”胡子早就拿定主意了。

我上前去推了推石门，纹丝不动。我们回到车上取来撬棍，还是没能撬开。

胡子把撬棍往地上一丢，说道：“还是要用炸药吧。”

“我们再想想办法吧，你这样做太暴力了，破坏古迹。”我皱眉道。

“你拉倒吧。”胡子往车子走去，真去准备炸药包了。

我走到石门前仔细看，发现石门的位置比之前那堵石门略高一点，石门的下沿与地面之间有半拳高的空隙。

我趴到地上，从空隙往里看，发现石门后面有什么东西。也就是说，这堵石门之所以打不开，是因为门后有东西顶着。而这扇石门当年那些科学家曾经进去探查过，背后又怎么会有东西呢？这实在太诡异了。

胡子已经把炸药拿了过来，准备进行爆破。没有其他办法了，我也只好默许了他的行为。

我们向后撤了一段距离，躲在一块风化的页岩小丘后面，胡子放好炸药后，用烟头点着，转身跑了过来，和我们一起躲好。

“轰隆”一声巨响，我们震得头脑发胀、耳朵发疼，脚下的沙地都晃动了一下。漫天石雨往下落，我们把背包顶在头上，等了一会儿，发现没有什么异样，这才往石门走去。

现在整个石门都被炸碎迸飞了，只有一个黑色大洞，还在冒着缕缕青烟，一股混合着火药味的霉烂气息飘在空气中。

我们感到疑惑的是，在碎石纷乱的洞口处，散落着很多白色骨渣，而且，有一条完好的人腿居然直愣愣地伸了出来，就像要把我们都踹飞了。

那条人腿上还穿着裤子，可是布料早已风化了，风一吹，立刻碎成一缕缕布条，挂在小腿上。那个脚上没有鞋子，脚掌的形状看得很清楚。那是一只干瘦干瘦、肤色发黑的脚，皮包骨头，有很深的褶皱，如同枯树皮一般。

“咯吱——”那条人腿发出轻微的响声，接着，小腿掉到了地上，砸到一块石头上，跌得皮肉灰飞，露出了里面的白色腿骨。

“是干尸。”我确定了情况。

“进去看看，要小心。”玄阴子眉头一皱，挥了挥手。

“大同，咱们上，你们两个在这儿等着，如果有机关，免得一起陷进去。”胡子一拉枪栓，端着那把八一杠步枪，向洞口靠过去。

“你端着枪干什么？难不成这里头还有活物不成？”我觉得胡子的举动有些可笑。

“这可说不定，这个地方邪乎着呢，说不定有怪物。”胡子嘿嘿一笑。

“就算有，也被你炸死了。”我微微弯腰向洞里看。

洞里居然不是洞穴和通道，反而是一处碎石瓦砾堆。瓦砾堆的高度比洞口略低，露出了里面黑洞洞的空间，而在瓦砾堆的半腰，就是刚才那条干尸的腿伸出来的地方，还有一截断掉的大腿骨。

胡子有些迷糊了：“干尸怎么在这儿？”

“不知道，我们把这些石块移开看看。”我们取下工兵铲，费力地挖了一阵，把那堆瓦砾清除了大半。

我再次抬头向里看去：“青铜棺？”

我们面前有一口厚重的绿色青铜棺材，青铜棺的一端正好顶在石门背后，被炸了个大窟窿。而且，经过了爆破和碎石的冲击，青铜棺却没有移位，这也说明，这口棺材是相当沉重的，很可能里面装了很多东西。

而那条人腿，应该是由于青铜棺被炸开了，从棺材里面甩出来的。

“这是什么味道？”

我们很快就闻到一股非常怪异的味道，似乎是铁锈味，又像是发酵的中药，我感到一阵眩晕。

“有毒，退后！”我拉着胡子赶紧后退，挥手对玄阴子和冷瞳喊道：“有毒气，你们去把防毒面具拿来。”

“怕什么啊？咱们还能怕这点气味吗？”胡子嘲笑我道。

“我的意思是他们进不去，要戴防毒面具才行。”我讪笑道。

胡子将枪扛在肩上，低头弯腰道：“你听听，这里面是不是有什么声音？”

“是有声音，我早就听到了。”

“像是虫子在爬，一大堆虫子。”胡子皱眉道，“不会又是大马蜂吧？”

“不是，这次是地上爬的，你看，来了。”黑色的洞口中，猛然涌出了一股黑色水流一般的东西，仔细一看，那是成团的黑色虫子。那些虫子都没有翅膀，全身乌黑带黄，啮齿巨大，六条长腿扒动着沙子，向前飞速爬动。

“这里交给你了，我的子弹可打不动它们。”见到洪水一般的虫流，胡子不觉脸色大变，怪叫一声，扛着枪就向后跑。

我立在原地，抽出阴魂尺，屏气凝神，手心渗出一股精气，释放出一片阴尺气场，直向滚滚虫流挥去。

“呼啦!”又黑又大的虫流遭遇阴尺气场之后，犹如遭到劲风吹卷一般，瞬间泼洒开来，落下满地虫尸。

我连连出击，四下挥舞，秋风扫落叶一般，将涌出洞口的虫子全部诛灭在距离洞口不远的地方。洞口堆起一尺来高的虫尸，不过，那些虫子还在源源不断地涌出来。

我拉开架势，对那些虫子进行毫不留情的杀戮。胡子站在离我不远的地方，忍不住拍着手掌大声叫起好来。

“什么情况?”玄阴子和冷瞳好奇地赶了过来。玄阴子一看地上的虫子，立刻面色一沉道：“大同，要小心，这是尸虫!”

“尸虫怎么了?不是照样都灭掉了吗?尸虫只吃尸体，咱们可是大活人，它们拿咱们可没辙。”胡子撇嘴道。

我却是一愣，迅速思考起来。尸虫是专吃尸体的虫子，只会出现在死去不久的尸体上，古墓里不会见到这种虫子。墓穴里虽然有尸体，却是用结实的棺材盛放着，甚至连气息都不会泄露出来，尸虫根本就没有存活的条件。

可是，在这处墓穴之中却有这么多尸虫，说明了什么?唯一的解释就是，这里有大量新鲜腐尸。

这样一来，情况就很诡异了。这里是沙漠深处，方圆数百公里内都没有人烟，古墓之中又怎么可能有活人或是新鲜尸体呢?

玄阴子沉吟着，面带犹豫，似乎想说什么，最后却摇摇头，否决了自己的推测。

我有些着急了，问道：“这到底是怎么回事?”

"这个我也不清楚，不过，这里有这么多尸虫，就肯定有虫王。虫王可是长着翅膀的，行动敏捷，你不要着了它的道。如果被虫王叮了，虫卵会钻进皮肉里。"玄阴子提高声音道。

我不觉一愣，立刻想起，尸虫也和蝴蝶一样，要经历幼虫阶段，而尸虫的幼虫形态，是如同蚯蚓一般在人的皮肉中钻腾的。

我死死地盯着墓道洞口，提防着虫王的出现。这时，不停向外涌动的虫流突然停下了，四周变得一片死寂。

虫流结束了，却依旧没有见到虫王，这不觉让我更加焦急和疑惑。

"哎，我说大同，你确定你找的地方是对的吗？这墓道里有这么多古怪，是不是找错地方了？"胡子问道。

我也有些疑虑，现在这个墓穴，与资料上所说的情况相差甚远。何况，就在昨天夜里，我还在那峡谷中见到了另外一堵一模一样的石门。

也就是说，在这个墓葬群中，其实不止一个墓穴的入口是独眼石门，而是有很多独眼石门。那可就麻烦了，到底哪一个才是我们要找的石门呢？

"胡子，过来！"

"干啥？"胡子跑到我的身边。

"咱俩一起把这个洞口堵上。"我用工兵铲铲起石块，往洞口堆。

"你这是干什么？好不容易才炸开的，怎么又要堵上？"

"这个门肯定是错的，我们要找的墓穴里没有活物，这里不对劲，我们先把它堵上，再去找别的地方。"我说道。

"好吧，听你的。"胡子也拿出工兵铲，跟我一起忙活起来。

突然，"扑扑扑——"一片声音传来，我们回头一看，先前被我用阴魂尺杀死的尸虫尸体，居然一个个地炸散开来，变成了灰色粉末。

我们都傻眼了，虽然尸虫发生的异变对我们没有什么伤害，可是我们还是感到疑惧。

"这个墓道确实非同寻常。"我思索了一下，一咬牙道："准备探照灯和防毒面具，我倒要看看，这里面到底是个什么情况。"

“又要进去了?”胡子已经被我弄糊涂了。

“要进去，就得先把青铜棺移开啊。”玄阴子皱眉道。

“这棺材一看就很重，我们弄不动的。我们沿着顶上挖，上面还有空间，再挖开一点，应该就可以过人了。”我已经走到洞口，开始在洞口的上沿挖起来，铲下不少沙石，迷得眼睛都睁不开了。

“哎，真笨，你让开，看我的。”胡子先在洞口垒砌了一方石凳，然后站在上面，挥舞工兵铲对着石洞上沿一阵猛铲，很快就把青铜棺上方的缝隙扩大了将近一米。

“好了，差不多了。”胡子拍拍手，“要不我和你先进去，老爷子和小冷在外面等着?”

“好。”我转身看了看冷瞳和玄阴子，却发现他们都是一脸不屑的神情。

玄阴子自然不会对墓道有什么恐惧，而且他也不服老，所以他肯定要跟着我们一起进去。至于冷瞳嘛，她也要一直跟着我。

“那大家准备一下，都小心一点。”为保险起见，我还是戴上了防毒面具，大家一人拿一个探照灯和对讲机。

我率先来到洞口，扒着青铜棺的上沿向里爬。这是我第二次从棺材上面爬过了，我唯一有点担心的，就是洞口里会有什么活物，突然冲出来咬我一口。

所以，我手里紧紧捏着阴魂尺，时刻提防着意外状况。眼看着就要爬到尽头了，我一抬头，突然见到墓道的深处似乎有一个黑色影子，而且旁边还有一盏正在燃烧的青灯!

我的脑子有些短路了，还以为自己出现了幻觉，但是仔细一看，那确实是一盏正在燃烧的青灯。

我跳下青铜棺材，和外面的胡子招呼了一声，就一路小跑来到那盏青灯下查看。那是一盏圆口曲柄、挂在墓壁上的古式青铜灯，略显白色的火焰微微跳动着。

我踮起脚尖，向灯口里看去，才明白是怎么回事。

原来，这是一盏长明灯。灯口里放着的燃料是一种类似白磷的油脂，经风一吹就会燃烧。这盏灯之所以这个时候亮起来，是因为我们炸开了墓道，新鲜的空气透了进来。

我松了一口气，借着灯光和额头上的探照灯光，看到墓道有近一丈宽，顶壁也比较高，简直可以过卡车了。

墓道的两侧都是巨石垒砌的石墙，上面有很多古朴奇特的浮雕，鸟兽蛇虫、骑马打猎，可以大概看出墓主人当年的生活状况。墓道的地面用长条石铺成，很坚固，四平八稳的。墓道顶壁上有一些斑驳的壁画，是祥云和日月星辰的图案，画得很美，可惜所用的颜料不是很好，都变色了，有的脱落了。

墓道比较长，一眼还看不到尽头。我没有贸然向里走，就站在长明灯下等着胡子他们。

突然，我的背后有一阵阴冷的风吹来，接着听到了有人在说话。

“先用三重积分，然后以多维空间，结合广义相对论的概念，重新构造六维空间……”

我惊得汗毛都竖了起来，全身出了冷汗。我虽然见过鬼，可从来没听过鬼说话，特别是这么清晰又复杂的话，听起来这就是有人正在进行数学演算。

我缓缓转身，向墓道的深处望去，赫然看到一个男人正在墓道里走动。他穿着灰白色衣服，上身衬衫有些破旧，脚上是布鞋，背有些驼，他一手捧着一本书，一手拿着一支笔，在半空中比画着什么。

我擦了擦眼睛，又眯眼看去，发现那个人身上并没有黑气，也没有冷光。当我站直身，睁大眼睛看过去时，依旧可以清晰地看到他的存在。

那个身影距离我不到十米，看起来那样真实，我甚至可以看到他衣服上的褶皱。也就是说，这个人并不是鬼魂，他就是一个大活人。

可是，在这样的墓道中，又怎么可能有活人呢？而且，还是做出这种举动的活人。这简直比看到死人还恐怖！

“喂！”情急之下，我对着那个人的背影喊了一声。

可是，那个人却像完全没有听到，继续走动着，然后在墓道的底部一转弯，消失了。

这时，胡子他们陆续进来了，我立刻跟他们讲了刚才见到的情景。

“你是不是精神压力太大，产生幻觉了？”胡子半信半疑地问道。

“我现在很清醒，绝对不是幻觉，不信等下你们自己看。”我很坚定地说。

“嘘——”冷瞳对我们嘘了一声。我们一起抬头向她看去，发现她正静静地看着墓道深处。

我们一起望过去，不觉呆住了。墓道深处再次出现了人影，而且不是一个，而是两个，这两个人正在打架。

那两个人，一个是二十来岁的年轻人，另一个是四十来岁的中年人，身上都穿着灰色中山装，戴着眼镜。他们扭打在一起，互相拳打脚踢，甚至动起了刀子，互相捅得血光淋漓。

让我们感到不解的是，虽然他们殴打的动作很大，我们却一点儿也听不到他们动手的声音。我们就像在看无声电影一般，这种感觉诡异到了极点。

“乖乖，要出人命了！”就在那名年轻人把中年人推倒在地，举起手里的刀子连番向下捅去的时候，胡子忍不住了，抬脚就向前走。

“你干什么?!”我一把拉住了他。

“把他们拉开啊。”胡子说道。

“拉什么？他们不是活人。”我皱眉道。

“你什么意思？这不是看得真真的吗？我都能看到了。”胡子更糊涂了。

“他们没有发出声音，这是不是很奇怪？”我问道。

“是很奇怪，这到底是怎么回事？”胡子很心急。

这时，前方突然传来一个撕心裂肺的惨叫声：“救命啊！”

我们猛然向前看去，正看到一个浑身血污的人在地上爬着，对我们招着手，似乎想让我们去救他，而在那个人的身后，先前的那个年轻小伙子正拿着刀对他的脊背一刀刀地捅下去。

“这次是真的了吧？他们肯定是另外一伙盗墓的人，从别的入口进来的，现在分赃不均，自相残杀了。还不快点给老子住手！”胡子怒吼一声，抬起自动步枪就冲了上去。

就在胡子快要跑到那两个人跟前时，一阵尖厉的磨牙声响起，然后，那两个相互残杀的人瞬间消失不见了。

“咦？他奶奶的，这下真见鬼了，邪门了！”胡子惊得一个哆嗦，向后撤了好几步，警觉地看着四周。

“哥哥，这到底是怎么回事？为什么他们突然不见了？”冷瞳也很好奇。

“这肯定不是闹鬼，这儿没有什么阴气。这种情况，和幻觉有些相似，不过我也不知道到底是什么。”

“算了，既然没法解释，那我们就过去看看到底有什么机关，说不定这是有人在搞鬼。”胡子按捺不住心中的好奇。

我皱了皱眉头，看了看玄阴子，问道：“你是不是想到了什么？”

“现在还不确定，咱们先过去看看吧。”

我们小心翼翼地沿着墓道往下走，一直来到刚才那两个人互相残杀的地方，把墓道查看了一番，也没有发现什么异常情况。

我们又来到墓道的拐弯处，那里有一条和前面一样的甬道，并没有什么特殊的地方。

按照卢朝天给我的资料，当年整个科考队都进过这个墓道，所以，这里即便有机关，也应该都被清除了。墓道看来并没有什么危险，但是，刚才的情况没有弄清楚，大家心里都有些没底。

玄阴子掏出了指北针，晃了晃，忽然笑了起来。

“怎么了？老爷子，你是不是吓傻了？”胡子惊愕地问道。

“不，我还没这么胆小呢。”玄阴子手掌一摊，“看看这指北针，有没有发现什么？”

我们都好奇地向他手里望去，果然发现了异常。此时，指北针的针摆不停地颤动着。

“知道这是怎么回事吗?”玄阴子笑问道。

“这是不是说明，这墓道里有一些未知的磁场?”我疑惑地问道。

“不错，我猜测，这墓道的石壁应该都是磁石，刚才我们看到的那些人影，想必是当年墓道里发生过的事情。磁石石壁就像三维立体摄像机一样，将发生的事情记录了下来，正好在我们进来时播放了出来。这墓道中可能还隐藏着某种未知的能量，正好我们的行动开启了这种能量，从而触发了石壁记录的信息。”玄阴子解释道。

大家心里虽然还有些疑问，但是也只好先把这件事情放在一边，继续往下走。唯一可以肯定的是，确实曾经有一支科考队进入过墓道，并且发生了一些不寻常的事情。所以，再往下走，我们很可能有危险。

我们又走了几十米，就见到了一扇长满绿锈的青铜墓门。这与我之前见过的墓门非常相似，上面隐约可以看出祥云和龙凤的图案，青铜门已被腐蚀了大半。

我们上前细看时，才发现门并没有关紧，左右两扇门之间大约有十厘米的缝隙。

胡子性急，而且天生胆大，上前就推开其中一扇门。

“吱呀”一声，青铜门缓缓向后打开。我们一起向门后看去，突然一片红白相间的颜色映入眼帘，吓了我们一跳。

原来，门后悬挂着一道红白相间的布帘，下沿离地面有一米高，门帘的下沿出现了两只人脚，穿着非常精美的绣花鞋。

我们互相对望一眼，心里都有些惊愕。很明显，门帘的后面正吊着一个女人，那两只脚很小，不到二十厘米长。

还是胡子贼大胆，他用手里的自动步枪一挑帘子，弯腰侧头向后看去。

还没等我们问出声来，胡子已经一哆嗦，撤身缩了回来，面色煞白地说道：“大同，你去看看，那个女人穿着红衣服，看起来像是结婚的样子。”

我皱了皱眉，也上去掀起门帘。一看之下，愣了好几秒钟才反应过来。

门帘后面果然吊着一个女人，只是这不是真正的尸体，而是一具由皮革和棉絮精心制作的皮囊假人。假人做得很逼真，脸上描画着清晰的五官，脸孔向下望着，两只眼睛黑漆漆的。

“好了，是个假人，胡子你这个笨蛋。”我伸手抓住假人的小腿，猛地向下一扯，拉断了吊着假人的绳子，将假人拖了出来。

“哇哈哈哈——”一阵尖厉的女人笑声突然从假人的口里传来，紧接着，假人居然浑身乱抖，自己动了起来，俨然一个抽疯的活人一般。

我吓得手一下缩了回来，向后撤退。

“完蛋了，诈尸了!”胡子端起枪，瞄准假人就是一梭子子弹打了出去。

“嘭嘭嘭——”子弹打到假人身上，崩起一片烟尘和棉絮碎屑，假人被打得翻了好几圈。

假人倒是不再动弹了，也不再发出尖叫了。而且，由于假人的皮囊被子弹打破了，里面填充的棉絮枯草都鼓鼓囊囊地露了出来。

“奶奶的，真是假的?”胡子不解地摸摸脑袋，上去把假人翻过来。

我们发现，假人应该不是墓主人安放的，而是进来的科考队放在这里的。因为，假人里有一个录音机，里面还有电池，刚才的怪叫声就是录音机放出来的。录音机的开关和吊着假人的绳子相连，刚才我一扯，录音机的开关就被打开了。而假人之所以会动，是因为体内装有驱动装置，只要录音机一打开，就会摇晃颤抖。

我们不明白的是，为什么科考队要弄这个假人来吓人。难道说，他们是想保护墓葬，不让盗墓者进入墓门吗?

带着这些疑问，我们进入了后面的墓道。还没有走出多远，一个巨大的地下空间就出现了。

而当我们看清楚地下空间的情况时，不禁大吃一惊。

这是一个直径上百米的圆形盆地。看不清盆地到底有多深，里面有什么，只看到盆地中布满犬牙交错的峰石，峰石之间还生长着一些颜色灰暗的植物。植物有的是藤蔓状的，有的如同松树一般挺立。

在我们的脚下，有一条长满青苔的阶梯，一路通到盆地之中。

距离我们不远的地方，还有另一条向盆地通去的阶梯，而且那个阶梯后面的石壁上，也有一个黑色洞口。

我们可以猜测得到，那个洞口之中，也有一扇锈蚀的青铜大门，而再往外走，肯定也有一道独眼石门。这个地下盆地并非只有一个入口，或者是出口。

我总算明白了，为什么我们所发现的两扇独眼石门都没有被破坏过的痕迹。很显然，当年科考队并不是从我们见到的石门进来的，他们是从其他独眼石门进入这个地下盆地的。

这片地下盆地隐藏着巨大的秘密，而且这里还有沙漠之中最为稀缺的东西——水。如果没有水，就不会有那么多植物在这里生长。

我猜测，在远古时候，这片地下盆地想必是这片沙漠的取水之处。而这个盆地中央，很有可能就是一口水井。后来，有人把水源据为已有，封存在自己的墓穴之中。

我们站在盆地边上，拿着探照灯查看，看到在盆地最中央，有一座微微隆起的馒头形状的青石山。青石山上长满青苔，还有墓碑和石人，一看就知道，这才是真正的墓葬所在。而且，在青石山四周，还有一些破旧的帐篷，这肯定是那支科考队留下来的。

也就是说，我们此次要找的那部神秘机器，肯定隐藏在这个盆地中的某个地方。我们互相对望着，心情都很紧张兴奋。

我们端着武器，打着探照灯，沿着石头阶梯一路向下走，进入了盆地。

让我们感到庆幸的是，盆地之中那些不知名的植物并没有毒性和攻击性。我们踩着湿软的地面，绕过石林，来到盆地中央，进入了科考队的营地。

这个墓葬的形制非常简单，是由石头垒砌而成的，坟墓前竖了一块石碑，左右两侧有两排石人和石马。

古墓并没有被挖开和毁坏的迹象。看来，那部神秘的机器并不是从这个地下古墓里挖出来的。那么，不管我们能不能找到那部机器，都没有必要去破坏这座古墓了。

科考队的帐篷有十来个，帐篷的帆布都已经腐朽了，用手一戳就碎了。他们当年之所以留下这些帐篷，想必是从这个地下盆地中找到不少宝贝，把车子都装满了，没有多余的地方放这些帐篷，就把帐篷都丢在这里了。而且，他们肯定也带走了部分帐篷，留下的只是一小部分。

我们很快就发现，当年撤离的时候，这片地下墓地进行过恢复原状的处理，把他们在这里活动过的痕迹都给清除掉了。再加上地下盆地中气候潮湿，青苔滋生，经过这么多年，更看不出什么痕迹了。

“总算找到地方了，我们马上主找找，他们到底把那个东西埋在哪里了。”玄阴子说道。

我这才明白，原来那个资料上所说的“深埋掩藏”，并非是指埋藏在沙子底下，而是指在这片地下盆地之中。

我无奈地叹了一口气：“这么大的地方，我们想找的话，可能要费些力气了。”

“那能有什么办法，既然他们掩埋了，那块地面肯定就和别的地方不一样。被挖过的地面，一般都会有一点塌陷，比周围的地面要低。”胡子开始查探去了。

我点了点头，对玄阴子和冷瞳说：“胡子说得没错，特别是在这种潮湿的地方，我们就重点找洼地。”

我们分散开来，我走进一处植物茂盛的石林之中。

我们进来的时候，盆地之中很安静，几乎有一种世外桃源的感觉。在这么干燥荒芜的沙漠之中，突然进入一个潮湿阴凉的地下空间，当然会感到心旷神怡，浑身舒适。我们就都没有去注意周围的环境，看看到底有没有危险存在。

可是，我们犯了一个致命的错误。这种阴凉湿润的地方，其他动物自然也非常喜欢，它们肯定会找到这里，然后把这里当成自己的地盘占领下来。

我们进入独眼石门墓道的时候，曾经有一股凶猛的虫流，这也说明，这片地下空间绝对不像表面看起来那么平静。这里不但有东西，而且还有很多凶猛的东西。

我们找了半天，都没有找到可疑的地方。因为盆地的地面比较潮湿，甚至还有水沟和沼泽，这就给我们的探查工作带来了困难。

我们只好又回到墓碑前，商量着对策。

“这个古墓是整个地下盆地的中心，按理来说，这里的一切应该都和它相关联。”胡子绕着古墓转了起来。

突然，一阵低沉怪异的声音从盆地的一个角落传来。

我们都是一怔，立刻聚集到一起，向那个方向望去，四盏探照灯的光束扫向那边的石林和植物丛。

“刚才那个方向谁看过？”我问道，“有没有发现那边有什么问题？”

“我去过。”玄阴子低声说道，“不过那边的植物比较厚密，我没有走到底，只在外围简单地看了一下，发现再往外都是沼泽地。”

那一片植物丛晃动起来，一会儿之后又安静下来，没有了动静。

我们刚松了一口气，就听到“沙沙沙”一阵急促的声响，植物丛猛地动了起来，紧接着，一大片黑压压的虫子从里面漫溢出来，如同洪水一般向我们冲来。

“是尸虫！”我第一时间看清楚了那些虫子的模样，不觉将大家护在身后，抽出了阴魂尺，迎着虫流冲了上去。

就在我冲上前去，刚要和那些尸虫决一死战的时候，那些尸虫突然四散开来，钻进了周边的植物丛中不见了。我还没有反应过来，植物丛再次晃动，无数比兔子还大的硕大黑色老鼠成群结队地狂蹿出来。

“叽叽叽叽——”大老鼠冲出来时发出一阵尖叫，惊慌失措地四下窜逃，似乎后方有很凶猛的猎食者在追赶它们。

我们惊魂未定地后撤了一段距离，缩身躲在墓碑后面，静静地盯着前方的植物丛。

这时，一条二十来米长、水桶一般粗大、全身满是污泥的黑色巨蟒游动了出来。

“嘶啦——”巨蟒一仰头就向我们的方向冲过来。

“动手!”胡子端起自动步枪就是一阵猛烈射击。

玄阴子和冷瞳也掏出手枪对着蟒蛇一通乱打。我也拿起双管猎枪，一枪一枪地打着。

“嘶哑呀呀——”黑色巨蟒想必在这个地方没有天敌，安逸的时间太久了，所以它想不到会有什么东西能对它构成威胁。我们这一番射击，很快就把它打懵了。

蟒蛇身上厚重如铁的鳞片被打得片片纷飞，血肉模糊，血染沼泽地，巨蟒扭曲着身体，调头逃进植物丛，很快消失了踪影。

“哈哈哈，搞定了。”胡子把自动步枪往肩上一扛，得意地大笑起来。

我们却听到一阵“扑通，扑通——”的声响，从植物丛后面传来。先前拼命逃窜的那些硕鼠，一起向着植物丛后汇集过去，很快也消失了。

我们对望了一眼，大约明白发生了什么事情。想必，那些硕鼠被那条巨蟒欺负太久了，现在巨蟒被我们打伤了，那些硕鼠就一拥而上，将巨蟒给咬死了。

我们等到四周又安静下来时，才继续四下探查，这一次我们不敢分散开来了。

我们沿着植物丛又探查了一圈，来到了那条巨蟒出现的地方，我见到了一股非常浓重的黑气，也在空气之中嗅到了一股血腥恶臭的气息。

“这后面有情况。”我皱眉低声说道，率先上去拨开植物丛，踩着湿软泥泞的地面，向着植物丛后面走去。

当我们穿过植物丛时，面前横着一条黑色的臭水沟。这条臭水沟不足五米宽，一侧是竖直的石壁，另一侧延伸到我们脚下。

在探照灯的光线下，我们先是看到了巨蟒的尸体，尸体四周围满了浑身泥泞的硕鼠，正在啃噬蛇肉。在它们的周围，遍布着一些腐臭的青色尸体。

那些尸体似乎已经死了很久，却不知道为什么没有完全腐烂。尸体堆满了整个臭水沟，而那些硕鼠就是借助尸体的支撑，这才没有沉到水中。

在那些没有被硕鼠占领的尸体上，爬满了厚厚一层黑色尸虫。我们这才明白，先前那些洪水一般的尸虫是从哪里来的了。原来，这里就是它们的老窝。

这些尸体就是那些尸虫的食粮。它们就是因为这些尸体才大量繁殖起来的。硕鼠以尸虫为食物，巨蟒又以硕鼠为食物，一条食物链就这么形成了。

现在，巨蟒被我们打伤了，硕鼠把巨蟒给咬死了。我们无意间打破了这里的生态平衡。硕鼠正忙着进餐，根本没有注意到我们，它们虽然对我们有威胁，目前还没有危险。我们要尽快找到那部机器，赶紧离开这里。

冷瞳忽然转身向盆地的中央走去。

“冷瞳，怎么了？”我连忙跟上去问道。

“哥哥，我想到了一个事情。”冷瞳来到古墓前，“我想我可以看看这古墓里到底有什么。”

我恍然大悟道：“对了，你可以试试看。”

“不会有什么危险吧？”胡子和玄阴子也跟了过来。

“应该没有什么问题。”冷瞳闭上了眼睛，抓着我的手，皱起了眉头。

我微微眯眼向前看去，见到一个淡淡的女孩身影走到古墓边上，然后消失在古墓之中。

良久，冷瞳才回过神来，有些疲惫地转身对我们说道：“里面没有棺材，也没有尸体，是一个很奇怪的设施。”

“既然是墓地，又没有埋人，你要找的那部机器应该就在这里面。我看这古墓就是个幌子，就是用来保存那部机器的。嘿嘿，这好办，我这里还有一个炸药包呢。”胡子从背包里掏出一个炸药包，又要进行爆破。

“不用爆破的，机关就在墓碑上，把墓碑旋转一个角度，古墓就会打开了。”看透古墓结构的冷瞳说道。

"妹子，你可真是神人!"胡子扳着墓碑，用力一拧。

果然，"咯吱吱"一阵响声之后，馒头形的古墓外壁分成了好几瓣，如同巨大的莲花一般绽放开来，露出了内部结构。

我们抬眼看去，里面果然没有棺材，只有一座石头垒砌的平台。平台约有半人高，四角有四条青铜铸的虬龙。

青铜虬龙满身绿锈，它们的头伸向平台中央，四条龙头汇聚之处，环拱着一只暗金色的浅口大盘子。

大盘子的直径有一米左右，在大盘子中央，有一个小塔一般的东西。那东西上面盖着黑布。

"是这个东西了吧?"胡子愣了一下，问道。

"应该就是了。"玄阴子的心情也有些激动。

"都别动，小心有问题，你们在这儿等着，我过去看看。"我深吸一口气，一手拿着探照灯，一手紧捏着阴魂尺，来到大盘子边上。

那个大盘子的高度到我的胸口。我拿着探照灯向四下一照，确定没有什么危险之后，这才伸出尺子，轻轻地将那块黑布挑开。

黑布揭开的一瞬间，一片炫目的银黄色光芒照亮了整个地下空间。我微微闭眼，适应了强光之后，才看清楚，盘子里放着一个两尺高、圆锥形的东西。

那个东西的底座是圆的，顶端分叉呈爪状。这个东西看不出是用什么材料制造的，流光溢彩，无数光纹在物体上方流转，就好像组成物体的物质在不停流动一般，感觉很神奇。

他们忍不住一起走到我身边来观看。

"是不是这个东西?"胡子问道。

"不知道，不过，这肯定不是普通的东西。"我皱眉道。

"哥哥，你看，这是什么?"冷瞳指着圆锥体的另外一侧。

是一截羊腿骨！我马上想到了资料上的记载，立刻确定了，这个圆锥体就是那部神秘的机器!

我兴奋得一下子跳起来，紧紧抱住了冷瞳。

我们很快发现，这部机器的主体就是这个圆锥体，其他部分是分离的，我们只要这个圆锥体就可以了。

让我们感到意外的是，圆锥体轻得如同不存在一般，几乎没有重量。

我从背包里找出一块帆布，将这个机器妥善包好，就撤离了这个墓穴。

当我们从地下出来，发现天色刚刚擦黑。这一次真是出奇的顺利，一天时间不到，事情就都搞定了。这多亏了冷瞳，如果没有她的出体能力，我们不知道要费多少力气。

我们走出峡谷，来到车子边上，就听到车子里传来尖叫声，吓了我们一跳。

原来，胡子担心二白跟着我们一起进去会带来麻烦，就把二白拴在车子了。幸好我们及时回来，如果我们停留了很久，二白说不定会饿死了。

我们快马加鞭地赶回了北城。我立刻把玉娇莲、陈邪、鬼手等人都找过来，安排了下一步计划。我准备再次返回九阴鬼域，用那部神秘机器消除雷鸣电网。

这一次，玉娇莲准备了直升机和小型滑翔机，组织一支飞行队。

我们回南城探望了姥爷。姥爷现在的病情还算稳定，还可以再撑一段时间。我还去了马凌山，想看望泰岳夫妇，却发现他们并没有回来。我找到吴农谷，询问当时的情况，他说泰岳夫妇在乌齐市就和他分手了，他也不知道他们去了哪里。我不禁有些怅然，泰岳夫妇就这么失去联系了，我不知道他们是故意躲着我，还是在哪里有事耽搁了。我又去见了林士学夫妇，和二子喝了几次酒。

一个月后，我回到北城，带领着飞行队向宏远县出发了。

我直奔水井镇，找到了当初我驾驶着那架小型滑翔机逃出来的大裂谷。大裂谷没有什么变化，依旧是阴风阵阵。

我们向裂谷中飞进去，很顺利地突破了龙卷飓风层，来到龙卷飓风与雷鸣电网的失重夹层中。

我们用飞机和滑翔伞搭了一个平台，竖起一根很长的导线。导线的一头连接着那部神秘机器，另一头由一个小型火箭推进器牵引着，靠近了闪电网的边缘。

“咔嚓——咔嚓——”一阵震响，一道刺目的闪电击中了导线，闪起一片电火花，数秒之后就消失了。闪电的巨大能量全部被那部神秘机器吸收了。

就这样，我们围绕着雷鸣电网飞了一圈，将雷鸣电网中所有电力都吸干净了。

随着雷鸣电网的电力消失，整个空间急速地旋转着，发生了扭曲。漩涡一样的巨大空间黑洞出现在我们前方，越来越迅猛地吸收着四周的一切。

我们连忙驾驶飞机撤离，就在我们冲出裂谷的一刹那，整个大裂谷和周边地面发生了大范围的坍塌，犹如末日一般。

就在我们飞机的燃料快要耗尽的时候，地面的塌陷才停止了，一切归于平静，大地上一片尘沙迷雾。风吹之后，尘沙迷雾散去，一个巨大的盆地深谷显现出来，如同一个巨大的漏斗。

九阴鬼域终于消除了。唯一遗憾的是，在我们逃离的时候，那部神秘机器从机舱中颠飞出去了。

由于九阴鬼域的影响消除了，姥爷很明显地好转起来，一点点地恢复意识。两个多月后，姥爷终于醒了过来。他还不能说话，却能对着我微笑了。他知道，我做到了，我终于解开了那个诅咒。

转眼又是一年过去，姥爷完全康复了。出院那天，我们一起去接他。玄阴子握着姥爷的手，老泪纵横，而姥爷的表情很平静，他们拉着手，一起慢慢地走着。

一个月后，我结婚了。我的新娘是我一生中见过的最美的人儿，她一头蓝色长发，紫眸中闪着星光，肌肤如玉。那一刻，我感觉自己是天下最幸福的人。

我们又去了马凌山，终于在一个地方见到了泰岳。只是，我们看到的是他的照片。照片在一座新建的烈士墓碑上，穿着军装的泰岳笑得灿烂。

“以前的烈士墓被山洪冲垮了，烈士的遗体找不到了，后来只好重新立了墓碑。”陵园的管理员说。

烈士的遗体到哪里去了？我猜测，他躺在深山之中，与山香草为伴，经过了一些年月，在山香草和日月精华的滋润下渐渐恢复了生气。后来再次爆发山洪，他被冲到山下，被水呛醒了，在一所小学的后院里遇到了一个叫方大同的孩子。而他那个时候，叫做铁子。

人死了，还能复生吗？

这个答案，我不知道，也没有人能够知道。或许，肉体无法重生，灵魂却是不灭的。

泰岳到底是活人还是死人，我不知道，也不需要知道。

我只知道，他此刻活得很幸福。这就足够了。

——全书完——